Zum Buch:

Jette ist fast fünfzig und frisch geschieden und sie plant, die Zukunft in vollen Zügen zu genießen. Da bekommt sie die Nachricht von Thies' Tod. Thies, der Wirt des Gasthofs in ihrem Heimatort, der für sie immer wie ein zweiter Vater war, und bei dem sie sich doch so lange nicht gemeldet hat. Jetzt will Jette diese letzte Chance nutzen und zu seiner Beerdigung fahren, um sich von ihm zu verabschieden. Dass Thies sie in seinem Testament bedacht hat, damit hat sie allerdings nicht gerechnet. Doch das ist längst nicht alles, was Jette in dem Heimatort ihrer Kindheit erwartet …

Ein Roman über die besten Jahre des Lebens

Zur Autorin:

Andrea Russo (Jahrgang 1968) hat vor einigen Jahren ihren Beruf als Lehrerin aufgegeben, um sich ganz dem Schreiben zu widmen. Sie weiß, dass es im Leben Höhen und Tiefen gibt und denkt, dass zweite Chancen genutzt werden sollten. Und ist überzeugt davon, dass die Wechseljahre dazu da sind, endlich zu sich selbst zu finden. Ihre Buchheldinnen sind so wie sie selbst, Frauen im Spätsommer – der schönsten Zeit des Lebens. Wenn Andrea Russo mal nicht schreibt, findet man sie in der Küche, wo sie gerne den Kochlöffel schwingt. Sie liebt es zuckersüß – so wie die Spätsommerfrauen in ihren Büchern.

Andrea Russo

Spätsommerfreundinnen

Roman

MIRA® TASCHENBUCH

1. Auflage: September 2018
Originalausgabe
Copyright © 2018 by MIRA Taschenbuch
in der HarperCollins Germany GmbH, Hamburg

Dieses Werk wurde vermittelt durch die Literarische Agentur
Thomas Schlück GmbH, 30827 Garbsen

Umschlaggestaltung: zero-media.net, München
Umschlagabbildung: mauritius images / Photononstop / Marcel Jolibois,
Curly Courland Photografy, FinePic, München
Lektorat: Christiane Branscheid
Satz: GGP Media GmbH, Pößneck
Printed in Germany
Dieses Buch wurde auf FSC®-zertifiziertem Papier gedruckt.
ISBN 978-3-95649-848-0

www.mira-taschenbuch.de

Werden Sie Fan von MIRA Taschenbuch auf Facebook!

Für meine Freundin Bozena

1. Kapitel

Wie heißt es so schön? Alle sieben Jahre ändert sich der Mensch. Kaum spukt der Gedanke in meinem Kopf herum, weiß ich, dass es der Philosoph Philon von Alexandria war, der unser Leben zum ersten Mal in Jahrsiebte geteilt hat. Ich schüttele unwillkürlich den Kopf und greife nach der Pinzette im Körbchen auf der Ablage vor dem Spiegel. Mein Gehirn macht, was es will. Es vergisst ständig die einfachsten Sachen. Aber ganz spezielle Dinge, die, die sonst keiner weiß, die merkt es sich. Und ich habe keine Ahnung, warum.

Philon also … Ich rücke ganz nah an den Kosmetikspiegel heran und kneife die Augen zusammen, um mich ganz genau betrachten zu können. In meinem Fall stimmt die Siebenjahresregel. Ich bin noch genau zwei Wochen neunundvierzig Jahre alt. In den letzten Monaten haben sich die widerspenstigen schwarzen Haare am Kinn verdoppelt. Und die weißen auf meinem Kopf auch. Meine Naturhaarfarbe ist dunkelblond. Der Friseur hilft seit Neuestem mit honigfarbenen Strähnchen und jeder Menge Highlights nach. Dazwischen fallen die weißen Haare kaum auf. Nur wenn man genau hinschaut, erkennt man, dass sie sich mittlerweile über meinen ganzen Schopf verteilen. Genau wie die kleinen geplatzten Äderchen, die seit Neuestem um meine Nasenflügel herum und auf den Wangen aufgetaucht sind. Vielleicht hätte ich mir den Spiegel mit LED-Beleuchtung und fünfzehnfacher Vergrößerung doch nicht zulegen sollen, überlege ich. Darin erkennt man jede noch so kleine Falte.

Bei normalem Licht und eins zu eins betrachtet, sehe ich immer noch ganz passabel aus. Mal von der kleinen Tatsache abgesehen, dass meine Lieblingsjeans nicht mehr vernünftig sitzt. Als ich sie gekauft habe, hatte ich exakt das gleiche Gewicht und passte perfekt rein. Aber nun quillt der Speck an den Seiten unvorteilhaft über den Hosenbund. Low-waist steht mir nicht mehr. Ich habe mir neue Exemplare zugelegt, alle in mindestens mittlerer Leibhöhe. Dazu habe ich gleich ein paar Shaping-Hemdchen gekauft, sie allerdings noch nie getragen, da sie zwar den Speck weg, aber dafür auch meine Brüste platt wie Flundern drücken.

Was noch hinzukommt ist, dass ich seit Monaten immer häufiger grundlos schlechte Laune habe und gereizt bin. Ich quäle mich lustlos in die Schule und bin froh, wenn ich wieder nach Hause fahren darf. Der Lärm der Kinder macht mir zu schaffen. Im Gegensatz zu meinen Augen funktionieren meine Ohren anscheinend noch ganz gut.

Ich halte einen Moment inne und werfe der Frau im Spiegel einen strafenden Blick zu. Immerhin bin ich gesund und habe Arbeit. Das kann nicht jeder in meinem Alter von sich behaupten. Positiv denken, Jette! Ich ziehe meine Mundwinkel nach oben, sodass mein Gegenüber mich breit angrinst. Erst letztens habe ich gelesen, selbst ein unechtes Lächeln würde unserem Gehirn die Nachricht senden, dass wir glücklich sind.

Einen Moment bleibe ich einfach so stehen und strahle mich selbst an. Dabei komme ich mir so komisch vor, dass ich anfangen muss zu lachen. Meine Laune hat sich tatsächlich gebessert.

Ich nehme mir felsenfest vor, nun jeden Morgen mit einer Runde Gesichtsgymnastik zu beginnen und dass in den kommenden sieben Jahren nicht nur generell alles anders, sondern auch besser wird. Das ist letztendlich nur eine Frage der inneren Einstellung. Und an der kann ich arbeiten!

Erst einmal muss ich jedoch das schwarze Borstenhaar am Kinn erwischen. Aber das ist gar nicht so einfach.

»Mist, verdammter«, entfährt es mir, als ich ein paar Mal hintereinander Pech habe und abrutsche. Das blöde Ding ist noch zu kurz und sitzt außerdem bombenfest. Es dauert bestimmt noch zwei Tage, bis es lang genug ist, um es vernünftig greifen zu können.

»Guten Morgen.« Die helle Stimme meiner Tochter hält mich von einem weiteren Versuch einer Schönheits-OP ab. Jule kommt durch den Flur auf das Badezimmer zugelaufen.

»Morgen«, brumme ich.

Meine Tochter bleibt in der Tür stehen, und lächelt mich an. »So schlimm?«

»Ich werde alt«, antworte ich und lege die Pinzette zurück.

»Quatsch«, sagt meine Tochter. »Fünfzig ist das neue Dreißig.« Sie scannt mich von oben bis unten ab. »Na ja, das war vielleicht ein wenig übertrieben. Aber vierzig würde passen. Du siehst noch total jung aus.« Sie stellt sich neben mich und drückt mir einen Kuss auf die Wange.

»Danke, Schatz.« Unsere Blicke treffen sich im Spiegel. Jule hat das volle, dunkelbraune Haar und die schlanke Statur ihres Vaters geerbt. Die grünen Augen und den geschwungenen Mund hat sie von mir. Sie hat zweifelsohne Glück gehabt und sich die jeweils besten Sachen ausgesucht. Auch wenn ich nicht Jules Mutter wäre, würde ich sie als schön bezeichnen. Mir wird warm ums Herz. Diesmal ist mein Lächeln echt. Und es fühlt sich verdammt gut an.

»Das mit dem jünger Aussehen habe ich übrigens von dir geerbt«, erklärt meine Tochter da. »Als ich am Freitag eine

Flasche Wodka für die Cocktailparty bei Kim kaufen wollte, hat mich die Kassiererin um meinen Ausweis gebeten. Den hatte ich dummerweise in meiner Tasche. Und die lag im Auto.« Sie zieht eine Schnute und betrachtet sich im Spiegel. »Vielleicht hätte ich mir die Haare doch nicht abschneiden lassen sollen. Jeder sagt, dass ich viel jünger damit aussehe.«

»Irgendwann freust du dich darüber.« Jule ist zarte einundzwanzig Jahre alt. Ich streiche ihr über die Wange. »Die Kurzhaarfrisur steht dir ausgesprochen gut. Sie betont deine feinen Gesichtszüge.«

»Findest du? Ich habe mich immer noch nicht daran gewöhnt.« Meine Tochter zuckt mit den Schultern. »Was soll's, wächst ja wieder«, sagt sie, dann mustert sie mich ein weiteres Mal, diesmal grinsend. »Lässt du das an?«

Ich trage die leuchtend türkise Haremshose, die ich mir letztes Jahr für einen Wochenend-Meditationskurs zugelegt habe, und dazu ein senfgelbes Shirt. »Soll ich?«

»Warum nicht? Dann komme ich aber auf jeden Fall mit. Den Anblick von Papas Gesichtsausdruck lass ich mir nicht entgehen.«

»Das hättest du wohl gern«, antworte ich. Jule hat recht. Stefan würde Augen machen, wenn ich im Hippie-Look zu unserem Scheidungstermin erscheinen würde. Aber letztendlich wäre ich diejenige, die sich dabei unwohl fühlt. Und Stefan würde sich köstlich amüsieren, wenn er sich erst mal an den Anblick gewöhnt hätte. »Ich ziehe Jeans an«, entscheide ich, eine der neuen in körperfreundlicher Passform, »eine schlichte weiße Bluse und dazu meine braunen Römersandalen.«

»Schade! Bist du aufgeregt?«

»Nur ein bisschen.« Das ist maßlos untertrieben. Gestern Abend habe ich bestimmt eine Stunde lang vor dem Spiegel gestanden und mich etliche Male umgezogen. Wie erscheint man angemessen zu seinem Scheidungstermin? Im schicken Kostüm, Hosenanzug oder doch in einem Etuikleid? Nachdem ich alles anprobiert und mich letztendlich für mein Alltagsoutfit entschieden hatte, habe ich mir die Fußnägel lackiert – in einem knalligen Rot. Sozusagen als Signal dafür, dass es mir sehr gut geht und ich das Leben genieße – ohne Stefan. Die Farbe habe ich jedoch kurz darauf wieder entfernt. Das hatte allerdings zur Folge, dass ich nicht einschlafen konnte, da der Geruch des Lösungsmittels im Zimmer hing. Und weil mir Tausende Dinge durch den Kopf gingen.

Jules Blick geht zur Uhr, die auf dem Regal mit den Handtüchern steht. »Gleich neun. Soll ich nicht doch mitkommen?«

Ich schüttele den Kopf. »Kommt gar nicht in die Tüte. Du gehst schön brav zur Uni und lernst für deine Prüfung.«

»Na gut. Dann springe ich jetzt schnell unter die Dusche.«

»Mach das. Möchtest du was frühstücken?«

»Nur einen Kaffee. Ich beeil mich.«

Ich habe meine Tochter immer schon gerne verwöhnt. Sie ist auch als Schulkind nie ohne liebevoll belegtes Frühstücksbrot und etwas Obst oder Gemüse aus dem Haus gegangen. Und das handhabe ich noch immer so, wenn ich Zeit habe. Ich klappe gerade die prall gefüllte Frühstücksdose zu, als Jule in die Küche kommt.

»Hier, für dich.« Die pinkfarbene Plastikbox ist ein Relikt aus der Vergangenheit und bestimmt schon zehn Jahre alt.

»Danke.« Jule strahlt mich an, greift mit der einen Hand nach ihrem Frühstück und mit der anderen zum Wasserkocher. Unseren Kaffee bereiten wir ganz klassisch mit einem Porzellanfilter zu, seitdem unser Vollautomat vor vier Wochen plötzlich den Geist aufgegeben hat. Die frisch gemahlenen Bohnen habe ich eben schon einmal mit Wasser übergossen. Jule schüttet wieder etwas dazu und beobachtet, wie die dunkle Flüssigkeit in die Glaskanne darunter tropft.

»Eigentlich brauchen wir keine neue Maschine«, sagt sie. »Der handgefilterte ist total lecker. Und auch schnell gemacht.«

»Finde ich auch.« Ich hole zwei große Tassen und gieße aufgeschäumte Milch hinein, Jule füllt sie mit dem heißen Kaffee auf. Wir sind ein eingespieltes Team.

Kurz darauf stehen wir nebeneinander mit unseren Hintern an die Arbeitsplatte gelehnt. Ich nippe an meinem Milchkaffee, Jule rührt mit ihrem Löffel im Schaum.

»Bist du dir ganz sicher, dass ich nicht doch mitkommen soll?«, fragt sie noch einmal. »Der Kurs ist freiwillig, es herrscht keine Anwesenheitspflicht. Und ich hätte auch wirklich kein Problem damit.«

»Das ist lieb von dir, aber nein.« Ich schüttele rigoros den Kopf. »Das schaffen dein Vater und ich ganz alleine.« Bei dem Gedanken, dass Stefan und ich heute geschieden werden, wird mir etwas flau im Magen, aber das lasse ich mir nicht anmerken. »Es ist doch nur noch eine reine Formsache.«

»Na gut. Aber im Zweifelsfall bin ich auf deiner Seite – und für dich da, wenn du mich brauchst.«

Das warme Gefühl macht sich wieder in mir breit. Meine Kleine wird – ist – erwachsen. Und sie hat das Herz am rechten Fleck sitzen. »Ich melde mich gleich nach dem Termin, okay?«

»Gut!« Jule trinkt ihren Kaffee aus und stellt die Tasse in die Spülmaschine. »Muss jetzt los. Hab dich lieb.« Keine fünf Minuten später ruft sie: »Tschüss. Ich drück dir, oder besser euch, die Daumen!« Dann fällt die Haustür geräuschvoll ins Schloss.

Ich bleibe stehen, nippe an meinem mittlerweile lauwarmen Kaffee, und schaue mich in der Küche um. Sonnenlicht fällt durch das Fenster und lässt die cremeweißen Wände warm leuchten. Auf dem Buffetschrank steht die Nana-Skulptur, die Jule aus Pappmaché modelliert und in knallig bunten Farben angemalt hat. Der Läufer auf dem Tisch ist türkis mit weißen Punkten. Unsere Kaffeetassen sind gestreift, mit vielen bunten Herzen verziert oder irgendwie anders gemustert. Wir haben uns eine farbenfrohe Wohlfühloase geschaffen, ein Kontrast zu der edlen, puristischen Einrichtung unseres alten Hauses, in dem Stefan noch immer wohnt. Der Mann, der noch etwa zwei Stunden mein Ehegatte sein wird.

Als wir vor zwei Jahren das erste Mal über Trennung gesprochen haben, war sofort klar, dass ich diejenige sein würde, die geht. Kurz nach unserer Hochzeit sind wir in Stefans Elternhaus gezogen, haben es aufwendig umgebaut und renoviert. Von dem alten Gebäude mit den viel zu kleinen Räumen ist nicht mehr viel übrig geblieben. Aber es ist immer noch das Haus, in dem Stefan aufgewachsen ist. Also bin ich ausgezogen. Gemeinsam mit Jule, die zu diesem Zeitpunkt achtzehn war und ohne zu zögern mit mir gegangen ist, obwohl wir ihr angeboten haben, ihr eine eigene kleine Studentenbude zu finanzieren.

Unsere Wohnung ist mit ihren fünfundachtzig Quadratmetern nicht groß, zumindest, wenn man sie mit unserem alten Haus vergleicht, aber dafür haben wir es uns schön gemütlich gemacht. Über dem Regalbrett, auf dem kreuz und quer die bunten Tassen stehen, haben Jule und ich Postkarten mit schönen oder witzigen Sprüchen gepinnt. Mein Blick bleibt an der schwarz-weißen hängen, die meine Freundin Eva mir geschenkt hat. *Sei wild und unersättlich!* lese ich leise. *Jetzt.*

Sofort. Der Spruch passt zu Eva. Mein Leben hingegen plätschert beständig vor sich hin. Und das ist auch gut so. Die Aufregung der letzten drei Jahre hat mir gereicht. Ich bin zufrieden, wenn ich meine Ruhe habe, einen guten Kaffee und ein Stück Kuchen, eine frisch gebackene Waffel oder ein paar Pancakes.

Pancakes ... Von hier bis zum Gerichtsgebäude brauche ich mit dem Auto knapp zwanzig Minuten. Ich habe also noch über eine Stunde Zeit. Anstatt zu grübeln sollte ich mich lieber anderweitig beschäftigen. Ich stehe auf und gehe zum Kühlschrank. Kurz darauf rühre ich Eier, Zucker, Mehl, Buttermilch, flüssige Butter, etwas Natron und Backpulver in einer Schüssel zusammen. Kochen entspannt mich. Ich liebe das Geräusch, das der dickcremige Teig von sich gibt, wenn ich ihn in kleinen Portionen in die Pfanne gebe. Es knistert und zischt. Kurz darauf strömt der buttrig süße Duft von frisch gebackenen Pancakes in meine Nase. Noch einmal schaue ich auf Evas Karte. *Sei wild und unersättlich! Jetzt. Sofort.* Ich werde mich auf keinen Fall hungrig auf den Weg zu meinem Scheidungstermin begeben.

2. Kapitel

Stefan wartet vor dem Eingang des Gerichtsgebäudes. Als er mich kommen sieht, winkt er mir zu. Und dann stehen wir uns auch schon gegenüber.

»Jette ... Gut siehst du aus.« Er betrachtet mich eingehend. »Du hast wieder etwas zugenommen.«

Das Kompliment meint Stefan ernst. Er hat oft gesagt, dass ich eine Frau bin, die durch ein paar Kilo mehr auf den Rippen noch schöner wird. Als ich ihn damals geheiratet habe, war ich in der sechsten Woche schwanger und siebenundzwanzig Jahre alt. Nach zwanzig gemeinsamen Jahren mit ihm war ich unglücklich und brachte zwanzig Kilo mehr auf die Waage. Meine Ehezeit mit Stefan hat mir also genau ein Kilo mehr pro Jahr beschert. Davon habe ich in den vergangenen drei Jahren durch den Beziehungsstress fünfzehn Kilo abgenommen und in den letzten sechs Monaten wieder fünf angefuttert. Diesmal sind jedoch die Hormone schuld, da bin ich mir sicher. Stefan ist also aus dem Schneider.

»Wie geht es Jule?«, fragt mein Noch-Ehemann. »Ich habe schon seit Ewigkeiten nichts mehr von ihr gehört. Sie scheint ja schwer beschäftigt zu sein.«

Der Vorwurf in Stefans Stimme ist nicht zu überhören. Für ihn ist es sozusagen so was wie ein Naturgesetz, dass Kinder sich regelmäßig bei ihren Vätern zu melden haben. Es gehört sich einfach so. Jule ist seine Tochter. Er erwartet, dass sie regelmäßig bei ihm vorbeikommt oder zumindest anruft.

»Frag sie doch einfach«, antworte ich und versuche freundlich dabei zu klingen. Nach einem Streit nur wenige Minuten vor unserer Scheidung steht mir nicht der Sinn. »Du hast doch ihre Handynummer.«

Stefan winkt ab. »Ach, lassen wir das jetzt.«

Genau, denke ich, lassen wir das jetzt. Ein Spruch, den ich nicht nur einmal während unserer Ehe gehört habe. Ich schaue auf meine Armbanduhr und straffe die Schultern. »Zehn vor zwölf. Wollen wir?«

Stefan nickt.

»Die kürzeren Haare stehen dir gut«, sagt er, als wir nebeneinander die Treppe zum Gerichtsgebäude hochgehen.

»Danke.« Das letzte Mal haben wir uns an Jules Geburtstag gesehen. Das ist jetzt ein gutes Dreivierteljahr her. Kurz darauf habe ich mich von meiner langen Haarmähne getrennt und mir einen knapp kinnlangen Bob schneiden lassen, der mir aber nicht gefallen hat. Mittlerweile fällt mein Haar wieder bis fast auf die Schultern. Ich kann es hochstecken oder trage es, wie heute, offen und zum Seitenscheitel frisiert. Und ich bin glücklich damit. Den Bob hat Stefan nicht mitbekommen. Mein Noch-Mann ist nicht mehr Teil meines Lebens. Ich werfe ihm einen kurzen Blick zu. Er sieht aus wie immer. In den letzten neun Monaten hat Stefan sich nicht verändert. Der gute Philon schießt mir wieder durch den Kopf. Stefan ist drei Jahre älter als ich. Er war also neunundvierzig, als er in seinem Leben noch mal was verändern wollte, so alt, wie ich jetzt. Typisch Mann, denke ich. Stefan hat den bequemen Weg gewählt. Anstatt an sich selbst zu arbeiten, hat er mich gegen eine Neue ausgetauscht.

Wir gehen schweigend durch das Gerichtsgebäude. Mir steht nicht der Sinn nach einer Unterhaltung. Mein Bauch grummelt.

Das macht er immer, wenn ich nervös bin. Ich möchte die ganze Sache einfach so schnell wie möglich hinter mich bringen.

»Was macht die Schule?«, fragt Stefan, als wir vor dem Raum stehen, in dem wir gleich geschieden werden.

»Alles gut«, antworte ich, aber das stimmt nicht. Zum Glück wird nur wenige Sekunden später die Tür geöffnet.

»Da seid ihr ja schon.« Olaf, unser gemeinsamer Anwalt und Stefans Freund, reicht mir die Hand. »Jette, schön dich zu sehen.« Er räuspert sich. »Natürlich ist der Anlass nicht so schön.«

»Schon gut. Ich freu mich auch, dich zu sehen.« Ich mochte Olaf immer gern und bin froh darüber, dass wir mit nur einem Anwalt auskommen.

Olaf nickt. »Wollen wir?«

Etwa zwanzig Minuten später sind wir einvernehmlich geschieden. Die Bedingungen hatten wir schon vorher mit Olaf geklärt. Mir steht der Versorgungsausgleich zu und eine der größeren Kapitalversicherungen. Stefan behält das Haus und andere Geldanlagen. Er kommt etwas besser davon, aber alles in allem haben wir das Finanzielle fair geregelt. Ich bin zufrieden und nun auch offiziell wieder Single.

»Na dann ...«, sagt Stefan, als wir wieder vor dem Gebäude stehen. Seine Stimme klingt überraschend sentimental. »Danke.«

»Wofür?«, frage ich.

»Für die zwanzig Jahre. Und für die tolle Tochter. Ich finde, zumindest Jule haben wir beide richtig gut hinbekommen.«

Wir? liegt mir auf der Zunge, aber ich verkneife mir den Kommentar. Stattdessen sage ich: »Du hast recht, wir haben eine wundervolle Tochter.«

Stefan nickt. »Richte ihr bitte aus, sie möchte die nächsten

Tage mal vorbeikommen. Ich muss dringend etwas mit ihr besprechen.«

Ein Seufzer entfährt mir, aber ich antworte nicht auf seine Bitte. Es macht keinen Sinn, Stefan noch einmal darauf hinzuweisen, dass er sich selbst mit Jule in Verbindung setzen kann, wenn er sie sehen möchte. Sprachlosigkeit, genau das war unser Problem, schießt es mir durch den Kopf. Und zwar nicht nur zum Ende unserer Ehe.

»Ich würde ja gerne noch einen Kaffee mit dir trinken, aber ...« Mein Exmann zuckt mit den Schultern. »Ich muss los. Die Klinik ruft. Du weißt ja, wie das ist.«

»Ja, allerdings ...« Nicht nur einmal habe ich mich in den letzten Jahren gefragt, mit wem Stefan eigentlich wirklich verheiratet ist. Mit mir oder mit dem Krankenhaus, in dem er die meiste Zeit des Tages verbracht hat. Davon mal ganz abgesehen, meint er das mit dem Kaffee nicht ernst. Das war nur eine höfliche Floskel.

Stefan reicht mir die Hand, als wäre ich eine Fremde. Und so fühle ich mich auch. Zwanzig Jahre, und alles, was wir noch gemeinsam haben, ist unsere Tochter. Ich zögere einen Moment, bevor ich zugreife. Seine schlanken Chirurgenfinger fühlen sich ungewöhnlich kalt an. Komisch, denke ich, ich kenne sie nur warm.

Da lässt er auch schon los. »Alles Gute für dich, Jette.«

»Für dich auch.« Nachdem ich damals herausgefunden hatte, dass Stefan seine Arbeitszeit nicht nur mit lebensrettenden OPs, sondern auch intim mit einer seiner Kolleginnen verbringt, habe ich ihm die Pest oder zumindest einen fiesen Ausschlag am ganzen Körper gewünscht. Die Zeiten sind jedoch vorbei. Er ist nicht mehr mein Ehemann, aber noch immer Jules Vater. Und dem soll es gut gehen.

Ich sehe dem immer noch verdammt attraktiven Mann nach, der schnellen Schrittes über die Straße zu seinem weißen SUV läuft, ohne sich noch einmal zu mir umzudrehen. Es ist typisch, dass Stefan einen Parkplatz für seinen Wagen direkt hier gegenüber gefunden hat. Mein Auto steht ganz am anderen Ende der Parallelstraße.

Was solls, denke ich. Es gibt schließlich Wichtigeres. Unsere Tochter zum Beispiel. Ich atme tief durch, krame mein Handy aus der Tasche, schalte den Ruhemodus aus und schicke eine Nachricht an Jule. Es ist gleich halb eins. Sie ist online, obwohl sie gerade im Seminar sitzen müsste, um für ihre bevorstehende Mathe-Prüfung zu lernen.

Geschafft. Alles friedlich überstanden. Hab dich sehr lieb. Heute Abend Pizzataxi?

Nur ein paar Sekunden später erscheint ein rotes blinkendes Herz auf meinem Display, kurz darauf ein *Gut!*, danach *Ja, sehr gerne* und schließlich ein *Schlieb!* Unsere persönliche Nachrichtenabkürzung für *Ich habe dich lieb*. Wenn Jule mir schreibt, piept mein Handy in der Regel gleich mehrmals hintereinander. Es ist eine kleine Marotte von ihr, den Text nicht nur in einer Nachricht zu versenden. *Wie wars?*, erscheint auf meinem Handy und *War Papa brav?*

War er, antworte ich. *Alles gut. Freu mich auf heute Abend! Und jetzt konzentriere dich auf Mathe, wir reden später.*

Meine Tochter reagiert mit einer lachenden Emoji, einem Daumen nach oben und noch einem Herz, diesmal in Lila.

Stefan hat recht, denke ich noch einmal, wir haben eine wundervolle Tochter. Allein für sie haben sich die zwanzig Ehejahre gelohnt. Außerdem hatten Stefan und ich auch gute gemeinsame Zeiten.

Wie aus dem Nichts setzt sich ein Kloß in meinem Hals fest.

Ich atme tief durch und suche nach dem Autoschlüssel in meiner Tasche. Jetzt bloß nicht doch noch anfangen zu heulen. Gerade als ich die ersten Schritte in Richtung meines Autos gehe, höre ich eine mir bestens bekannte Frauenstimme laut und deutlich »Jette!« rufen. Ich bleibe stehen und drehe mich um. Eva steht nur wenige Meter von mir entfernt an ihr Auto gelehnt. Sie hebt eine Flasche Champagner und zwei Gläser in die Luft.

»Was machst du denn hier?«, frage ich erfreut. »Bist du schon die ganze Zeit da? Ich habe dich gar nicht bemerkt.«

»Du warst ja auch beschäftigt.« Eva zeigt hinter sich. »Ich habe im Wagen gesessen und gewartet, bis Arschie weg ist.« Sie kommt auf mich zu. »Ich lass dich doch jetzt nicht alleine.«

Ohne Vorwarnung schießen mir die Tränen in die Augen und laufen über meine Wangen. Ich schluchze auf und liege kurz darauf in den Armen meiner Freundin.

3. Kapitel

»Auf dich!« Eva hält mir ihren Champagnerkelch entgegen. »Und auf die Zukunft.«

»Auf die Zukunft.« Unsere Gläser klirren sanft, als wir sie aneinanderstoßen. Beim Trinken schauen wir uns tief in die Augen. Danach lächeln wir beide. Ein Gefühl von Dankbarkeit überrollt mich. Ich genehmige mir noch einen Schluck der angenehm kühlen und prickelnden Flüssigkeit und greife nach Evas Hand. Sie streicht mit dem Daumen über meinen Handrücken. Wir sind vom Gerichtsgebäude mit Evas Wagen direkt zum Rhein-Herne-Kanal gefahren. Hier sitzen wir nun nebeneinander auf einer Bank. Einen Moment schauen wir schweigend auf den Frachter, der sich schwerbeladen an uns vorbei durch das Wasser pflügt. *Axel*, steht in großen weißen Buchstaben auf seinen Rumpf geschrieben.

»Gut, dass ich mir nie ›Stefan‹ auf meinen Hintern habe tätowieren lassen«, sage ich. »Spätestens jetzt würde ich mich darüber ärgern.«

Eva lacht hell auf. Und ich stimme mit ein.

»Ich hätte niemals zugelassen, dass du dich derart verunstaltest«, erklärt Eva.

Einen kurzen Moment blitzt das Bild einer jungen Frau mit blondem kurzem Haar vor meinem inneren Auge auf: Uta, meine beste Freundin aus der Jugendzeit. Wir waren beide achtzehn, als ich mir in einem Anflug von blinder Verliebtheit tatsächlich den Namen meiner damaligen großen Liebe *Jan* auf meiner Schulter verewigen lassen wollte. Uta hat mich davon abgehalten. Und jetzt habe ich Eva. »Schön, dass du auf mich aufpasst.« Ich halte Eva noch einmal das Glas entgegen. »Auf uns.«

Sie sieht mich ernst an. »Auf uns. Du bist mein absoluter Lieblingsmensch.«

»Und du meiner.« Abgesehen von Jule natürlich, aber sie ist meine Tochter und sozusagen Teil von mir.

»Schade, dass wir beide nicht auf Frauen stehen«, erklärt Eva und grinst. »Wir wären ein schönes Paar.«

Ich winke ab. »Das würde alles verkomplizieren. Liebe macht verletzlich.«

»Stimmt.«

Ein Jogger läuft an uns vorbei.

»Prost!«, ruft er und dreht sich noch einmal nach uns um.

Eva zieht anerkennend gleich beide Augenbrauen nach oben und schnalzt mit der Zunge. »Nett!«

Ich schaue ihm nach. Dabei fällt mir wieder der Frachter auf. »Axel – würdest du dein Schiff so nennen?«, frage ich. »Wenn ich eins hätte, würde ich ihm einen schönen Namen mit Bedeutung verpassen, aber keinen Vornamen, schon gar keinen männlichen. Die Axel läuft in den Hafen ein, das hört sich komisch an.«

»Vielleicht ist Axel der Name des Sohnes«, überlegt Eva laut. »Oder der des Großvaters. Bestimmt nicht der des Ehemannes.«

»Kann sein.« Ich schließe für einen Moment die Augen und halte mein Gesicht der Sonne entgegen. Wir haben Ende August. Es ist nicht mehr so heiß wie in den letzten Wochen, aber immer noch angenehm warm. »Hope«, sage ich. »Ich würde mein Boot *Hope* nennen.«

»Klingt gut.« Eva legt ihre Hand auf meine Schulter. »Nach der Woche Sylt wird es dir wesentlich besser gehen, warte mal ab.« Gleich nachdem mein Scheidungstermin feststand, haben wir einen gemeinsamen Freundinnen-Wellnessurlaub gebucht, sozusagen als Mini-Reha für mich. Am Samstag geht es los.

Ich fühle einen Moment in mich hinein. »Mir geht es nicht schlecht. Es war nur die Anspannung der letzten Tage, die sich vorhin gelöst hat. Ich bin froh darüber, dass es jetzt endgültig vorbei ist. Und darüber, dass du da bist.«

»Ist doch selbstverständlich.« Sie klopft auf die Sitzfläche der Bank. »Wie oft haben wir hier schon gesessen?«

»Unzählige Male«, antworte ich. Eva ist Kommissarin. Wir haben uns während einer Fortbildung kennengelernt, bei der es um den Umgang mit gewaltbereiten Kindern ging. Eva war eine der Referentinnen. Ein paar Wochen später traf ich sie bei einem Projekt gegen Mobbing in der Schule wieder, in der ich damals als Sozialarbeiterin in der Ganztagsbetreuung tätig war. Ich war begeistert von Evas Art, mit den Kids umzugehen. Sie schaffte es, auch die sonst eher harten Jungs aus der Reserve zu locken und für das Thema zu sensibilisieren.

Nach Schulschluss beschlossen wir spontan, noch einen Spaziergang zu machen. Wir fuhren zum Kanal, setzten uns auf diese Bank und quatschten uns fest. Das war der Beginn unserer Freundschaft. Wir kennen uns jetzt seit fünfzehn Jahren. Und seitdem kommen wir hierher, reden, lachen, weinen oder fluchen gemeinsam.

Die Axel tuckert unermüdlich weiter den Kanal entlang. Ich seufze tief auf.

»Was ist los?«, fragt Eva. »Wirst du jetzt doch sentimental?«

»Nein, ja, aber nicht wegen Stefan.« Ich zeige auf den Frachter, der gleich hinter einer Biegung unserem Blickfeld entschwunden sein wird. »Ich bin auch eine Axel.«

»Was? Wie kommst du denn darauf?« Eva schüttelt ungläubig den Kopf.

»Doch! Ich bin genauso schwerfällig und träge.«

Ein kleines Lächeln umspielt Evas Lippen. »Ich würde dich eher als ausgeglichen bezeichnen. Du ruhst in dir selbst. Das ist die Eigenschaft, die ich am meisten an dir bewundere.«

»Manchmal verstecken sich die negativen Dinge eben in den positiven«, erkläre ich. »Ich bin träge, zumindest fühle ich mich momentan so. ›Sei wild und unersättlich!‹ ... weißt du noch?«

Eva nickt. »Jetzt. Sofort. Klar, die Postkarte mit dem Bette Midler Spruch.«

»Genau. Alles was mir dazu einfällt, ist Pancakes zu backen und mir den Bauch damit vollzuschlagen.« Ich schüttle den Kopf. »Ach, ich weiß auch nicht, was auf einmal mit mir los ist. Vorhin war ich noch froh darüber, dass mein Leben in ruhigen Bahnen verläuft. Jetzt sitze ich hier, jammere rum, und wie aus dem Nichts kommen kleine giftige Gedanken angeflogen, die mir suggerieren wollen, dass ich im Grunde genommen unzufrieden bin. Und ich habe keine Ahnung, warum.«

Eva zuckt mit den Schultern. »Hört sich meiner Meinung nach ganz normal an. Du befindest dich im absoluten Ausnahmezustand. Immerhin bist du gerade geschieden worden. Auch wenn es einvernehmlich war. Du hast eine unschöne Trennung hinter dir und musstest dich erst mal wieder berappeln. Das hat dich Kraft gekostet. Heute bist du den letzten Schritt gegangen. Du wärst nicht die Jette, die ich kenne und liebe, wenn das spurlos an dir vorübergehen würde. Du darfst

Unmengen an Pancakes vertilgen, lachen, weinen, wütend, traurig und auch durcheinander sein. Das gibt sich wieder.«

»Danke.« Ich lege meinen Kopf auf Evas Schulter. Das Bild meines Exmannes blitzt vor meinem inneren Auge auf und ich denke an die unpersönliche Verabschiedung. »Stefan hatte eiskalte Hände«, sage ich.

»Ein Zeichen für Stress. Arschie ist eben auch nur ein Mensch und kein Halbgott, obschon es ihm schwerfällt, sich das einzugestehen.«

Eva hat Stefan ganz charmant umgetauft, nachdem sie erfahren hatte, wie dermaßen unehrlich und abgebrüht er sich während der Affäre mit seiner Kollegin mir gegenüber verhalten hat. Meine Freundin ist konsequent. Sie nennt ihn heute noch so. Nur wenn Jule in der Nähe ist, hält sie sich zurück.

»Ich weiß nicht. Er wirkte eigentlich ganz gelassen. Kalte Hände hatte er nie, nicht mal im Winter, und auch nicht bei Stress«, erkläre ich und schüttele nur kurz darauf den Kopf, weil ich mir über das Wohlergehen meines Exmannes Gedanken mache. »Ist ja auch egal. Liegt vielleicht am Alter.«

»Genau. Und jetzt lass uns an positive Dinge denken. Ab sofort beginnt auch offiziell dein neues Leben.« Eva hebt ihr Glas in den Himmel. Die Champagnerperlen leuchten golden in der Sonne. »Auf dein schönes neues Leben!« Sie leert das Glas in einem Zug.

Auch ich trinke den restlichen Champagner aus. Eine dicke Hummel schwirrt laut summend um unsere Köpfe herum. Auf dem Wasser schnattern ein paar Enten um die Wette. Ich bin gesund, habe einen vernünftigen Job, eine tolle Tochter und eine richtig gute Freundin. Ich seufze noch einmal auf. »Im Grunde genommen geht es mir ja doch sehr gut. Ist schön hier, oder?«

Eva kichert laut los. Die hellen, fast schrillen Töne, die sie dabei von sich gibt, haben mich schon immer fasziniert. Sie passen eigentlich nicht zu ihrer tiefen warmen Stimme. Und sie sind ungemein ansteckend. Mit Eva muss ich meine Mundwinkel nicht bewusst nach oben ziehen, sie wandern sozusagen von ganz alleine hoch.

»Ja, hier ist es wunderschön. Aber davon mal ganz abgesehen musst du mal raus«, sagt Eva und wird wieder ernst. »Die Inselluft wird dir guttun. Und mir auch. Ich habe uns für jeden Tag eine Massage gebucht, bevor ich heute Morgen losgefahren bin.«

»Klingt gut.« Eine Woche Sylt. Die Insel kenne ich noch nicht. Seit ich im Ruhrgebiet wohne, liegen die Ostfriesischen Inseln näher. Schon etliche Male habe ich mit Eva Kurzurlaub auf Norderney gemacht. Gemeinsam mit Stefan und Jule war ich auf Borkum, Langeoog und Juist. Von den Nordfriesischen Inseln kenne ich nur eine. Ich bin in der Lüneburger Heide aufgewachsen und später zum Studieren nach Hamburg gezogen. Von dort aus bin ich mit meinem damaligen Freund mal für ein paar Tage nach Amrum gefahren. Nach Sylt wollten wir im nächsten Urlaub. Aber dazu ist es nicht mehr gekommen. Ich schüttele unwillkürlich den Kopf. An Jan habe ich schon Ewigkeiten nicht mehr gedacht. Heute, am Tag meiner Scheidung, kommt er mir zweimal kurz hintereinander in den Sinn. Ob ich jetzt doch noch sentimental werde?

»Carola hat mir den Masseur empfohlen«, sagt Eva und reißt mich aus meinen Gedanken. »In Sachen Wellness kann man sich auf ihren Geschmack verlassen. Er soll magische Hände haben.«

»Klingt ja fast verführerisch«. Carola ist Evas Schwester. Sie ist sechsundfünfzig Jahre alt, hat zwei erwachsene Töchter und seit Kurzem den dritten Ehemann, einen wohlhabenden Zahnarzt mit Ferienhaus auf Sylt. »Wie heißt deine Schwester jetzt? Ich kann mir den Nachnamen einfach nicht merken.«

»Szewczyk«, erklärt Eva und schüttelt den Kopf. »Meine Schwester tickt in der Beziehung nicht ganz richtig, wenn du mich fragst. Sie findet es lustig, dass sie nun einen Namen hat, den sie buchstabieren muss, wenn sie sich irgendwo vorstellt. Ich verstehe ehrlich gesagt nicht, warum sie nach ihrer ersten Scheidung nicht wieder unseren Geburtsnamen angenommen und auch behalten hat.«

»Ich bin mir da auch noch unsicher.«

»Bei dir ist das ja auch was anderes. Ihr habt ein gemeinsames Kind. Außerdem ist Florin ein sehr schöner Nachname.«

»Stimmt. Ich überlege trotzdem, ob ich wieder den alten annehme. Für Jule wäre das okay. Sie ist ja schon erwachsen und versteht das.«

»Jette Jacoby.« Eva sieht mich an. »Klingt auch gut, irgendwie schnittig.«

Da fährt ein älterer Mann mit schütterem Haar, kugelrundem Bauch, blauer Jogginghose und weißem Träger-Rippshirt auf einem alten klapprigen Rad an uns vorbei. Vorne an seinem Lenkrad hat er ein kleines Radio angebracht aus dem blechern Nenas Stimme tönt. *Irgendwie fängt irgendwann irgendwo die Zukunft an ...*

»Wenn das mal nicht wie die Faust aufs Auge passt«, stellt Eva trocken fest. »Gib mal dein Glas.« Sie schenkt uns beiden nach, bevor wir ein weiteres Mal anstoßen. »Auf Jette Jacoby, auf dich.«

»Ja ...« Der Gedanke gefällt mir. Jetzt, wo ich tatsächlich geschieden bin, kommt es mir richtig vor. Der Name Florin ist schön, aber er war nur ausgeliehen. Jetzt sollte ich wieder ich sein. »Wenn wir von Sylt zurück sind, stelle ich den Antrag.«

»Klasse! Gute Entscheidung.«

Wir nippen an unseren Champagnergläsern und beobachten das Treiben um uns rum. Auf dem Kanal paddeln ein paar Kajakfahrer. Hundebesitzer gehen mit ihren Vierbeinern spazieren. Eine Gruppe Radfahrer fährt an uns vorbei. Mein Blick bleibt am Gasometer hängen, dem Wahrzeichen Oberhausens. Der einhundertsiebzehn Meter hohe Koloss ist mir ans Herz gewachsen. Als meine Eltern damals von dem kleinen Dorf in der Lüneburger Heide ins Ruhrgebiet gezogen sind, hätte ich erstens nie für möglich gehalten, dass ich mich ausgerechnet hier verliebe und hinterherziehe und zweitens niemals gedacht, dass ich mich hier so dermaßen wohlfühlen könnte. Ich mag den manchmal etwas rauen, aber herzlichen Umgang der Menschen im Ruhrpott. Sie sind direkt und ehrlich. Von meinem Exmann mal ganz abgesehen, aber Ausnahmen bestätigen ja bekanntermaßen die Regel.

Der Miss Marple Klingelton meines Handys reißt mich aus meinen Gedanken. Ich zögere, kann mich nicht dazu durchringen, das Gespräch anzunehmen. Meine Mutter trauert ihrem Ex-Schwiegersohn immer noch hinterher. Stefan konnte sehr charmant sein, besonders wenn es um ihre Koch- und Backkünste ging. Ich weiß, dass sie Jule letztens erst gefragt hat, ob sie ihm nicht ein Stück Buchweizentorte vorbeibringen wolle. Meine Tochter hat sich geweigert – und mir brühwarm davon erzählt, als sie wieder zu Hause war.

»Geh schon ran!« Eva schubst mich sanft in die Seite. »Sie will bestimmt wissen, wie es war.«

Ich drücke den Annahmeknopf. »Hallo, Mutti.«

»Jette, wo bist du denn? Ich komme eben vom Arzt. Dein

Vater geht nicht ans Telefon. Er wollte mich eigentlich abholen. Fährst du mal bei ihm vorbei? Nicht dass ihm was passiert ist. Ich mach mir Sorgen.«

Seit mein Vater vor zwei Jahren einen Herzinfarkt nur knapp überlebt hat, rechnet meine Mutter ständig damit, dass es wieder passieren könnte. Natürlich ist das nicht ausgeschlossen und ich verstehe ihre Angst. Aber meine Mutter hatte schon immer den Hang zu theatralisieren. Ich gehe davon aus, dass mein Vater bei diesem Wetter gemütlich im Garten sitzt und die Sonne genießt. Aber ganz sicher bin ich mir da natürlich nicht. Wenn ich könnte, würde ich jetzt sofort nachschauen. »Das geht leider nicht, Mutti. Ich habe etwas getrunken und darf nicht fahren.«

»Um diese Uhrzeit?«

Ich verkneife mir die Bemerkung, dass heute mein Scheidungstermin war und frage stattdessen: »Was habt ihr denn ausgemacht? Wann sollte Papa dich abholen?«

»Na, wenn ich fertig bin. Man weiß ja nie, wie voll das Wartezimmer ist und wie lange es dauert, bis man drankommt. Ich sollte ihn anrufen.« Sie seufzt. »Es ist Viertel nach drei. Er weiß doch, dass ich mich melden wollte. Was machen wir denn jetzt?«

»Soll ich einen Kollegen fragen, ob er uns abholt und zu deinen Eltern fährt?«, flüstert Eva neben mir. Meine Mutter hat so laut gesprochen, dass Eva alles mitbekommen hat. Doch noch bevor ich antworten kann, ruft meine Mutter: »Helmut, Helmut, hier bin ich!«

Ich atme erleichtert auf.

»Dein Vater ist da«, ruft meine Mutter ins Telefon. »Helmut! ... Da bist du ja, ich habe mir schon Sorgen gemacht. Warum bist du denn nicht ans Telefon gegangen?«

»Weil ich Auto gefahren bin«, höre ich meinen Vater erwidern. »Da kann ich ja schlecht rangehen.«

»Aber du wolltest doch …«

Ich halte das Handy von meinem Ohr weg, bis die beiden ihren kleinen Disput ausgefochten haben.

Als meiner Mutter wieder einfällt, dass ich noch am Telefon bin, erklärt sie mir: »Dein Vater ist nicht ans Telefon, weil er Auto gefahren ist«

»Ich weiß, Mutti, habe ich mitbekommen.«

»Warte, er möchte dich sprechen.«

»Jette, mein Schatz«, sagt mein Vater. »Wie war die Scheidung? Ist alles gutgegangen?«

»Das habe ich ja in der Aufregung ganz vergessen«, ruft meine Mutter aus dem Hintergrund. Dann sagt sie laut: »Deswegen ist Jette betrunken.«

Eva grinst mich an. Sie kennt meine Eltern und mag sie.

»Ich bin nicht betrunken«, erkläre ich meinem Vater, aber nach zwei Gläsern Champagner fahre ich kein Auto mehr. »Ich sitze mit Eva am Rhein-Herne-Kanal und genieße die Sonne. Scheidungsmäßig ist wie erwartet alles vernünftig über die Bühne gelaufen. Die Details erzähle ich euch auf dem Weg zum Flughafen, da haben wir ja genug Zeit.«

»In Ordnung, Schatz. Bis morgen.«

»Pünktlich!«, ruft meine Mutter.

»Natürlich. Bis morgen also.« Ich drücke das Gespräch weg und drehe mich zu Eva.

»Wann geht es denn los?«, fragt sie.

»Der Flieger geht um zwei. Ich soll sie aber schon um zehn abholen, damit sie ihn auch ja nicht verpassen. Du weißt ja, wie meine Mutter ist. Sie setzt sich selbst unter Druck und macht alle um sich rum kirre.«

»Kann ich mir vorstellen. Sie ist bestimmt mächtig aufgeregt.«

»Und wie! Sie hat schon vor Wochen angefangen zu packen.«

»Grüß die beiden bitte ganz lieb von mir und sag ihnen, dass ich ihnen ganz viel Spaß wünsche.«

»Mach ich.«

Meine Eltern brechen morgen zu ihrer ersten großen Kreuzfahrt von Hamburg nach Barbados auf. An Bord werden die beiden, gemeinsam mit dem Kapitän, ihre Goldene Hochzeit feiern, während ich mich mit meiner Freundin auf Sylt von meiner Scheidung erhole.

Meine Mutter steht schon auf dem Gehweg vor dem rot geklinkerten Zechenhaus und bewacht die Koffer, als ich um die Ecke biege. Es ist zwanzig vor zehn, ich bin überpünktlich. Von unserer Wohnung bis zu meinen Eltern brauche ich zehn bis zwölf Minuten, wenn kein Verkehr ist. Aber man kann nie wissen, also bin ich vorsichtshalber schon um halb losgefahren. Ich halte direkt neben ihr an und lasse das Fenster runter: »Taxi gefällig?«

Meine Mutter nickt überschwänglich. Ihre Wangen sind vor Aufregung gerötet. Sie trägt eine 7/8 lange sportliche Cargohose in einem hellen Olivton, eine weiß-rosa-karierte Hemdbluse mit Krempelärmeln und weiße Sneaker. Um ihren Bauch hat sie eine dunkelgraue Gürteltasche geschnallt und in der Hand hält sie eine olivfarbene Schirmkappe. Die Sachen habe ich noch nie an ihr gesehen.

»Schick siehst du aus«, sage ich, und staune nicht schlecht, als mein Vater zur Tür herauskommt. »Und Papa auch.« Bis auf sein weißes Hemd ist er ähnlich gekleidet. Die Hose, die

Kappe auf seinem Kopf und die Bauchtasche haben definitiv die gleiche Farbe wie die Kleidungsstücke meiner Mutter.

Ich steige aus, umarme meine Mutter und winke meinem Vater zu, der immer noch in der offenen Tür steht. »Partnerlook?«

Meine Mutter nickt wieder. Dass sie bisher noch nichts gesagt hat, passt gar nicht zu ihr. Sie scheint wirklich mächtig aufgeregt zu sein.

»Ich geh noch mal durchs Haus«, ruft mein Vater. »Nicht, dass doch noch irgendwo was offensteht.«

»Mach das, wir haben noch Zeit«, rufe ich zurück und wende mich wieder an meine Mutter. »Dann packen wir schon mal die Koffer ins Auto.« Auch die sind neu, wie ich mit einem schnellen Blick feststelle. Ich lege den Arm um die Schultern meiner Mutter. Sie ist gut fünf Zentimeter kleiner als ich und etwas rundlicher gebaut. Ihr kurz geschnittenes graues Haar lässt sie sich regelmäßig blond färben. Wie fünfundsiebzig sieht sie nicht aus. Sie könnte glatt als Endsechzigerin durchgehen. Vermutlich hat meine Tochter recht, dass das Jünger-Aussehen bei uns in der Familie liegt. »Ich freue mich wahnsinnig darüber, dass ihr euch endlich euren lang ersehnten Traum erfüllt.« Schon einmal wollten meine Eltern auf Kreuzfahrt gehen, vor fünf Jahren, zum siebzigsten Geburtstag meines Vaters. Damals hat sein Herz den beiden einen Strich durch die Rechnung gemacht. Umso schöner ist es, dass es jetzt klappt.

»Fünfzig Jahre verheiratet«, sagt meine Mutter mit brüchiger Stimme. »Wer hätte das gedacht.« Sie strafft ihre Schultern und räuspert sich. »Na ja, war auch ein hartes Stück Arbeit. Wir hatten auch schlechte Zeiten. Trotzdem ist und bleibt die Ehe immer noch eine der wichtigsten Entdeckungsreisen, die der Mensch unternehmen kann.« Sie sieht zu mir auf. »Schade, dass Stefan nicht der Richtige für dich war. Aber du bist ja noch jung. Du hast auf jeden Fall einen Besseren verdient.«

Ich horche überrascht auf. »Einen Besseren als Stefan? Das meinst du doch nicht wirklich ernst.« Das klingt bissig, aber es ist mir rausgerutscht, bevor ich darüber nachdenken konnte.

Meine Mutter sieht mich streng an. »Du hast ihn dir damals ausgesucht und wolltest ihn unbedingt heiraten, obwohl du ihn kaum kanntest. Ihr habt von Anfang an nicht zusammengepasst, aber du wolltest ja nicht auf mich hören. Jetzt mach mir keinen Vorwurf, weil ich ihn als Schwiegersohn mochte.«

»Nicht auf dich hören?«, frage ich. »Ich kann mich nicht daran erinnern, dass du mir davon abgeraten hättest.«

»Wenn ich das gemacht hätte, hättest du ihn erst recht geheiratet«, antwortet meine Mutter. »Du warst damals sehr eigensinnig, wenn ich mich recht erinnere.«

»Vielleicht mit sechzehn, aber doch nicht mehr mit Mitte zwanzig«, entgegne ich, aber das lässt meine Mutter nicht gelten.

»Das gehört zu deinem Naturell«, sagt sie.

»Was? Aber ...«

Meine Mutter lässt mich nicht ausreden. »Du hast dir auf jeden Fall nichts vorzuwerfen. Er hatte seine zweite Chance und hat sie nicht genutzt. Das hat er jetzt davon. So eine wie dich findet er so schnell nicht wieder. Und du kommst drüber hinweg. Wie gesagt, du hast was Besseres verdient. Ich finde trotzdem, wir sollten ihn uns warmhalten. Er ist immerhin Jules Vater. Und außerdem Arzt. Wir werden schließlich auch nicht jünger. Wer weiß, wozu das noch gut ist.«

Ich weiß, dass meine Mutter Flugangst hat. Normalerweise nimmt sie kurz vor Abflug eine Beruhigungspille. Ob sie es sich diesmal anders überlegt und stattdessen einen gezwitschert hat? Ich schaue sie skeptisch an. Daher kommen bestimmt auch die geröteten Wangen …

Ihr Blick wandert zum Haus. »Übrigens …« Ihre Stimme ist plötzlich ein paar Nuancen leiser geworden. »Matthias ist gestorben. Vorgestern. Es war sein Herz, wie bei deinem Vater.«

Ich brauche einen Moment, bis mir klar wird, wen meine Mutter meint. »Thies? Unser Thies aus Lünzen?«

Sie nickt und klingt traurig, als sie sagt. »Er war etwas jünger als dein Vater, ist gerade mal vierundsiebzig geworden.«

Ich habe Thies das letzte Mal vor ungefähr fünfundzwanzig Jahren gesehen. Der große breitschultrige Mann hat mich fest in seine Arme genommen, mir alles Gute für meinen weiteren Lebensweg gewünscht und mir das Versprechen abgerungen, ihn irgendwann mal wieder besuchen zu kommen. Aber dazu ist es nie gekommen. Und jetzt ist es zu spät. Plötzlich habe ich einen Kloß im Hals. Ich hatte es ihm versprochen, habe es die Jahre danach verdrängt und schließlich vergessen.

»Wer hat dich denn darüber informiert?«, frage ich.

»Seine Schwester, Ella. Gestern lag ihre Karte im Briefkasten.« Etwas nervös, wie es mir vorkommt, blickt meine Mutter wieder zum Haus, aus dem in diesem Moment mein Vater kommt.

»Ich gehe noch mal kurz nach hinten in den Garten«, ruft er.

»Ella?«, frage ich meine Mutter. »Ich wusste gar nicht, dass ihr noch Kontakt habt.«

»Haben – hatten wir auch bisher nicht.« Meine Mutter winkt ab. »Lassen wir das lieber. Papa weiß das mit Matthias nicht. Sag ihm bitte nichts, ich will nicht, dass er sich aufregt.«

Mein Vater, der eher besonnen und ruhig ist, kam mit Thies' immer fröhlichen und manchmal etwas lauten Art nicht besonders gut klar. Er hat zwar nie abfällig über ihn gesprochen, aber ich habe die Blicke gesehen, die er ihm manchmal zugeworfen hat, wenn er sich unbeobachtet gefühlt hat. Mein Vater ist mir in dieser Hinsicht ähnlich. Er lässt sich so schnell nicht anmerken, wenn er jemanden nicht mag. Nur wer ihn gut kennt, bemerkt die feinen Unterschiede zwischen Höflichkeit, Freundlichkeit und Herzlichkeit. Thies gegenüber hat er sich immer höflich verhalten, gemocht hat er ihn nicht. Da bin ich mir fast sicher.

Ich kann mir nicht vorstellen, warum es ihn besonders aufregen sollte, wenn er von Thies' Tod erführe. Natürlich würde er es aufrichtig bedauern – niemals würde er jemandem etwas Schlechtes wünschen. Meine Mutter macht sich da sicher mal wieder zu viele Gedanken. Aber ich respektiere ihren Wunsch. Sie ist aufgeregt und freut sich auf die Reise mit meinem Vater. Also gehe ich auf ihren abrupten Themawechsel ein, als sie sagt: »Ich habe die Topfpflanzen alle ins Wohnzimmer neben die Terrassentür gestellt. Dann müsst ihr nicht im ganzen Haus rumlaufen, um sie zu gießen.«

»Das ist gut«, antworte ich. »Dann vergessen wir auch keine.« Jule wird alle zwei Tage hier nach dem Rechten sehen, während ich auf Sylt bin. Und danach kümmere ich mich um alles. Meine Mutter weiß sehr gut, dass wir beide keinen grünen Daumen haben und sie hat zu Recht Angst, dass wir eine ihrer Pflanze verdursten lassen. Deshalb macht sie es uns immer besonders einfach, damit wir ja keine Fehler machen können.

»Und erinnere Jule bitte noch mal daran, die blaue und die gelbe Tonne morgen rauszustellen.«

»Mach ich, Mutti.«

»Und die Post – ach ja ...« Ihre Stimme wird wieder leiser. »Wenn da noch mal was von Ella kommt, nimmst du es vorerst mit zu dir?«

»Was? Mutti!« Irgendwas stimmt da nicht. Ich schaue ihr direkt in die Augen. Sie senkt ihren Blick und wird tatsächlich rot.

»Nur falls da noch mal was kommen sollte«, erklärt sie. »Bist du so lieb?«

»Ja, aber was soll das denn? Papa ist doch ...« Ich komme nicht mehr dazu, den Satz auszusprechen, denn in dem Moment kommt mein Vater aus dem Garten.

»Pssst!«, macht meine Mutter und wirft mir einen strengen Blick zu.

»Ist ja gut!« Ich schaue zu meinem Vater, der gut gelaunt auf uns zukommt.

»Alles paletti«, sagt er. »Wir können los!«

»Habt ihr die Tickets?«, frage ich, bevor ich den Motor anlasse. »Und eure Reisepässe?«

Mein Vater zeigt auf seine Bauchtasche. »Alle wichtigen Dokumente sind hier drin.«

Ich starte den Wagen. Dabei werfe ich durch den Rückspiegel einen Blick auf meine Mutter, die mit roten Wangen auf der Rückbank sitzt. Sie sieht glücklich aus. Wahrscheinlich ist sie es selbst, die sich momentan keine Gedanken über Matthias machen möchte und darüber, dass das Leben nicht unendlich ist. Das kann ich gut verstehen. Immerhin geht es jetzt auf die lang ersehnte Traumreise.

»Ich soll euch noch mal ganz liebe Grüße von Jule bestellen. Und auch von Eva. Die beiden wünschen euch viel Spaß«, sage ich.

»Danke, das ist lieb«, antwortet meine Mutter. »Und jetzt erzähl erst einmal. Wie war es gestern? Wie geht es dir jetzt?«

»Mir geht es gut. Eva hat mich vom Gericht abgeholt. Wir sind zu unserem üblichen Platz am Kanal gegangen, haben in der Sonne gesessen, Champagner getrunken und auf das neue Leben angestoßen, das jetzt auf mich wartet. Abends habe ich mir mit Jule eine Pizza bestellt und einen schönen Film angesehen. So neu ist das Leben danach also gar nicht. Eigentlich ist alles wie immer …« Dass ich mir zur Pizza zwei große Gläser Rotwein genehmigt habe, bleischwer ins Bett gefallen bin und heute Morgen so meine Probleme mit dem Aufstehen hatte, behalte ich für mich. »Ich werde übrigens meinen Geburtsnamen wieder annehmen«, erzähle ich.

»Schön!«, sagt mein Vater. »Wieder eine Jacoby mehr in der Familie.«

Meine Mutter schweigt einen Moment, nickt aber dann. »Das ist eine gute Entscheidung.«

»Ja, finde ich auch. Und ihr: Worauf freut ihr euch am meisten auf eurer Reise?«

Den Rest der Fahrt lasse ich meine Eltern reden. Dabei schweifen meine Gedanken immer wieder nach Lünzen ab. Lünzen – das kleine Dorf in der Lüneburger Heide, in dem ich aufgewachsen bin. Erst gestern habe ich seit Langem mal wieder an meine Jugendfreundin Uta gedacht – und an Jan. Und heute erfahre ich, dass Thies gestorben ist, der ungefähr so alt war wie mein Vater. Der Wirt in meinem Heimatdorf hat uns allen viel bedeutet. Er hat uns immer mit Rat und Tat zur Seite gestanden, wenn wir als Kinder oder Jugendliche mal Probleme hatten. Wie die Zeit vergeht … Was wohl aus Uta geworden ist?

Von Jan weiß ich, dass sie Thomas geheiratet hat, drei Jahre vor mir Mutter geworden ist und auch eine Tochter bekommen hat.

Nachdem ich Lünzen verlassen habe und nach Oberhausen gezogen bin, habe ich nie wieder etwas von Uta gehört. Und das, was mir Jan immer von ihr erzählt hat, bekomme ich auch nicht mehr mit, seit wir den Kontakt komplett abgebrochen haben. Eigentlich schade, dass Uta und ich uns so aus den Augen verloren haben, denke ich, aber das ist wohl der Lauf der Dinge. Menschen kommen und Menschen gehen.

»Wir müssen zu Terminal A, Jette«, sagt mein Vater und holt mich wieder zurück in die Gegenwart. Wir sind schon fast eine halbe Stunde unterwegs und kurz vorm Flughafen.

»Ich weiß, wir parken im Parkhaus P2, das ist direkt gegenüber des Terminals, da war ich schon ein paar Mal.« Nicht nur einmal habe ich Stefan dort abgesetzt oder abgeholt, wenn er zu einem Kongress musste. Am Flughafen kenne ich mich gut aus.

Eine Viertelstunde später stehen wir bereits vor dem Flughafengebäude. Es ist kurz vor elf und wir sind erwartungsgemäß viel zu früh, sodass meine Eltern jetzt noch drei Stunden warten müssen. In der Zeit hätte ich sie direkt bis zum Hafen nach Hamburg fahren können. Aber das wollten sie nicht. Ich begleite sie noch bis zum Schalter, warte, bis sie ihre Koffer aufgegeben haben und bringe sie zum Sicherheitscheck. Mein Vater wird aufgrund seines Herzschrittmachers mit der Hand abgetastet, meine Mutter marschiert durch die Kontrollschleuse. Beide winken mir noch einmal zu, dann sind sie weg.

Einen Moment bleibe ich unschlüssig stehen und beobachte das rege Treiben auf dem Flughafen. Ich bestelle mir an einem italienischen Kaffeestand einen leckeren doppelten Espresso und dazu ein Amaretti morbidi und mir wird wieder mal bewusst, wie gut es mir doch eigentlich geht. Ich kann ohne mit der Wimper zu zucken sieben Euro für eine Minitasse Kaffee und ein weiches Mandelplätzchen ausgeben.

In Nordrhein-Westfalen haben die Sommerferien in diesem Jahr spät begonnen. Die Schule startet offiziell erst wieder am 10. September und ich habe mir die letzten beiden Wochen der Sommerferien Urlaub genommen. Heute ist Dienstag und damit schon der zweite Tag meines Urlaubs. Am ersten habe ich mich scheiden lassen und heute meine Eltern zum Flughafen gebracht und mir für den Rest des Tages vorgenommen, unsere Wohnung mal wieder richtig auf Vordermann zu bringen. Aber den Mittwoch, Donnerstag und den Freitag werde ich nur für mich nutzen. Ich werde es mir auf dem Balkon gemütlich machen, Eiskaffee trinken, meine Lieblingslieder hören – und endlich mal wieder ein gutes Buch lesen. Und am Samstag fahre ich ja schon mit Eva nach Sylt.

4. Kapitel

Der cremefarbene Brief fällt mir zwischen der Werbung und den üblichen Rechnungen sofort ins Auge, als ich meine Post aus dem Kasten fische. Er ist von Ella. Ella ist Thies' jüngere Schwester. Sie muss jetzt auch schon knapp über siebzig sein. Absender und Adresse hat sie in geradliniger Schrift mit blauer Tinte geschrieben.

Während meiner Kindheit in Lünzen lebte sie in Lüneburg und arbeitete dort als Lehrerin. Doch auch sie war in Lünzen aufgewachsen und oft bei ihrem Bruder und ihren Eltern zu Besuch gewesen. Jetzt scheint sie in Schneverdingen zu wohnen, wie ich den Absenderdaten entnehmen kann. Sie ist also wieder etwas näher an ihren Heimatort gezogen. Ich fand sie immer sehr herzlich – genau wie Thies. Er war es gewesen, der mich davon überzeugt hat, mein Abitur zu machen, anstatt bei ihm als Köchin in die Lehre zu gehen. Und Ella schließlich hat den Ausschlag dafür gegeben, dass ich studiert habe.

Ich widerstehe dem Impuls, den Brief schon hier unten im Hausflur zu öffnen. Meine Mutter hat mich auf die Nachricht schon vorbereitet, die ich darin erwarten muss. Aber der Umschlag fühlt sich ungewöhnlich dick an. Er ist mit einer 85-Cent-Briefmarke frankiert. Das sieht nicht nach einer einfachen Karte aus. Ich gehe die drei Etagen nach oben und bin wie immer völlig aus der Puste, als ich vor der Wohnungstür stehe. Treppensteigen war noch nie meine Paradedisziplin.

Ich kann mittlerweile fünfzehn Kilometer auf ebener Strecke joggen und mich pudelwohl dabei fühlen. Doch kaum geht es bergauf, mache ich schlapp. Diesmal klopft mein Herz jedoch nicht nur wegen der vielen Treppenstufen. Thies' Tod ist mir vorhin schon nahe gegangen. Aber da meine Mutter mir Gesprächsverbot erteilt hat, habe ich auch meine Gefühle weitgehend heruntergeschluckt. Nun halte ich Ellas Brief in meinen Händen und fühle mich plötzlich wieder wie sechzehn.

Meine Mutter hat sich zwar in der Zeit vertan, aber sie hatte recht, als sie gesagt hat, dass ich damals sehr aufmüpfig gewesen bin. Damals hatte ich das Gefühl, dass sie mich einfach nicht versteht. Bei Ella war das anders gewesen. Sie hat mich und meine Ideen immer ernst genommen. Heute weiß ich aus eigener Erfahrung, wie schwer es pubertierende Mädchen ihrer Mutter machen können. Bei Jule fing das Gefühlschaos allerdings früher an. Mit vierzehn war sie auf ihrem Höhepunkt, mit sechzehn fast schon wieder vernünftig.

Ich gehe durch den Flur in die Küche und setze mich auf einen der Hocker am Küchentresen. Noch einmal drehe ich den Brief in meinen Händen. Woher Ella wohl meine Adresse hat? Sie kann unmöglich wissen, dass ich mittlerweile geschieden bin und nicht mehr mit Stefan in einem Haus lebe. Ob sie bei ihm angerufen hat? Nein, das hätte er mir erzählt.

Ich atme tief durch, öffne den Umschlag und halte einen Brief, die Broschüre für ein Hotel und drei Fotos in der Hand. Bei dem Flyer handelt es sich um die Imagebroschüre für das Hotel *Camp Reinsehlen*. Ihr kann ich entnehmen, dass das Gelände des ehemaligen Wehrmachtflugplatzes, auf dem in meiner Kindheit noch Truppenübungen der Britischen Rheinarmee stattgefunden haben, inzwischen Naturschutzgebiet ist, eine Akademie für Naturschutz beherbergt und Platz für eine großzügige Hotelanlage bietet. Obwohl Reinsehlen nicht Lünzen ist, verbinde ich auch mit diesem Ort viele Erinnerungen. Ich weiß noch genau, wie verknallt Uta damals in einen der Soldaten gewesen war. Obwohl er, seine Absichten und sein Aussehen damals wochenlang jeden Tag von uns diskutiert wurden, fällt mir jetzt spontan sein Name nicht ein.

Ich lege den Flyer beiseite und schaue mir die Fotos an. Auf dem ersten sind zwei junge Mädchen in hübschen Kleidern abgebildet. Beide haben blondes Haar. Die eine trägt es kurz, die andere lang und zum Pferdeschwanz gebunden. Sie haben je einen Arm um die andere gelegt und lachen über einen Tresen hinweg in die Kamera.

Uta und ich, wir waren beide vierzehn Jahre alt, als das Bild in Thies' Gaststätte, der *Heidschnucke*, aufgenommen wurde. Das weiß ich so genau, weil Julia an diesem Tag getauft wurde und Uta nur dann Kleider angezogen hat, wenn ihre Mutter sie wegen eines besonderen Anlasses dazu gezwungen hat.

Das nächste Foto zeigt Thies, auch in seiner Gaststätte. Ich habe es damals geknipst, nachdem er uns fotografiert hatte. Er lacht nicht, schaut aber verschmitzt in die Kamera. Sein blondes Haar steht verstrubbelt in alle Richtungen ab, sein Gesicht ist gerötet. Er hatte den ganzen Tag in der Küche gestanden, um die Gäste der Tauffeier zu bekochen. Wie alt war er zu diesem Zeitpunkt gewesen? Ich rechne schnell nach. Heute wäre er vierundsiebzig Jahre alt, ich werde bald fünfzig, das sind vierundzwanzig Jahre Unterschied. Thies war noch keine vierzig, als ich ihn fotografiert habe, denke ich – mehr als zehn Jahre jünger als ich heute.

Als ich das letzte Foto betrachte, laufen mir plötzlich Tränen über das Gesicht. Thies schaut mir von der Aufnahme aus direkt in die Augen. Sein Haar ist immer noch voll, aber schlohweiß. Das Foto muss irgendwann zwischen Anfang August und Mitte September geknipst worden sein, denn Thies steht in einem Feld blühender Heide.

»Oh Mann!« Ich ziehe mir ein Papiertuch von der Küchenrolle, tupfe mir, selbst überrascht von meiner heftigen Reaktion, die Wangen trocken und falte den Brief auf. Es sind mehrere einseitig beschriebene Blätter.

Lünzen, im August 2018

Meine liebe Jette,
ich weiß nicht, ob Dich die traurige Nachricht von Thies' Tod schon erreicht hat. Er ist vor drei Tagen ganz plötzlich verstorben. Ich saß mit ihm am Essenstisch, als er nach einem kurzen Hustenanfall einfach in sich zusammengesackt ist. Sein Herz hat versagt. Es hat einfach so aufgehört zu schlagen. Nun sitze ich hier, immer noch ganz fassungslos – obwohl ich doch weiß, dass es der Lauf der Dinge ist, dass man sich irgendwann vom Leben verabschieden muss – und sortiere seinen Nachlass. Es ist mir ein Trost zu wissen, dass Thies keinen Moment gelitten hat, dafür ging es viel zu schnell. Aber natürlich fehlt er mir sehr. Er war mir immer ein guter Bruder und ein noch besserer Freund.

Da ich weiß, dass Thies Dich immer besonders gern mochte und ich davon ausgehe, dass dies auf Gegenseitigkeit beruhte, schicke ich Dir zum Andenken einige Fotos, die ich heute gefunden habe. Die beiden älteren sind aus dem Jahr 1983, das von Thies in seiner geliebten Heide habe ich letztes Jahr im September auf einem Spaziergang geschossen.

Ich hoffe, Du und Deine Familie, meine liebe Jette, seid wohlauf.

Stehst Du immer noch so gerne am Herd und schwingst den Kochlöffel?

Wenn ja, dann habe ich noch eine kleine Überraschung für Dich. Du findest sie auf der nächsten Seite ...

Die Beisetzung findet am Donnerstag ab zehn Uhr statt. Erst in Schneverdingen, dann in Lünzen. Du kennst das ja ... Zumindest in diesem Punkt hat sich hier nichts geändert.

Deiner Mutter habe ich auch geschrieben. Fühlt euch bitte nicht genötigt, nun alles stehen und liegen zu lassen, um nach Lünzen zu kommen. Ich möchte euch einfach nur die Gelegenheit geben, euch von Thies zu verabschieden. Und ich würde mich sehr freuen euch einmal wiederzusehen – ganz besonders Dich, meine liebe Jette.

Schau Dir doch mal die Broschüre des Hotels an. Erinnerst du Dich?

Es grüßt Dich herzlich
Thies' Schwester Ella.

»Puh!« Noch einmal atme ich tief ein und wieder aus, bevor ich mir die nächste Seite anschaue. Und prompt ist es wieder vorbei mit meiner Fassung. Ella hat zwei Seiten aus Thies' handgeschriebenem Kochbuch für mich fotokopiert. *Jettes absoluter Lieblingsbutterkuchen*, lese ich mit tränenverschleiertem Blick.

Thies hat regelmäßig hinten im Garten den Steinofen angefeuert, um Brot darin zu backen. Und wenn die Hitze nicht mehr ganz so groß war, hat er ein riesiges Blech Butterkuchen hineingeschoben. Ich habe nie wieder einen gegessen, der so geschmeckt hat wie dieser. Obwohl ich weiß, dass das zum Teil auch an dem wundervollen Steinofen lag, kann ich nicht anders, als zum Schrank und Kühlschrank zu gehen, um die nötigen Zutaten herauszuholen. Den Hefeteig habe ich schnell geknetet. Da ich Weizenmehl nicht mehr so gut vertrage, entscheide ich mich für Dinkelmehl. Keine Viertelsunde später steht der Teig abgedeckt in einer Schüssel auf dem Fensterbrett in der Sonne. Jetzt muss er nur noch aufgehen, bevor ich ihn weiterverarbeiten kann. Es ist mittlerweile halb zwei. Der Kuchen wird also rechtzeitig zum Kaffee fertig sein. Ich strecke mich und merke dabei, wie müde ich bin. Durch den Wein bin ich zwar gestern bleischwer ins Bett gefallen, aber mitten in der Nacht wieder aufgewacht, nassgeschwitzt, wie so oft in den letzten Wochen. Ich bin mir sicher, dass meine Hormone verrücktspielen. Ich sollte die Werte unbedingt mal von meiner Ärztin überprüfen lassen.

Die Küche ist nur durch einen Türbogen vom Wohnzimmer getrennt. Das Sofa steht gleich in der Nähe. Es ist so groß, dass man gemütlich zu zweit darauf schlafen kann und nimmt so viel Platz im Raum ein, dass nicht viel mehr hineinpasst, außer dem großen Flachbildfernseher, den wir uns geleistet haben und einem guten Bluetooth Lautsprecher, über den man Musik hören kann. Einen Tisch gibt es hier nicht, dafür aber drei ausklappbare Frühstückstabletts, die wir benutzen, wenn wir beim Fernsehen etwas essen. Eins für Jule, eins für mich – und eins für Besuch, in der Regel Eva oder Jules Freundin Kim.

Ich schnappe mir das schöne große Kissen, das Jule mir zum letzten Geburtstag geschenkt hat, kuschele mich damit auf die Couch, verbinde mein Smartphone mit dem Lautsprecher und öffne meine Musiksammlung. Kurz darauf erfüllen die sanften Klänge von Van Morrisons »Hymns to the silence« den Raum. Das Album, das ich nun unter meinem Bett in meiner Erinnerungskiste aufbewahre, erschien zwei Jahre nach meinem Umzug von Lünzen nach Hamburg. Jan hat es mir nach unserem Urlaub in Irland geschenkt, wo die Heide mindestens genauso schön blüht wie in Lünzen.

Ein lautes Ploppen weckt mich gut eineinhalb Stunden später aus meinem Mittagsschläfchen. Der Deckel der Schüssel ist aufgesprungen, der Teig ist fertig. Aus dem Lautsprecher ertönt noch immer die sanfte und immer irgendwie ein wenig melancholisch klingende Stimme von Van Morrison. Ich höre viel zu selten Musik, denke ich. Früher habe ich mich oft mit Kopfhörern in einen Sessel gesetzt, habe Van Morrison, Peter Gabriel, Tom Waits, oder, wenn ich es etwas wilder brauchte, Nick Cave gehört. Ich konnte komplett in der Musik versinken.

Dazu komme ich heute gar nicht mehr. In der Schule ist es meistens so laut, dass ich Ruhe brauche, wenn ich wieder nach Hause komme. Ich sollte mir wenigstens ab und an die Zeit nehmen, um mich ganz bewusst mit Musik zu befassen, denke ich jetzt und beschließe, sofort damit anzufangen. Ein bisschen Gesang und ein paar Gitarrenklänge beim Backen schaden dem Kuchen bestimmt nicht. Ich stehe auf, scrolle mich durch meine Playlist, entscheide mich für Tom Waits und stelle den Regler für die Lautstärke bis fast ganz nach oben.

Der liebe Gott hat mich mit einer gesunden Portion Kreativität und einem ausgeprägten Geschmackssinn gesegnet. Ich schmecke Gewürze aus Speisen heraus, die lediglich in Prisen verwendet werden. Singen gehört jedoch nicht zu meinen besonderen Talenten, genau wie Tanzen. Aber das ist mir im Moment egal. Eine leichte Gänsehaut überzieht meinen ganzen Körper, als ich gemeinsam mit Tom Waits lautstark singe, den Teigklumpen zwischen meinen Händen und mich dabei tanzend durchs Wohnzimmer bewege. Erst als das Lied ausklingt und ich stehen bleibe, entdecke ich Jule, die im Türrahmen steht. Sie hält ihr Handy auf mich gerichtet und grinst bis über beide Ohren.

»Hast du mich etwa gefilmt?«, frage ich.

Jule nickt. »Bei Youtube wird das Ding der Renner.«

»Untersteh' dich!«

Sie schüttelt den Kopf. »Keine Panik. Ich bin leider zu spät gekommen. Du warst schon fertig, als ich mit dem Handy so weit war.«

»Gut.« Ich atme erleichtert auf.

»Davon mal ganz abgesehen, würde ich niemals irgendwas Privates über dich oder mich ins Netz stellen.« Sie lächelt. »Aber es sah schon cool aus. Mach ruhig weiter. Soll ich nach oben gehen?«

Tom Waits präsentiert mittlerweile mit rauchiger Stimme den nächsten Song. »Nein. Kannst du die Musik leiser machen? Oder mach besser ganz aus.« Ich hebe meine Hände mit dem Teigklumpen. »Ich klebe fest.«

»Klar.« Jule geht an mir vorbei zum Lautsprecher. Dabei betrachtet sie mich kritisch. »Hast du was getrunken?«, fragt sie, als Tom Waits verstummt ist.

»Quatsch!«, antworte ich lachend und gehe, dicht gefolgt von Jule, in die Küche, um mich vom Teig zu befreien. »Ich mache doch nicht gleich da weiter, wo ich gestern Abend aufgehört habe. Das brauche ich jetzt nicht jeden Tag.«

»Das mit Papa hat dich doch mehr mitgenommen, als du gedacht hast, oder?«, fragt Jule. Ohne dass ich etwas sagen muss, schüttet sie Mehl auf die Arbeitsplatte, danach auf meine ausgestreckten Hände, die ich darüber halte. »Geht es dir nicht gut?« Ihre Stimme klingt besorgt.

»Weil ich eben getanzt habe?«, frage ich verwundert. Schon lange habe ich mich nicht mehr so lebendig gefühlt, wie in den letzten paar Minuten.

»Weil du zu deiner Depri-Musik getanzt hast«, erklärt meine Tochter. »Nachdem du sie das letzte Mal gehört hast, hast du mir eröffnet, dass Papa und du euch trennt.«

»Echt? Stimmt ...« Ich habe immer versucht, Jule aus unserem Ehezwist herauszuhalten, aber natürlich hat sie einiges davon mitbekommen. »Das tut mir leid.«

»Muss es nicht. Papa ist ein Arsch.« Sie zuckt mit den Schultern. »Auch wenn er mein Vater ist.«

»Und auch viele gute Seiten hat«, ergänze ich.

»Ja, ich weiß ...«

Ich zeige auf den Brief, den ich auf den Bartisch gelegt habe. »Du hast recht, ich bin traurig. Aber das hat nichts mit deinem Vater zu tun. Heute habe ich erfahren, dass ein ehemals guter Freund von mir gestorben ist, Thies. Er war schon etwas älter, vierundsiebzig, aber es kam doch sehr überraschend.«

»Oh, das tut mir leid, Mama. Thies? Kenne ich ihn? Ich kann mich nicht erinnern.«

»Nein, als ich ihn das letzte Mal gesehen habe, warst du noch nicht auf der Welt. Er hat in Lünzen gewohnt. Im Brief sind auch Fotos. Du kannst dir ruhig alles anschauen.«

Während ich noch einmal den Teig durchknete, betrachtet meine Tochter aufmerksam die Bilder, die Ella mir geschickt hat.

»Thies sieht sehr nett aus«, stellt Jule fest. »Und du warst immer schon wahnsinnig hübsch. Wer ist das andere Mädchen?«

»Meine Jugendfreundin, Uta. Früher waren wir unzertrennlich. Aber als ich dann zum Studieren nach Hamburg gezogen bin, haben wir uns aus den Augen verloren.«

»Wie bei Jessy, Nina und mir. Kim ist die Einzige von unserer Viererclique, die mir geblieben ist. Alle anderen sind zum Studieren in eine andere Stadt. Aus den Augen, aus dem Sinn.«

»So ungefähr.« Bei Uta und mir haben noch andere Dinge eine Rolle gespielt, aber der Umzug nach Hamburg wohl die größte. »Du kannst den Brief ruhig auch lesen. Er ist von Thies' Schwester.«

Meine Tochter liest sich aufmerksam Ellas Zeilen durch, während ich den Teig direkt auf der Arbeitsplatte ausrolle.

»Und? Fährst du?«, fragt sie, als sie den Brief wieder zusammenfaltet.

»Was?« Ich halte überrascht inne und schaue meine Tochter an. »Nach Lünzen?«

Sie nickt. »Die Beerdigung ist am Donnerstag.«

Ich schüttele den Kopf. »Das geht nicht. Am Samstag fahre ich mit Eva nach Sylt.«

»Passt doch, die Lüneburger Heide liegt ja sozusagen auf dem Weg«, stellt Jule sachlich fest. »Ihr könntet euch ja dann da treffen. Soll ich die Butterflöckchen in die Mulden drücken?«

Ich setze mich auf den Barhocker, schaue auf den fast fertigen Kuchen, zu Jule, dann wieder auf den Kuchen. Er wird ganz sicher nicht so gut schmecken, wie der, den Thies früher immer gebacken hat. Mir fehlt dafür schlicht und ergreifend der Steinofen. Aber es ist sein Rezept – und er hat es vor gut dreißig Jahren nach mir benannt, *Jettes absoluter Lieblingsbutterkuchen*.

Eigentlich hat Jule recht, überlege ich, während ich Zucker und Mandelblättchen über dem Kuchen verteile. Lünzen liegt tatsächlich auf dem Weg. Ich könnte mit dem Auto vorfahren und unser Gepäck schon mitnehmen. Eva könnte nachkommen. Ich würde sie dann in Hamburg-Harburg einsammeln. Der Zug fährt von Essen bis dorthin durch. Von Lünzen aus sind das nur knappe sechzig Kilometer.

»Schade, dass ich nicht mitkommen kann. Ich würde gerne mal sehen, wo du aufgewachsen bist.« Für Jule steht also schon fest, dass ich an der Beerdigung teilnehme. »Aber Kira hat am Freitag Geburtstag. Und außerdem muss ich echt für Mathe büffeln.«

»Uni geht vor«, antworte ich. »Außerdem möchte ich, dass es ein schöner Anlass ist, wenn wir beide mal gemeinsam das Dorf besuchen, in dem ich aufgewachsen bin.«

»Du fährst also?«

»Ja, ich denke, ich fahre.«

»Find ich gut.« Jule schaut sich noch einmal die Fotos an und steckt sie zurück in den Briefumschlag. »War Ella früher Omas Freundin?«

»Sie mochten sich, aber richtig befreundet waren sie eher nicht. Ella hat nicht in Lünzen gewohnt, war aber hin und wieder da, um ihre Familie zu besuchen«, erkläre ich.

»Dann waren Oma und Opa also mit Thies befreundet. Wissen sie schon, dass er nicht mehr lebt?«

»Oma hat es mir vorhin gesagt, bevor wir losgefahren sind. Sie hat auch Post von Ella bekommen. Aber sie hat es Opa noch nicht erzählt. Sie wollte nicht, dass er sich aufregt.«

»Ist vielleicht besser. Die beiden haben sich so auf die Kreuzfahrt gefreut, da soll jetzt nicht noch kurz vorher etwas schiefgehen.«

»Das denke ich auch.«

Ich schiebe das Blech mit dem Butterkuchen in den Ofen und kann nicht glauben, dass ich eben tatsächlich entschieden habe, nach Lünzen zu fahren.

5. Kapitel

»Der hat Suchtfaktor.« Jule greift schon zum dritten Mal zum Kuchenblech. »Ich kann verstehen, dass das damals dein Lieblingskuchen war.«

Da ich den Mund voll habe, nicke ich – und genieße still weiter. Der Kuchen war gute fünfzehn Minuten im Ofen und wir haben ihn nur ganz kurz ein wenig abkühlen lassen. Jetzt ist er noch lauwarm und schmeckt köstlich.

»Wer war der Sänger, der hier vorhin so laut rumgejault hat? War das der, der den Nobelpreis erst nicht annehmen wollte?«

Manchmal vergesse ich, wie jung Jule noch ist. Aber immerhin liegt sie mit Bob Dylan gar nicht so falsch. Ihn findet man auch auf meiner Playlist. »Das war Tom Waits«, erkläre ich. »Und erstens jault er nicht und zweitens ist die Musik allenfalls ein bisschen melancholisch, nicht depri, wie du sie vorhin genannt hast. Früher habe ich ständig diese Musik gehört. Mir gings nicht schlecht dabei, im Gegenteil ...«

»Okay.« Jule grinst breit. »Was hast du damals sonst noch so gehört?«

»Deinen Nobelpreisträger, also Bob Dylan, Van Morrison, den die Queen übrigens vor ein paar Jahren zum Ritter geschlagen hat, David Bowie, Sting, U2, Peter Gabriel, The Hooters. Aber zum Beispiel auch Nena – und natürlich ABBA und Queen.«

Darauf springt Jule sofort an. »Mamma Mia, here I go again.

My My ...«, singt sie mit ihrer glockenklaren Stimme. »Wir haben schon lang kein Singstar mehr gespielt.«

»Stimmt.« Obwohl ich musikalisch völlig talentfrei bin, hat es immer viel Spaß gemacht. Vielleicht gerade weil ich so schräg singe und es mir dabei total egal ist, wer es mitbekommt.

»Das müssen wir unbedingt mal wieder machen«, sagt Jule prompt. »Macht immer besonders viel Spaß, wenn du mitsingst.«

»Ha ha«, sage ich.

Sie überlegt einen Moment. »Nena kenne ich natürlich, U2 auch und Queen, von den anderen habe ich zumindest schon gehört, sie sind ja alle sozusagen Kult. Ich müsste aber passen, wenn ich irgendeinem Sänger ein Lied zuordnen müsste. Darf ich später mal deinen Account durchstöbern? Ich würde mir gerne mal ein paar Sachen anhören.«

»Klar, ich hab die Lieder alle in einer meiner Playlists gesammelt.« Ich zögere einen Moment. »In der Baum-Lieder-Liste.«

»In der was?« Jules Blick wandert zu unserer Sprüchewand. Dort hängt eine weiße Karte, auf der in dunkelgrünen geschwungenen Buchstaben *Mal biste der Hund, mal biste der Baum – so ist das!* steht. Es ist eine der wenigen Karten, die ich selbst gekauft habe. Jules Grinsen wird immer breiter. »Ich halte jetzt lieber meinen Mund«, sagt sie, »sonst kommst du noch auf die Idee, dein Passwort zu ändern.«

»Sehr vernünftig«, antworte ich und versuche dabei streng auszusehen. »Sonst erinnere ich dich daran, wie es war, als ich mit dir aufs Tokiohotel-Konzert gehen musste, weil du unsterblich verliebt warst in einen Gitarristen, der jetzt mit Heidi Klum liiert ist. Damals warst du süße dreizehn Jahre alt.« Ein Event, das ich nie vergessen werde. Etliche Mädchen sind während des Konzerts in Ohnmacht gefallen und Jule ist hinterher tagelang mit verklärtem Blick rumgelaufen.

»Eine Jugendsünde«, erklärt meine Tochter. »Ich steh dazu. Und in wen warst du so verliebt?«

»Sean Connery«, antworte ich wie aus der Pistole geschossen, »Sir Sean Connery! Obwohl …« Ich denke einen Augenblick nach. »Das war einige Zeit später. Und so richtig verliebt war ich nicht. Ich habe ihn eher bewundert. Aber so mit dreizehn, vierzehn, da hatte es mich voll erwischt. Mein Zimmer war vollgepflastert mit Postern von Christopher Atkins, dem Hauptdarsteller aus *Die Blaue Lagune*.«

»Noch nie gehört. Wie sieht der aus?« Jule greift nach ihrem Handy und gibt den Namen des Films in die Suchmaschine ein. »Was? So ein Blondie?« Sie schüttelt den Kopf, sagt »Mama, ich bin entsetzt!« und prustet los.

»Die Jungs in meinem Alter waren damals alle in Brooke Shields verliebt, die weibliche Hauptdarstellerin.«

Jule sucht noch einmal in ihrem Handy nach einem Bild der Schauspielerin. »Die kenn ich irgendwoher.«

»Sie hat *Hannah Montanas* Mutter gespielt.«

»Echt? *Hannah Montana*, das ist Ewigkeiten her.«

»Nein, das war eben erst. *Die Blaue Lagune* ist Ewigkeiten her.«

»Stimmt!«

Wir flachsen noch ein Weilchen herum, da fällt mir ein, dass ich Jule noch gar nicht gefragt habe, warum sie heute früher nach Hause gekommen ist. »Sag mal, was machst du eigentlich schon hier? Geht dein Kurs nicht immer bis um siebzehn Uhr?«

»Ich konnte einfach nicht mehr. Mein Kopf ist voll. Und völlig ungeeignet für Mathe.« Sie seufzt. »Ehrlich gesagt weiß ich nicht, ob meine Entscheidung richtig war, noch meinen Master draufzusetzen. Ich hätte von Anfang an nur Deutsch und Kunst auf Gymnasiallehramt studieren sollen. Oder besser Sonderpädagogik. Beim Gedanken, dass im Oktober das Semester wieder losgeht, bekomme ich schlechte Laune.«

Das ist mir neu. Jule schimpft häufig mal darüber, dass sie für ihr Grundschullehramt auch Mathe studieren muss. Aber sie hat noch nie erwähnt, dass sie grundsätzlich an ihrer Entscheidung für diese Schulart zweifelt.

»Und Kim?«, frage ich. Die beiden haben sich nach dem Abitur für das gleiche Lehramtsstudium entschieden, mit dem Unterschied, dass Kim Sport und nicht Kunst als drittes Fach gewählt hat.

»Die findet es auch nicht so prickelnd, zieht es aber auf jeden Fall durch. Sie möchte unbedingt an der Grundschule arbeiten.«

»Und du nicht?«

»Ich glaube, mir würde die Förderschule doch mehr liegen. Ich hätte mich wirklich für Sonderpädagogik entscheiden sollen. Aber das geht nun mal nicht in Essen.«

»Aber in Köln und in Dortmund. Warum sattelst du nicht um?« Ich habe sowieso nie verstanden, warum Jule sich für das Grundschullehramt entschieden hat. Eigentlich hatte ich mit Psychologie gerechnet, vielleicht auch mit Sozialpädagogik. Als Grundschullehrerin habe ich sie nie gesehen. Doch sie hatte uns ihre Entscheidung so fest entschlossen und voller Elan präsentiert, dass ich sie nie ernsthaft infrage gestellt hatte. »Du bist noch jung – und hast noch so viel Zeit.«

Jule zuckt mit den Schultern und seufzt. »Hab ich auch schon überlegt. Aber jeden Tag pendeln ...«

»Du könntest dir auch ein Zimmer oder eine kleine Wohnung nehmen«, schlage ich vor. »Köln ist doch schön. Mein Angebot steht noch, und ich bin mir sicher, dass das auch für deinen Vater gilt. Er stockt bestimmt die Unterhaltszahlung auf. Wir unterstützen dich finanziell.«

»Ja, ich weiß, das hat Papa letztens auch schon gesagt. Danke, das ist echt lieb von euch.«

Ich horche überrascht auf.

»Deswegen möchte er ja auch, dass ich bei ihm vorbeikomme«, fährt Jule fort. »Er wollte noch mal in Ruhe darüber mit mir reden.«

»Ach so.« Es wundert mich, dass Jule anscheinend zuerst mit Stefan darüber gesprochen hat. Normalerweise bin ich immer die direkte Anlaufstation, wenn sie Probleme hat.

»Ich will aber nicht nach Köln ziehen. Und auch nicht woandershin«, erklärt sie.

»Warum nicht?«, frage ich. »Wegen Kim? Köln ist doch nicht weit weg, ihr könntet euch jedes Wochenende sehen. Und unter der Woche auch mal. Außerdem gibt's doch noch die Semesterferien.« Mit ähnlichen Argumenten hat Ella mich damals überzeugt, als ich mich nicht dazu entschließen konnte, nach Hamburg zu ziehen. Heute bin ich ihr dankbar dafür, auch, wenn meine Freundschaft mit Uta darunter gelitten hat. Aber Jule und Kim sind nicht wie Uta und ich. Sie haben nicht solch ein schweres Päckchen zu tragen wie wir damals. »Ihr kriegt das bestimmt hin.«

»Ja, ich weiß.« Jule pickt mit den Fingern die heruntergefallenen Mandelblättchen vom inzwischen ausreichend abgekühlten Blech und steckt sie sich in den Mund. Ich erkenne am Tonfall und am Verhalten meiner Tochter, dass noch mehr hinter ihrem Unwillen steckt, die Stadt zu verlassen. Ihr Blick ist auf den Butterkuchen gerichtet. Sie braucht noch eine Weile, aber ich bin fast sicher, dass sie gleich mit der Sprache rausrückt. Ich warte also einfach ab – und bin einen Moment sprachlos, als sie schließlich sagt: »Und was wird dann aus dir, wenn ich ausziehe?«

»Du machst dir Sorgen um mich?« Ich schüttele unwillkürlich den Kopf. »Jule!«

Sie sieht mir wieder in die Augen. »Na ja, richtig Sorgen eigentlich nicht. Aber es war schon alles ziemlich heftig, was Papa sich die letzten Jahre so geleistet hat. Und außerdem macht es Spaß, mit dir zusammenzuwohnen. Wir sind doch die Gilmorgirls von Oberhausen.« Sie lächelt schief. »Na ja, außer dass dir ein Luke fehlt. Du hast seit der Trennung von Papa keinen anderen Mann mehr angesehen.«

»Das stimmt doch gar nicht«, protestiere ich, aber Jule schüttelt den Kopf. »Der Typ, mit dem du dich zwei- oder dreimal getroffen hast, zählt nicht. Der war viel zu alt – und außerdem hatte er einen Dachschaden.«

Bei dem Gedanken muss ich lächeln. »Das stimmt allerdings. Aber jetzt mal ernsthaft, Julchen. Wenn du Sonderpädagogik studieren willst, mach das, egal wo. Für mich gilt das Gleiche wie für Kim. Du kannst am Wochenende nach Hause kommen, in den Semesterferien und jederzeit auch unter der Woche. Du bist einundzwanzig, es wird Zeit, dass du flügge wirst.« Ich lege eine kleine Pause ein. »Früher oder später hätte ich dich eh rausgeschmissen.«

»Nie im Leben! Du bist meine Mama, die macht sowas nicht.« Jule lächelt über das ganze Gesicht. Sie wirkt erleichtert.

»Sei dir da mal nicht so sicher«, flachse ich, werde aber gleich wieder etwas ernster. »Hast du dich denn schon erkundigt, ob und wie ein Studienfachwechsel möglich ist?«

Jule läuft rot an wie eine überreife Tomate. Das Gen dafür hat sie ganz sicher von mir geerbt. Auch mir sieht man sofort an, wenn mir etwas unangenehm ist. Und meiner Mutter ebenfalls. Auch das liegt also in der Familie.

Jule steht auf und geht zum Kühlschrank, um eine Flasche Wasser herauszuholen. Ich kenne sie gut genug, um zu wissen, dass sie hofft, dass ihr Gesicht wieder eine normale Farbe angenommen hat, wenn sie sich zurück zu mir setzt. »Ich habe wahnsinnigen Durst. Willst du auch was?«

»Gerne. Bringst du auch Apfelsaft mit? Ich nehme eine Schorle.«

»Okay« Jule stellt das Wasser und den Saft auf den Tisch. Als sie zum Schrank geht, um die Gläser zu holen, sagt sie: »Ich könnte mich fürs nächste Semester einschreiben. Als ich angefangen habe, mir darüber Gedanken zu machen, habe ich vorsichtshalber mal meine Unterlagen beim Prüfungsamt eingereicht. Die Anerkennung müsste im Laufe der nächsten Tage im Briefkasten sein.«

Wow! Das Ganze hat also schon Hand und Fuß – so ist sie, meine Tochter. »Und du hast mir bisher nichts davon gesagt, weil du dir unsicher warst, ob du mich hier alleine lassen kannst?«, hake ich nach. So ganz kann ich das nicht glauben. Habe ich meiner Tochter tatsächlich das Gefühl vermittelt, nicht ohne sie klarzukommen? Wenn überhaupt, müsste es andersrum sein. Eltern sollten sich Gedanken darüber machen, ob ihre Kinder in der Lage sind, ein eigenständiges Leben zu führen. Aber das habe ich bei Jule nie infrage gestellt. Ich hätte sie mit achtzehn schon guten Gewissens gehen lassen, so wie mich meine Mutter damals.

»Nicht so ganz. In erster Linie war ich mir selbst unsicher und wusste nicht, was ich will. Tja ... Und dann kam der Vorbereitungskurs in den Semesterferien. Da hat es sich immer mehr abgezeichnet. Dir habe ich nichts gesagt, weil du schon genug Sorgen hattest wegen der Scheidung. Und weil du auch gerade jede Menge Stress hast in der Schule.«

»Du warst dir also selbst noch nicht sicher, bist es aber jetzt?«, frage ich nach.

»Im Prinzip schon. Aber ehrlich gesagt graut es mir schon etwas davor, nach Köln zu ziehen. Die Leute in Essen sind nett, wir sind eine echt gute Truppe. Was meinst du denn?«

»Dass Köln eine tolle Stadt ist. Und dass du erst einmal pendeln könntest, bis du eine vernünftige Wohnung gefunden hast«, schlage ich vor. »Oder hast du etwa auch schon eine Bleibe?«

»Nein.« Jule schüttelt vehement den Kopf. »Das hätte ich dir gesagt.«

Ich muss zugeben, es nagt ein wenig an mir, dass Jule schon mit Stefan ihre Pläne besprochen, mich aber außen vor gelassen hat. Ihre Gründe, so absurd sie auch sind, kann ich jedoch irgendwie nachvollziehen. Eins ist klar, ich möchte Jule auf keinen Fall in ihrer persönlichen Entwicklung im Weg stehen. Sie muss sich – wir müssen uns – voneinander lösen.

»Weißt du, Julchen, ich muss zugeben, dass ich verdammt froh darüber war, nach der Trennung von Papa nicht alleine gewesen zu sein«, erkläre ich. »Es hat mir wirklich geholfen, dass du da warst. Du hast mir geholfen. Ich wohne wirklich gerne mit dir zusammen und es wäre gelogen, wenn ich sage, dass du mir nicht fehlen wirst. Aber jetzt geht es mir wieder gut. Du solltest dir also eine Wohnung suchen – und zwar auch, wenn du dich gegen Köln und die Sonderpädagogik entscheidest. Was hältst du davon?«

Jule grinst mich an. »Du schmeißt mich also echt raus?«

»Jepp!« Ich gebe ihr einen kleinen Stupser auf die Nase. »Und ich helfe dir sogar dabei, dir eine Wohnung zu suchen, vorausgesetzt, dass du das willst.«

»Das wäre super.«

»Gut, dann sind wir uns also einig. Möchtest du mit Papa wegen des Geldes sprechen oder soll ich das machen?«

»Können wir ihm nicht einfach eine WhatsApp schreiben?«, antwortet Jule.

»Quatsch! Das können wir nicht bringen! Dann ist er beleidigt.«

Jule lacht einmal kurz auf. Das hört sich an, als würde sie schnarchen, so wie Sandra Bullock in *Miss Undercover*. Es passiert ihr nur, wenn sie sich über ihre eigenen Witze amüsiert. Und es hört sich ungemein süß an. »Ich fahre am Wochenende bei ihm vorbei. Er hat mir heute Morgen geschrieben und mich für Samstag zum Grillen eingeladen.«

Also hat Stefan sich doch gemeldet. »Das ist schön«, sage ich.

»Na ja, wie man's nimmt.« Jule verzieht das Gesicht. »Monika ist auch da.«

Ich hätte Jule damals gerne komplett aus unseren Eheproblemen rausgehalten. Aber sie war schon achtzehn, da kann man seiner Tochter so schnell nichts mehr vormachen. Sie hat mitbekommen, dass Stefan und ich uns getrennt haben, weil er seine Finger einfach nicht von seiner Liebschaft lassen konnte – und zwar bis heute. Im Gegensatz zu mir hat Jule ihrem Vater das bis jetzt nicht verziehen. Seiner Monika zeigt sie die kalte Schulter. Sie spricht nur das Nötigste mit ihr, antwortet höflich, wenn sie etwas gefragt wird, beginnt aber nicht von sich aus eine Unterhaltung. Das weiß ich so genau, weil Stefan mich vor ein paar Wochen angerufen hat, um mich zu fragen, ob ich eventuell bereit dazu wäre, mit Jule darüber zu sprechen. Ich muss gestehen, dass ich mich über Jules offen zur Schau getragene Rückendeckung gefreut habe. Den Impuls, mit »geschieht der blöden Kuh recht« auf Stefans Bitte zu antworten, habe ich jedoch unterdrückt. Letztendlich hat die Vernunft gesiegt. Ich bin schließlich bekannt dafür, immer für alles und jeden Verständnis zu haben. Wenn man nachtragend ist, steht man sich letztendlich doch nur selbst im Weg. Also habe ich das Gespräch zu Jule gesucht – mit dem Ergebnis, dass Jule noch saurer auf ihren Vater war, da er tatsächlich die Dreistigkeit besessen hatte, mich damit zu behelligen und mich für die Frau eintreten zu lassen, die einer der Hauptgründe für unsere Trennung war. Dass ich schon vorhergeahnt habe, dass Jule so reagieren wird, habe ich Stefan verschwiegen. Ich bin schließlich auch nur ein Mensch.

Allerdings sind Stefan und ich nun geschiedene Leute. Und so wie es aussieht, wird Jule auf Dauer mit der neuen Frau an seiner Seite zurechtkommen müssen. Stefan und Monika sind immer noch ein Paar, es scheinen ernsthafte Gefühle dahinterzustecken.

»Ach komm«, lenke ich ein. »Sie ist doch bestimmt ganz nett.«

»Du bist netter. Und besser aus siehst du auch.«

»Das ist lieb von dir. Aber du kannst ja wenigstens mal darüber nachdenken, ihr eine Chance zu geben.«

Jule schüttelt den Kopf. »Nope! Die hat bei mir verschissen. Papa war verheiratet, als sie ihn sich gekrallt hat – mit dir!« Sie steht auf und streckt sich. »Ich geh dann mal hoch, mich ein wenig ausruhen. Später treff ich mich noch mit Kim.«

»Okay.«

Ich decke den restlichen Kuchen mit Folie ab. Frisch schmeckt er am besten, aber man kann ihn auch noch zwei Tage später ohne Problem genießen, wenn man ihn für eine kurze Zeit im Ofen aufwärmt.

Jule verschwindet zuerst im Bad, dann geht sie die Treppe nach oben in ihr Zimmer. Ich höre jeden ihrer Schritte auf den Stufen. Das liegt zum einen daran, dass die Holztreppe hier sehr hellhörig ist, aber auch daran, dass Jule meistens barfuß unterwegs ist und tendenziell zuerst mit ihren Hacken auftritt. Gleich fällt ihre Zimmertür zu, denke ich lächelnd, und da höre ich auch schon den Knall. Ich bin immer wieder verwundert darüber, wie eine so zierliche Person wie Jule so viel Krach veranstalten kann. Gestört hat es mich nie. Sie rumoren zu hören gibt mir immer das Gefühl, nicht allein zu sein. Daran, das bald nicht mehr zu haben, muss ich mich jetzt wohl gewöhnen. Aber es ist nun einmal an der Zeit für meine Tochter, ihren Weg alleine zu gehen – und für mich auch.

Morgen mache ich mich allerdings erst einmal auf den Weg in die Vergangenheit. Ich sollte jetzt also erst einmal Eva anrufen, um ihr Bescheid zu sagen, dass wir unsere Reisepläne etwas ändern müssen. Außerdem brauche ich von Mittwoch bis Samstagmorgen ein Zimmer in Lünzen. Oder ich versuche es wirklich in der ehemaligen Kaserne? Das Hotel, das dort entstanden ist, sieht in der Broschüre, die Ella mit beigelegt hat, interessant aus.

Doch als Erstes mache ich mich mal ans Packen. Im Gegensatz zu meiner Mutter erledige ich das immer erst maximal einen Tag bevor es losgeht. Und das sollte ursprünglich der Samstag sein, was bedeutet, dass ich bisher noch nicht großartig überlegt habe, was ich alles mitnehme. Das schwarze Etuikleid, das ich bei meiner Scheidungs-Umkleideaktion anprobiert habe, hängt noch draußen am Schrank. Als hätte ich geahnt, dass ich es doch anziehen werde, denke ich wehmütig. Und prompt geht oben in Jules Zimmer in voller Lautstärke die Musik an. Meine Tochter hat sich für *The Hooters* und »All you Zombies« von meiner Playlist entschieden. Ich erkenne das Stück sofort am Intro und summe mit, bis der Refrain einsetzt und ich nicht mehr anders kann als richtig einzustimmen.

Wieder zieht sich eine leichte Gänsehaut über meinen ganzen Körper, wie vorhin, als ich mit Tom Waits und dem Hefeteig meine Tanzeinlage hingelegt habe.

Sei wild und unersättlich! Jetzt. Sofort.

Jule ist oben. Es sieht mich niemand, wenn ich ungehemmt durchs Wohnzimmer tanze.

6. Kapitel

Es macht mir nichts aus, lange Strecken Auto zu fahren. Im Gegenteil, bin ich erst einmal auf der Autobahn, entspanne ich. Ähnlich verhält es ich beim Joggen. Ich laufe lieber zehn Kilometer im Schneckentempo, bevor ich mich bei einem Kilometer vollends verausgabe. Seitdem ich entdeckt habe, dass mir Laufen Spaß macht, bin ich konsequent. Dreimal die Woche schlüpfe ich freiwillig, bei jedem Wetter, in meine Joggingschuhe. Meine Laufkleidung habe ich eingepackt. Auch mein Badeanzug ist in meinen Koffer gewandert. Und ich habe mir ganz fest vorgenommen, meine Muffintops zu ignorieren und mir auf Sylt endlich mal wieder einen schicken Bikini zuzulegen. Denn heute Morgen habe ich mich dazu entschieden, mein Leben ab sofort wieder mehr zu genießen. Ich werde jeden Tag mit einer guten Tasse Kaffee, einer Runde positiver Gesichtsgymnastik und einem befreienden Tänzchen durchs Wohnzimmer beginnen. Meine Playlist habe ich gestern Abend noch umgetauft. *Baumlieder* gibt es nicht mehr, dafür aber *Jettes absolute Lieblingsmusik*, denn ich habe mich dazu entschieden, dass die nächsten sieben Jahre wundervoll werden sollen.

Neben all meinen positiven Gedanken, bin ich gleichzeitig auch zutiefst traurig. Denn ich bin auf dem Weg nach Lünzen, um mich von Thies zu verabschieden. Ich hoffe, dass es wirklich einen Himmel gibt und der gute Thies mich heute Morgen von dort oben bei meinem Tänzchen beobachtet hat. Wenn ja, hat er sich bestimmt köstlich amüsiert, denn ich trug dabei lediglich Unterwäsche und hatte große Kopfhörer auf den Ohren, um Jule nicht zu wecken. Als das Lied vorüber war, habe ich ganz leise »Danke, Thies, für alles«, geflüstert. Dabei hat mich schon wieder diese wohlige Gänsehaut überrieselt und ich hatte das Gefühl, dass Thies in dem Moment tatsächlich bei mir war.

Danach habe ich den Tisch gedeckt, bin zum Bäcker gefahren, habe Jule geweckt und mit ihr gefrühstückt. Sie hat mir gesagt, dass sie sich nun tatsächlich für Köln entschieden hat. Es wird wahrscheinlich ein Weilchen dauern, bis sie eine vernünftige Bleibe gefunden hat. Aber dann ist sie weg. Bis vor einem halben Jahr hat ihr Freund noch regelmäßig bei ihr übernachtet. Er hat mindestens so viel Krach gemacht wie Jule. Aber dann haben die beiden sich getrennt und es wurde wieder etwas ruhiger. Wenn Jule nach Köln zieht, wird es ganz still. Natürlich habe ich damit gerechnet, dass meine Tochter irgendwann flügge wird. Aber ich bin davon ausgegangen, dass sie erst ihren Master macht. Doch wie sagt man so schön? Erstens kommt es anders, und zweitens, als man denkt.

Ich überhole einen Mietlieferwagen, der mit Tempo siebzig über die rechte Spur schleicht. Als ich damals mit achtzehn Jahren von Lünzen nach Hamburg gezogen bin, hat der Kombi meines Vaters als Transportmittel für mein Hab und Gut ausgereicht. Das Zimmer im Studentenwohnheim war möbliert und ich habe nicht viel von zu Hause mitgenommen. Vom Wohnheim aus bin ich nur ein Jahr später zu Jan gezogen, danach für kurze Zeit in eine WG, schließlich zu Stefan, mit ihm und Jule in das große Haus, und vor zwei Jahren mit Jule in unsere jetzige Wohnung.

Ich bin knapp über hundert Kilometer gefahren, als mir klar wird, dass ich bald fünfzig Jahre alt bin und genau genommen noch nie alleine gewohnt habe.

Besser spät als nie, denke ich. Und dass ich mich darauf freuen sollte. »Das wird gut, Jette!«, sage ich laut zu mir selbst.

Als ich in Bispingen von der A7 auf die B3 abfahre, grummelt plötzlich mein Bauch. Nur noch zwanzig Minuten bis zum Hotel. Von dort sind es bis zur Trauerfeier in Schneverdingen nur knappe fünf Kilometer. Und etwas über zehn bis nach Lünzen, den Ort meiner Kindheit. Bei dem Gedanken verstärkt sich mein Bauchgrummeln. Bis jetzt kam es mir richtig vor, an der Beerdigung teilzunehmen. Aber nun kommen mir auf einmal Zweifel. Ich war seit über fünfundzwanzig Jahren nicht mehr in Lünzen und bin mittlerweile eine Fremde. Gestern Abend habe ich das Internet nach Uta und auch ihrer Tochter Julia durchforstet, aber nichts gefunden. Nur ihren Mann Thomas habe ich entdeckt. Er hat eine kleine Dachdeckerfirma etwas außerhalb von Lünzen, ist außerdem als Privatperson im Telefonbuch eingetragen und wohnt jetzt wieder in seinem Elternhaus, wie die Adresse mir verraten hat. Ich konnte mich nicht überwinden, ihn anzurufen und nach Uta zu fragen. Stattdessen habe ich nach Ella gesucht, aber noch nicht einmal einen Eintrag im Telefonbuch entdeckt. Sie hat leider nur ihren Absender auf den Brief geschrieben, aber keine Rufnummer hinterlassen, also konnte ich nicht Bescheid geben. Niemand weiß also, dass ich zur Beerdigung komme.

Ich könnte einfach wieder umkehren, überlege ich, doch plötzlich endet das dichte Waldgebiet, durch das ich gerade gefahren bin und mein Herz macht vor Freude einen kleinen Hüpfer. Beim Anblick dieses Meeres blühender Heide, durch das sich die Straße vor mir schlängelt, denke ich nicht mehr daran, umzukehren. Ich habe nie vergessen, wie schön es aussieht, wenn sie in voller Blüte steht. Aber in natura ist der Anblick tausendfach schöner als in der Erinnerung. Ich widerstehe dem Impuls, in einer der Einbuchtungen am Straßenrand anzuhalten. Ich hatte im Hotel telefonisch angekündigt, dass ich mir ein Fahrrad ausleihen möchte. Inzwischen ist es zwei Uhr und ich habe es nicht mehr weit. Ich habe also noch den ganzen Nachmittag, um eine kleine Tour per pedes zu unternehmen. Noch einmal biege ich links ab. Nur ein paar Hundert Meter vor mir liegt das Hotel, das man schon aus der Ferne sehen kann. Wie aus dem Nichts fällt mir plötzlich der Name des Soldaten wieder ein, in den Uta verliebt gewesen war. Er hieß Nathan ...

Ich parke meinen Wagen, hole mein Gepäck aus dem Kofferraum und mache mich auf den Weg zur Rezeption.

»Guten Tag, ich habe ein Zimmer reserviert, auf den Namen Florin.«

Die Mitarbeiterin am Empfang schaut in den PC. »Ein Zimmer mit Mehrblick über das Heidemeer. Herzlich willkommen ...«

Schnell haben wir die Formalien geklärt. Als ich den Meldeschein unterschreibe, wird es plötzlich laut im Büro nebenan. Man kann ganz deutlich hören, wie zwei Männer sich streiten.

»Klingt nicht gut«, sage ich.

Die Rezeptionistin hält mir den Zimmerschlüssel hin und nickt.

»Vielen Dank.« Ich greife zu. In dem Moment geht die Bürotür auf und ein Mann stürmt laut fluchend an mir vorbei.

Ich erkenne Jan sofort. Doch bevor ich irgendwie reagieren kann, ist er durch die Glastür nach draußen verschwunden. Völlig verdutzt schaue ich ihm nach.

»Entschuldigen Sie bitte«, meldet sich da eine weitere Person hinter mir. Sie steht in der geöffneten Tür und ich bin überrascht, dass es sich hierbei nicht um einen Mann, sondern eine schöne Frau mit angenehm tiefer Stimme handelt.

Ich schätze sie auf Mitte dreißig. Sie trägt enge schwarze Hosen und eine weiße Kochjacke. Ihr dunkelbraunes Haar hat sie hochgesteckt. »Wir wollten Sie nicht erschrecken.«

Ich bin immer noch viel zu überrascht, um ihr zu antworten und schaue völlig perplex wieder zur Eingangstür, durch die Jan gerade verschwunden ist – und nun noch einmal zurückkommt.

»Jette?« Er bleibt zwei Meter vor mir stehen und fährt sich durch das Haar. »Also doch. Ich habe dich im ersten Moment gar nicht erkannt.«

Ich komme nicht dazu, zu antworten, denn die schöne Frau hinter mir mischt sich wieder ins Geschehen ein.

»Jette?«, fragt sie, »*die* Jette?«. Sie geht an mir vorbei, ohne mich eines Blickes zu würdigen. »Das passt ja wie die Faust aufs Auge.« Ihre Stimme klingt zuckersüß, als sie noch ein »Viel Spaß!« hinzufügt, zurück ins Büro geht und mit einem Rumms die Tür wieder zuknallt.

»Oh Mann!« Jan fährt sich ein weiteres Mal durch das Haar. In dem Moment klingelt mein Handy in der Hosentasche und die unverkennbare Titelmusik von Pippi Langstrumpf erfüllt den Raum. Jule ruft mich an.

»Meine Tochter«, erkläre ich, nehme das Gespräch an, sage: »Julchen, ich bin heil angekommen, kann aber gerade nicht, ich ruf dich später zurück«, und drücke sie wieder weg. Mein Blick ist dabei die ganze Zeit auf Jan gerichtet.

Er ist etwas fülliger geworden. Sein blondes Haar erscheint mir wesentlich dunkler als früher. Und an den Schläfen ist es ergraut. Aber es ist immer noch der Jan, den ich von früher kenne, nur eben erwachsener.

»Deine Tochter heißt auch Julia?«, fragt er. Er kommt auf mich zu, und umschließt mit seinen großen Händen meine.

Mein Herz klopft etwas schneller. »Jule«, sage ich. Ich merke selbst, dass meine Stimme sich kratzig anhört und ärgere mich darüber.

Jan lächelt. »Noch schöner.« Im nächsten Moment huscht ein Schatten über sein Gesicht. »Der gute alte Thies …«

»Ella hat mir einen Brief geschrieben«, erkläre ich.

»Ich weiß. Sie hat es mir erzählt. Ich habe gehofft, dass du kommst.« Jan zeigt auf meinen Koffer. »Allerdings habe ich damit gerechnet, dass du dir direkt in Lünzen ein Zimmer nimmst. Gut, dass ich dich im letzten Moment noch erkannt habe. Wie lange bleibst du denn? Ich muss jetzt leider ganz dringend weg.« Er setzt den zerknirschten Gesichtsausdruck auf, den ich noch von früher kenne. »Aber vielleicht schaffe ich es heute Abend. Was hältst du von einem Glas Wein?« Er lässt meine Hand los und sieht sich um. »Bist du alleine hier oder in Begleitung deines Mannes? Wie hieß er noch gleich, Steffen, oder? Ich würde mich freuen, ihn mal kennenzulernen.«

Das waren eindeutig zu viele Fragen auf einmal. »Ja«, antworte ich lächelnd.

Jan braucht einen Moment, bis er versteht, dann grinst er. »Ich darf mir aussuchen, auf welche Frage du eben geantwortet hast?«

Ich schüttele den Kopf. »Samstagmorgen fahre ich von hier aus weiter bis nach Sylt, ein Glas Wein wäre okay, er heißt Stefan, nicht Steffen, und ich bin alleine hier.«

»Wunderbar, dann vielleicht bis heute Abend oder spätestens morgen früh. Ich muss jetzt leider wirklich los.« Jan ist schon halb zur Tür raus, als er sich noch einmal umdreht, mir direkt in die Augen sieht und »Schön, dass du da bist«, sagt.

Die Rezeptionistin hat das ganze Spektakel anscheinend mit großem Interesse verfolgt. »Wenn Mann und Frau beide Köche sind, sollten sie nicht gemeinsam in der Küche arbeiten«, sagt sie und schaut sich um, so als würde sie kontrollieren, ob uns auch ja niemand zuhört. »Besonders bei so zwei Hitzköpfen wie diesen beiden. Hier fliegen manchmal die Messer, wenn wir Herrn Ottensen als Gastkoch zu Besuch haben.«

»So? Dann sollte ich vielleicht heute Abend doch lieber auswärts essen«, antworte ich.

Die junge Frau errötet. Anscheinend hat sie gemerkt, dass sie zu weit gegangen ist und die vertraulichen Informationen lieber für sich behalten hätte.

»So war das natürlich nicht gemeint«, lenkt sie ein. »Die Küche ist ausgezeichnet.«

Mein Zimmer liegt ebenerdig. Es ist puristisch eingerichtet, mit klaren Linien und in gedeckten Farben. Dekoration braucht es hier nicht, denn der Schwerpunkt wurde hier eindeutig auf das Wesentliche gelegt: Durch eine große Glasfront hat man eine wunderbare Aussicht direkt auf die karge Magerrasenfläche neben dem Hotel. In der Ferne wachsen zwei große Wacholderbäume. Um sie herum haben sich einige Heidschnucken versammelt. Ich öffne die Terrassentür, atme tief durch und genieße einen Moment die Weite, die vor mir liegt. Ella hat mir da einen schönen Tipp gegeben.

Dass ich Jan aber noch vor der Beerdigung hier treffen würde, damit habe ich nicht gerechnet. Hätte ich gewusst, dass er hier ab und an einen Gastauftritt als Koch hinlegt, hätte ich mir eine andere Unterkunft gesucht. Ich schüttele unwillkürlich den Kopf. Es ist jetzt Ewigkeiten her, und in einer Sache hat sich zwischen Jan und mir seither nichts geändert. Sobald ich seine körperliche Nähe spüre, fühle ich mich zu ihm hingezogen. Mein Kopf sagt mir, dass ich möglichst ganz schnell das Weite suchen sollte.

»Scheiße aber auch«, entfährt es mir, da klingelt Pippi Langstrumpf wieder in meiner Hosentasche.

»Alles in Ordnung bei dir, Mama?«

»Ja, ich hätte mich auch gleich bei dir gemeldet. Ich stand gerade noch an der Rezeption und habe jetzt erst mein Zimmer bezogen.«

»Ach so, dann ist ja gut. Ich dachte nur, weil du mich eben einfach so weggedrückt hast. Und du hast dich so merkwürdig angehört.«

Meine sensible Tochter ... »Ich habe an der Rezeption zufällig jemanden getroffen, den ich schon seit Ewigkeiten nicht mehr gesehen habe«, erkläre ich. »Es ging alles hoppla hopp, und er hatte nicht viel Zeit.«

»Er?«, fragt Jule.

Ich muss lachen. »Du bist ja überhaupt nicht neugierig.«

»Und du bist meiner Frage ausgewichen«, kontert Jule.

»Na gut. Ich habe zufällig einen alten Jugendfreund von mir getroffen. Er heißt Jan.«

»Der Koch?«, fragt Jule wie aus der Pistole geschossen.

»Ja ... habe ich dir irgendwann schon mal von ihm erzählt?«

Jetzt ist es Jule, die lacht. »Nicht direkt. Aber du hast dich mal mit Eva abgeschossen, als ihr die ganzen Cocktails vorgetestet habt, die Eva an ihrem Geburtstag mixen wollte. Kim und ich waren auch da. Wir haben auf der Couch gesessen und rote Ohren bei eurem Gespräch in der Küche bekommen. Kim fands lustig. Ich leide noch heute darunter. Es gibt Dinge, die möchte eine Tochter nicht von ihrer Mutter wissen.«

»Ihr habt zugehört? Oh!«

»Wir hatten ja keine andere Wahl. Seitdem bist du übrigens Kims Lieblingsmutter. Sie findet dich sehr cool. Und du hast wirklich nicht gewusst, dass dein Koch auch in dem Hotel ist?« Meine Tochter legt eine kleine bedeutungsvolle Pause ein. »Arbeitet er da?«

»Ich glaube nicht. Die Rezeptionistin hat etwas von Gastkoch gesagt. Seine Frau ist Köchin im Hotel«, erkläre ich. »Und jetzt hast du mich genug ausgefragt. Denkst du bitte heute noch daran, die Mülltonnen bei Oma und Opa vors Haus zu stellen?«

»Habe ich schon gemacht. Und die Post habe ich auch reingeholt. Es ist ein Brief für Oma dabei, von der Ella, die dir auch einen geschickt hat, ein sehr dicker DIN-A4-Umschlag.« Jule schnalzt mit der Zunge, ein Zeichen dafür, dass die Detektivin in ihr wittert, dass da irgendwas nicht ganz koscher ist. »Weißt du, was ich nicht verstehe, Mama …«, kommt es prompt. »Warum ihr nie wieder in die Lüneburger Heide gefahren seid, weder Oma und Opa noch du. Ich meine, es ist ja wirklich nicht weit. Dreihundert Kilometer kann man notfalls auch mal an einem Tag hin- und zurückfahren.«

»Das ist nicht so einfach zu erklären, Jule. Es sind ein paar Dinge passiert, die nicht so schön waren«, antworte ich. »Und irgendwie hat es sich mit der Zeit dann einfach so ergeben.

Meine Mutter – deine Oma, hat immer gesagt, dass man die Vergangenheit ruhen lassen und nach vorne schauen soll. Und das habe ich gemacht.«

Es ist einen Moment still am anderen Ende der Leitung, bevor Jule sagt: »Na ganz toll, Mama, wenn du so in Rätseln sprichst, denke ich, dass euch da was ganz Schlimmes passiert ist.«

»Nein! Zumindest nicht mir«, erkläre ich schnell. »Das hängt mit dem Unfalltod von Utas Schwester zusammen.« Ich seufze auf. »Aber das erzähl ich dir, wenn ich wieder zurück bin, nicht am Telefon, okay?« Ich habe Jule nie erzählt, wem sie ihren schönen Namen zu verdanken hat. Auch meine Mutter hat nicht darüber gesprochen, obwohl wir das nie verabredet haben.

»Okay.« Jule gähnt herzhaft. »Dann leg ich mich jetzt mal eine Runde auf den Balkon. Und was machst du heute noch so?«

Mein Blick schweift nach draußen. »Mit dem Rad bis nach Lünzen fahren und im Café ein Stück Buchweizentorte essen«, entscheide ich spontan.

»Ganz alleine?«

»Ja, es ist nicht weit, es sind nur etwa fünfzehn Kilometer.«

»Okay, pass auf dich auf, Mama. Meldest du dich später noch mal, wenn du wieder im Hotel bist?«

»Mach ich. Und du genieß den Balkon.«

Wann haben meine Tochter und ich eigentlich die Rollen getauscht, überlege ich. Sie macht sich mehr Gedanken um mich, als ich mir um meine Mutter. Und die ist schon über siebzig. Würde die jetzt nicht ganz feudal auf einem Schiff irgendwo mitten auf dem Meer sitzen, müsste ich auch sie darüber informieren, dass ich heil hier angekommen bin. Dabei fällt mir siedend heiß ein, dass ich auch Eva versprochen habe, ihr kurz Bescheid zu geben, wenn ich im Hotel bin. Ich stelle mich draußen auf die Terrasse, mit dem Rücken zur wunderschönen Landschaft und knipse ein Selfie von mir.

Habe ich mich wirklich so verändert, dass Jan mich nicht sofort erkannt hat? denke ich, als ich das Foto an Eva schicke.

7. Kapitel

Als Kinder sind wir bei jedem Wetter mit dem Rad gefahren. Es war die schnellste Art sich fortzubewegen. Eine vernünftige Busverbindung gab es nicht. Es pendelte lediglich ein Schulbus zwischen Lünzen und Schneverdingen. Erwischte man den nicht oder wollte man außerhalb der Schulzeit raus aus dem Dorf, war man auf Mitfahrgelegenheiten angewiesen, musste zu Fuß los oder eben in die Pedale treten, solange man selbst noch kein Auto besaß.

In Oberhausen habe ich ein schickes Trekkingrad im Keller stehen, das ich so gut wie nie benutze. Mit dem Drahtesel bin ich in der Regel nur im Urlaub unterwegs. Und immer genieße ich es. So wie jetzt. Ich fahre auf einem stabilen knallroten Hollandrand durch ein kleines Kiefernwäldchen. Der Radweg führt weiter, durch Heideflächen, vorbei an friedlich grasenden Heidschnucken. Auf dem Höpenberg bin ich etwas aus der Puste, werde aber durch die Aussicht rundum und den wunderschön angelegten Heidegarten belohnt. Ich beschließe, gleich hier im Café, das so wunderbar idyllisch gelegen ist, ein Stück Buchweizentorte zu essen und genieße dazu einen großen Milchkaffee.

Am Nebentisch sitzt ein älteres Ehepaar.

»Bevor wir morgen nach Hause fahren, müssen wir unbedingt einen Sack Kartoffeln für Kerstin kaufen. Und ein paar Gläser Heidehonig«, sagt die Frau, die ich in etwa auf das Alter meiner Mutter schätze. Ich beobachte, wie sie Milch und

Zucker in den Kaffee ihres Mannes gibt und für ihn umrührt, obwohl er mir noch sehr fit und munter erscheint.

»Kartoffeln gibt es in jedem Supermarkt. Und der Honig ist hier viel zu teuer«, erklärt er und widmet sich seinem Kuchen. »Die Torte kannst du auch vergessen.« Sein Tonfall klingt garstig. »Ich verstehe gar nicht, warum alle hier so ein Bohei um das Buchweizenzeug machen. Normales Weizenmehl tuts auch.«

»Mir schmeckt sie«, antwortet die Frau.

Ich lächle ihr zu. Sie hat recht. Der Kuchen schmeckt gut. Der Tortenboden ist nicht zu trocken, die Preiselbeerschichten darauf nicht zu dünn und die Sahne nicht zu süß. Die beste Buchweizentorte, die ich je gegessen habe, hat früher allerdings Utas Mutter gebacken. Sie hatte einen Mann, der ähnlich gestrickt war, wie das Exemplar, das hier am Nebentisch sitzt. Er hat an allem und jedem etwas auszusetzen gehabt, auch an Uta. Meine Freundin hatte es früher nicht leicht. Ich hoffe, dass sie mit ihrem Thomas glücklich geworden ist.

Der Mann am Nachbartisch brummelt weiter vor sich hin. Die Sonne scheint. Von hier aus kann man kilometerweit die Aussicht auf die herrliche Landschaft genießen. Aber die scheint der Mann gar nicht wahrzunehmen.

Bevor ich meinen Lebensabend mit solch einem Stinkstiefel verbringe, bleibe ich lieber alleine, denke ich. Doch schon im nächsten Moment revidiere ich diesen Gedanken. Ich sollte nicht so schnell urteilen. Schließlich weiß ich nicht, warum der Mann so unzufrieden wirkt. Vielleicht gibt es dafür gute Gründe.

»Auf Wiedersehen«, sage ich freundlich zu beiden, nachdem ich meine Rechnung bezahlt habe und von meinem Tisch aufstehe. Ich lasse meinen Blick noch einmal über die Landschaft schweifen. »Ist es nicht herrlich hier? Ich wünsche Ihnen noch einen wunderschönen Tag.«

Ich freue mich darüber, dass auch der Mann jetzt lächelt, schwinge mich wieder auf das Rad, rolle endlich mal bergab, genieße es, als ich in der Ferne die Silhouette des Schafstalls unter riesigen Kiefern entdecke – und im Osten der Wilseder Berg. Der Weg führt weiter vorbei an Feldern, Wiesen und Wäldern. Die Landschaft ist herrlich, alles wirkt still und friedlich. Hier haben wir als Kinder gerne gespielt. Wir bauten uns Wigwams aus Ästen und Zweigen oder Hütten, indem wir Decken über noch vorhandene Schützengräben spannten. So entstand nach und nach eine richtige kleine Siedlung, in der wir uns zum Kartenspielen oder Klickern trafen. Großartig verabredet wurde sich nicht. Man setzte sich aufs Rad, klingelte ein paar Nachbarskinder raus – und schon ging es los. Das ist etwas, das früher definitiv schöner war als heute, wo viele der Kids lieber alleine zuhause vor dem Computer sitzen und mit virtuellen Freunden und auch Feinden spielen, denke ich. Und dass ich mich manchmal schon genau so anhöre wie meine Mutter, wenn sie erzählt, was früher so alles besser war.

Nach der Überquerung der Veerse ist die Straße befestigt und es ist nicht mehr weit bis ins Dorf. Am Friedhof lege ich eine Pause ein, um einen Moment innezuhalten. Hier wird Thies morgen beigesetzt. Was würde ich darum geben, wenn ich noch einmal mit ihm sprechen könnte. Aber die Chance habe ich verpasst. Ich habe mich nie wieder gemeldet, habe einfach alles hinter mir und meine Freunde zurückgelassen. Habe ich überhaupt das Recht, nach all den Jahren wieder hier aufzutauchen?

Neben dem Friedhof liegt ein großes Anwesen. Wer dort wohl mittlerweile wohnt? Früher war dort eine sehr bekannte Pferdeklinik ansässig. Es wurden hauptsächlich die Tiere der Offiziere der Britischen Rheinarmee behandelt, die hier in der Heide stationiert und dem englischen Königshaus unterstellt gewesen war. Aber auch deutschlandweit und sogar aus Europa kamen Pferde zur Behandlung. Hier war immer etwas los. Sogar Königin Elisabeth II. war schon einmal hier im Ort, allerdings ein Jahr vor meiner Geburt. Sie hat hier eine Streitmacht mit 270 gepanzerten Fahrzeugen begrüßt.

Mitte der neunziger Jahre wurde in Lünzen schließlich ein tibetisches Zentrum eröffnet. Das habe ich damals am Rande noch mitbekommen. Auch dass zwei Jahre später der Dalai Lama hier zu Besuch war, um das Zentrum zu segnen, habe ich in der Presse verfolgt. Die Gegend hier hatte bereits ganz schön hochkarätige Gäste.

»Guten Tag.« Eine sanfte Stimme reißt mich aus meinen Gedanken. Vor mir steht eine zierliche Frau mit kahlrasiertem Schädel. Sie trägt ein bordeauxrotes Gewand mit einer orangenen Schärpe. Der rechte Arm ist nackt. Ihr Blick geht zum Friedhof. »Abschied und Tod sind nur andere Worte für Neuanfang und Leben. Alles, was du zurücklässt, findest du in einer anderen Form immer wieder.«

Ich brauche einen Moment, bis ich mich wieder sortiert habe. Eben erst denke ich an das Buddhistische Zentrum und schon steht eine buddhistische Nonne vor mir. »Das klingt schön.«

Sie nickt. »Auf Wiedersehen.«

»Auf Wiedersehen.«

Die Frau geht langsam in die Richtung des Anwesens. Ich sehe ihr nach, bis sie in der Einfahrt verschwindet.

Ich wende mich wieder dem Friedhof zu und schaue durch das große schmiedeeiserne Tor auf den Weg, der direkt zum weißen Glockenturm der Friedhofskapelle führt. Früher stand ein großes Kreuz mitten auf dem Weg, denke ich. Da sehe ich ein kleines blondgelocktes Mädchen auf kurzen Beinchen links zwischen den Gräbern entlangrennen. Sie lacht, als aus ihrer kleinen grünen Gießkanne Wasser spritzt. »Komm schon, Oma«, ruft sie. Wie gebannt schaue ich auf die Frau, die nur kurz darauf hinter dem Kind auftaucht, es von hinten schnappt und nach oben hebt.

»Kleiner Frechdachs!«

Es ist Uta. Ich halte mich am Lenker meines Rades fest und beobachte, wie sie mit der Kleinen auf dem Arm zurück zu einem der Gräber geht. Es ist sehr lange her, dass ich hier war, aber ich bin mir sicher, dass es Julias letzte Ruhestätte ist.

Ich zögere einen Moment. Ein Teil von mir möchte sich wieder aufs Rad schwingen und ganz schnell verschwinden. Aber weglaufen war noch nie eine gute Lösung. Spätestens morgen werde ich Uta sowieso treffen. Vielleicht ist es besser, wenn wir jetzt schon ein paar Worte miteinander wechseln. An der Friedhofsmauer lehnt ein Rad, auf dem hinten ein Kindersitz angebracht wurde. Am Lenker hängt ein pinkfarbener Helm. Ich stelle meines dahinter und drücke das schwere Eisentor auf. Es quietscht immer noch so laut wie früher. Mit klopfendem Herzen gehe ich den Weg entlang und biege nach links ab, wo die Schwester meiner ehemals besten Freundin begraben liegt.

Uta steht mit ihrer Enkeltochter auf dem Arm vor dem mit weißer Heide bepflanzten Grab. Ich bin mir nicht sicher, aber es hört sich so an, als würde sie beten oder gemeinsam mit ihrer Enkeltochter ein Gedicht aufsagen. Die beiden sind so darin versunken, dass sie mich nicht kommen hören. Ich möchte sie nicht stören, bleibe stehen und warte. Als Uta die Kleine wieder auf dem Boden absetzt, bemerkt sie mich. Ich gehe zögernd weiter auf sie zu und sehe, wie Uta vor Überraschung die Hand vor den Mund schlägt. »Jette ...«

Tränen schießen mir in die Augen, als ich weitergehe.

Uta kommt mir die letzten Schritte entgegen, und dann liegen wir uns auch schon in den Armen.

Jahrelang habe ich mir immer wieder Gedanken darüber gemacht, wie es sein würde, wenn wir uns einmal wiedersehen. Meistens bin ich dabei zu dem Schluss gekommen, dass Uta mich ignorieren wird. Ich weiß, wie kühl sie früher sein konnte, wenn sie verletzt oder beleidigt gewesen war. Mit purer Freude habe ich nicht gerechnet. Auch Uta laufen jetzt Tränen über die Wangen. Aber sie lacht dabei.

»Oma?«

Die Kleine schaut von unten zu uns auf. Als ich ihr ins Gesicht schaue, erkenne ich die unglaubliche Ähnlichkeit. Sie sieht aus wie Julia damals. Auch sie hatte so ein süßes Puppengesicht.

Uta löst sich von mir und geht in die Hocke neben ihre Enkeltochter. »Das ist Jette, Mia, eine ganz alte Freundin von mir.« Sie blickt zu mir hoch. »Jette, das ist Mia, meine Enkeltochter.«

»Hallo, Mia, schön dich kennenzulernen.« Ich lächle die Kleine an, die mich mit großen blauen Augen mustert. Sie trägt hellgrüne Leggins mit bunten Blümchen und dazu ein blaues T-Shirt, auf dem ein großer Schmetterling prangt.

»So alt ist die Frau aber gar nicht, Oma«, sagt sie. »Sie hat noch keine grauen Haare.«

»Mit alte Freundin meinte ich, dass wir uns schon ganz, ganz lange kennen«, erklärt Uta schmunzelnd.

»Und warum hast du eben geweint?«

»Weil ich mich so sehr gefreut habe. Jette und ich, wir haben uns schon ganz lange nicht mehr gesehen.«

»Ich dachte, man weint nur, wenn man traurig ist.« Mia dreht sich zum Grab. »Zum Beispiel, wenn jemand in den Himmel kommt. So wie Oma Hilla. Oder Thies.«

Mein Blick fliegt zum Grabstein. *Hilla Janssen*, lese ich. Utas Mutter ist im Mai dieses Jahres gestorben, wie ich aus der Inschrift erkennen kann. Sie wurde neben ihrer Tochter beigesetzt.

»Das tut mir sehr leid, Uta«, sage ich.

Uta nickt und gibt Mia einen kleinen Stupser auf die Nase. »Du bist ganz schön schlau für deine drei Jahre, Mäuschen.«

Mia strahlt wie ein Honigkuchenpferd.

Uta wuschelt ihrer Enkeltochter noch einmal über den Kopf, bevor sie sagt: »Kannst du das restliche Wasser aus der Gießkanne noch auf die Heide gießen, Mausezahn? Die Pflanzen freuen sich bestimmt.«

»Ich kann auch noch mal neues Wasser holen«, antwortet Mia. »Das schaff ich schon alleine.«

»Mach das.«

Wir schauen beide dem süßen Blondschopf nach, der im Hopserlauf zur Wasserpumpe verschwindet.

»Gleich ist sie patschnass«, sagt Uta lächelnd.

Meine Freundin ist etwas kleiner als ich. Im Gegensatz zu mir scheint sie in all den Jahren kein Gramm zugenommen zu haben. Sie ist schlank wie eh und je. Ihr Haar ist kurz geschnitten und blond gefärbt, könnte allerdings mal wieder eine Auffrischung gebrauchen. Der graudurchsetzte Ansatz am Scheitel ist schon einige Zentimeter breit. Früher war sie es, die das Haar lang getragen hat. In der Beziehung haben wir die Rollen getauscht.

»Deine Enkeltochter ist unbeschreiblich süß.«

»Sie ist mein Sonnenschein.« Meine Freundin betrachtet mich und schüttelt dabei den Kopf. »Ella hat mir gesagt, dass sie dir geschrieben hat, aber ich habe ehrlich gesagt nicht damit gerechnet, dass du kommst.« Sie atmet tief durch. »Schön, dass du da bist.« Es klingt ernst – und sehr ehrlich.

»Ich hätte schon viel früher kommen müssen.« Das weiß ich jetzt, wo ich Uta gegenüberstehe. Warum habe ich damit nur so lange gewartet?

Meine Freundin schüttelt den Kopf. »Es hat immer alles seinen Sinn.« Sie lächelt traurig. Ihr Blick geht zur anderen Seite des Friedhofs, wo sich ein frisch ausgehobenes, mit einer Platte abgedecktes Grab befindet. »Bist du morgen auch dabei?«

»Ja.«

»Das ist gut. Ich kann dich an meiner Seite gebrauchen.« Noch einmal atmet sie tief durch. »Übernachtest du in Lünzen?«

»In Reinsehlen. Ella hat mir einen Flyer vom Camp mit in den Brief gelegt.«

»Ts!« Uta schüttelt den Kopf. »Ella wieder! Hat sie dich auch darüber informiert, dass Jan dort ab und an mal kocht?«

»Nein, aber ich bin ihm gleich nach meiner Ankunft über den Weg gelaufen. Ich habe es gerade mal bis zur Rezeption geschafft.«

»Ihr wart damals schon wie Magneten.« Uta grinst. »Na, das wird ja was werden morgen.«

»Wieso, was meinst du?«

»Weil ihr alle aufeinandertrefft. Jan, Lisa, Clarissa – und du.«

Lisa kenne ich. Sie war mit Jan liiert, nachdem wir uns getrennt hatten. Und soweit ich weiß, auch vorher schon immer mal wieder zwischendurch, wenn wir Funkpause hatten. Von einer Clarissa habe ich noch nie gehört.

»Ist Clarissa Jans Frau?«, frage ich.

»Noch nicht, aber sie ist die zukünftige Frau Ottensen«, antwortet Uta. »Und Lisa ist die ehemalige Frau Ottensen.«

»Jan hat seinen Notnagel geheiratet?«, entfährt es mir. »Quatsch, du veräppelst mich.«

Uta fängt herzhaft an zu lachen. Es dauert einen Moment, bis sie sich wieder beruhigt hat. »Dein Gesichtsausdruck eben war genial. Schade, dass ich kein Foto gemacht habe. Ja, er hat sie tatsächlich geheiratet«, sagt sie und gluckst wieder los. »Du guckst immer noch ziemlich dämlich aus der Wäsche! Schade, dass Thies das nicht mehr mitbekommt. Aber jetzt ernsthaft, ja, die beiden haben geheiratet, ich denke mal, weil Lisa schwanger war.«

Obwohl ich mir nie vorstellen konnte, ein Kind mit Jan zu bekommen, schmerzt mich der Gedanke, dass eine andere Frau das anscheinend anders sah. Da sagt Uta: »So ganz genau habe ich da jedoch nicht durchgeblickt. Kurz nach der Geburt haben sich die beiden wieder getrennt. Angeblich soll rausgekommen sein, dass Jan nicht der Vater des Kindes ist. Aber das kann auch nur ein Gerücht gewesen sein. Du weißt ja, wie das hier im Dorf manchmal zugeht. Lisa hat ein paar Jahre später wieder geheiratet und ist mit ihrem Sohn nach Lüneburg gezogen. Er dürfte jetzt zwanzig sein und ich weiß, dass er in Hamburg studiert. Letztes Jahr ist Lisas Vater gestorben. Da ist sie zurück nach Lünzen gekommen. Sie lebt jetzt bei ihrer Mutter im Haus. Auch die zweite Ehe scheint nicht das Wahre gewesen zu sein. Beim Umzug ist sie die Treppe runtergefallen. Dabei hat sie sich an der Hüfte verletzt und ist schon etliche Male deswegen operiert worden. Sie hat es nicht leicht gehabt.«

»Das tut mir leid.«

»Mir auch. Aber ich glaube, hier geht es ihr jetzt ganz gut. Wir kümmern uns um sie. So ein Dorfleben hat eben auch seine Vorteile. Hier wird niemand alleine gelassen.«

»Schön. Das freut mich. Weißt du …« Es interessiert mich brennend, wie Jan seinen Sohn genannt hat. Auf das Gerede der Dorfbewohner gebe ich erst einmal nichts. Sie haben das Kind bekommen, als sie verheiratet waren. Zumindest von offizieller Seite ist Jan somit der Vater. »Ach, schon gut.«

Uta scheint noch immer meine Gedanken lesen zu können, so wie früher. »Er heißt Tom«, sagt sie.

Ein kleiner Stich durchfährt mein Herz. Zwar konnte ich mir ein gemeinsames Kind nicht vorstellen, Jan sich allerdings schon. Und er wusste auch ganz genau, wie er es nennen würde, wenn es ein Sohn wird. Er hat seinen Traum also mit einer anderen verwirklicht.

»Puh«, mache ich. »Dann war hier ja ganz schön was los.«

»Allerdings! Apropos … Kommt deine Mutter morgen eigentlich auch?«

»Nein, sie ist gemeinsam mit meinem Vater auf Kreuzfahrt. Die beiden feiern auf dem Schiff ihre Goldene Hochzeit.«

»Das klingt gut. Dann ist gesundheitlich noch alles im grünen Bereich?«

»So weit ja. Mein Vater hatte vor drei Jahren einen Herzinfarkt, hat aber alles gut überstanden. Meine Mutter ist topfit. Ab und zu ziept es irgendwo, aber bisher war sie nie ernsthaft krank.«

Utas Blick geht zum Grab. »Bei meiner Mutter war es ein Aneurysma« Sie seufzt. »Sie klagte eines Tages über sehr starke Kopfschmerzen. Im Krankenhaus erfuhren wir dann, dass sie schon einige Zeit vorher Beschwerden gehabt, allerdings erst etwas gesagt hatte, als sie unerträglich wurden. Auf dem Weg ins Krankenhaus wurde sie bewusstlos. Die Ärzte haben sofort operiert. Eigentlich sah danach alles gut aus. Mama konnte wieder sprechen, alles bewegen. Doch dann kam es zu einer Schwellung im Gehirn. Drei Tage später war sie tot.«

»Das tut mir wirklich sehr leid. Ich mochte deine Mutter immer sehr gern. Und dein Vater?«

Uta winkt ab. »Ach, hör bloß auf. Der terrorisiert immer noch alle, wo er nur kann. Im Alter ist er nicht wirklich netter geworden, im Gegenteil. Seine neue Frau tut mir leid, die hat es nicht leicht mit ihm.«

»Er hat schon wieder eine Neue?«, frage ich. »Es ist jetzt drei Monate her, oder?« Oder habe ich mich vielleicht eben vertan, als ich die Inschrift auf dem Grab entdeckt habe?

»Es hätte zu ihm gepasst«, antwortet Uta. »Er hat ja nie ein gutes Wort an meiner Mutter gelassen. Aber meine Eltern haben sich schon vor Langem scheiden lassen, nachdem meine Mutter ihn endlich rausgeworfen hat Mit der Neuen feiert er demnächst Porzellanhochzeit. Aber weißt du was?« Meine Freundin schaut auf ihre Uhr. »Es ist gleich fünf. Meine Tochter kommt meistens so gegen viertel nach, um Mia abzuholen. Und das Essen für Thomas muss ich auch noch fertig machen. Komm doch mit und lass uns danach in Ruhe über alles sprechen. Oder hast du heute noch was vor? Es gibt Gulasch.«

»Hm, lecker. Da sage ich nicht nein.«

Uta sieht mich an und lächelt. Ihr Gesicht ist etwas kantiger geworden. Viele kleine Fältchen haben sich rund um ihre Augen herum angesammelt. Rechts über ihrer Oberlippe sieht man eine rötliche raue Stelle, die dafür spricht, dass sie vor Kurzem mit einem Herpes gekämpft hat. Die lästige Virusinfektion war damals schon Utas Schwachstelle. Hatte sie Stress, bekam sie ein Bläschen.

»Wir wohnen mittlerweile in Thomas' Elternhaus«, erklärt sie. »Den Weg kennst du ja bestimmt noch. Wollen wir uns direkt dort treffen? Mia und ich brauchen etwas länger. Wir sind nämlich mit dem Rad da.«

»Ich auch.« Uta sieht mich einen Moment überrascht an, dann nickt sie lächelnd. »Hätte ich mir eigentlich denken können.«

Lünzen hat sich verändert. Viele Häuser wurden umgebaut, einige sind dazugekommen, der Reiterhof ist größer, der Kindergarten komplett erneuert. Alles kommt mir irgendwie unwirklich vor, als ich hinter Uta und Mia die Straße entlangfahre. Erst als ich die alte Mühle entdecke, die noch immer so aussieht wie früher, wird mir klar, dass ich gerade tatsächlich durch Lünzen fahre. Allerdings sind wir keine Kinder mehr. Wir sind erwachsene Frauen. Und Uta ist sogar schon Oma. Vor dem Haus, in dem ich aufgewachsen bin, bleiben wir einen Moment stehen.

»Es ist jetzt ein Museum«, erklärt Uta.

»Nicht ernsthaft!«

»Doch, wirklich. Der Heimatverein hat es gekauft und zeigt in der unteren Etage wechselnde Ausstellungen darüber, wie Lünzen sich über die Jahrhunderte verändert hat. Obendrüber wohnt ein junger Kerl.«

Mein Zimmer befand sich damals unter dem Dach. Ich schaue hoch. Meistens habe ich mehrmals täglich aus dem Fenster gesehen, weil irgendjemand unten stand und nach mir gerufen hat.

Mit dem Haus verbinden mich nur positive Erinnerungen. Ich kann froh sein, dass ich eine so glückliche Kindheit hatte, denke ich.

8. Kapitel

»Das Gulasch habe ich gestern Abend schon vorgekocht«, erklärt Uta. »Ich arbeite bis um zwölf im Elektrogeschäft, dann hole ich Mia aus dem Kindergarten ab. Wir essen zusammen, dann wird gespielt. Gegen viertel nach fünf holt Julia die kleine Maus wieder ab.« Uta schält eine Kartoffel nach der anderen und legt sie in einen Topf mit Wasser. »Thomas kommt meistens gegen halb sechs und geht erst einmal duschen. Um sechs essen wir. Danach erledige ich den Abwasch, mach die Hausarbeit und meistens kommt dazu noch der Schreibkram für die Firma. Rechnungen müssen erstellt werden, Angebote geschrieben ... spätestens um zehn, allerspätestens halb elf falle ich todmüde ins Bett.«

Ich sitze am Küchentisch und sehe Uta beim Kartoffelschälen zu. Meine Hilfe hat sie abgelehnt. »Hört sich nach Stress an«, sage ich. Da geht die Tür auf und ein junger Mann mit blondem Haar, Jeans und schwarzem Shirt betritt die Küche. Er würdigt mich keines Blickes, geht an mir vorbei zum Kühlschrank und nimmt eine Flasche Apfelschorle heraus.

»Guten Tag«, sage ich.

»Tag.«

»Das ist mein Sohn, Lukas«, erklärt Uta. »Lukas, das ist meine Freundin Jette.«

»Aha«, sagt der junge Mann – und geht wieder.

Uta rollt mit den Augen. »Er ist fünfzehn. Seit seine Hormone verrücktspielen und die Bartstoppeln sprießen, spricht er nicht mehr viel.«

»Jungs!« Ähnliches hat Eva mit ihrem Sohn durchgemacht. Mittlerweile ist er siebenundzwanzig, glücklich verheiratet und hat seine Sprache wiedergefunden. »Habt ihr noch mehr Kinder, oder nur die beiden?«, frage ich. Julia war eben schon hier. Gesehen habe ich sie nicht. Sie hat kurz gehupt, woraufhin Uta mit Mia samt einem Topf Gulasch nach draußen gegangen ist, um beides bei ihrer Tochter abzuliefern. Ich hätte Julia gerne kennengelernt, aber sie war sehr in Eile. Ich muss also bis morgen warten.

»Julia und Lukas, mehr gibt es nicht. Und bei euch?«

»Wir haben ein Mädchen, sie ist einundzwanzig und heißt Jule.«

»Hast du ein Foto?«

Entweder wusste Uta schon, dass ich meine Tochter auch wie Utas verstorbene Schwester genannt habe oder es überrascht sie nicht. Ich hole mein Handy raus und halte es meiner Freundin entgegen. Sie wischt sich die Hände an der Schürze ab, nimmt mein Telefon, schaut sich das Foto an, dann wieder mich. »Sie hat deine Augen. Hübsch. Und deinen Mund. Was macht sie?«

»Jule studiert Lehramt, möchte aber jetzt kurzfristig zu Sonderpädagogik wechseln.«

»Ganz die Mama.« Uta legt das Telefon vor mich auf den Tisch. »Du hast alles richtig gemacht – damals schon.« Sie lächelt, als sie das sagt, aber ihre Augen sehen traurig aus. Ich weiß nicht, was ich darauf erwidern soll. Wir waren früher unzertrennlich, bevor unsere Wege auseinander gingen. Uta hat es nie zugegeben, aber ich hatte manchmal das Gefühl, dass sie eifersüchtig war, weil ich aufs Gymnasium gegangen bin, während sie nach der Mittleren Reife eine Ausbildung als Rechtsanwaltsgehilfin absolviert hat. Aber das ist lange her. Auch Uta ist erwachsen geworden. Doch ohne dass ich genau benennen kann, warum, wirkt sie gestresst und unglücklich.

»Na ja«, sage ich. »Das mit dem Richtigmachen, kannst du sehen, wie du willst. Ich bin seit Montag geschieden.«

Uta überlegt einen Moment, dann schmunzelt sie und antwortet: »Du Glückliche! Dann machst du auch heute anscheinend noch alles richtig und bist mir wie immer einen Schritt voraus.« Just in dem Moment hören wir, wie die Haustür aufgeht. »Wenn man vom Teufel spricht.«

Thomas bleibt wie angewurzelt in der Tür stehen, als er mich sieht. Er ist drei Jahre älter als Uta und ich. Die lange, leicht gewellte Haarmähne von früher ist einem radikalen Kurzhaarschnitt gewichen, wobei von Schnitt eigentlich keine Rede sein kann. Thomas kratzt sich den Schädel. So wie das aussieht, und es sich auch anhört, kommt hier ein Rasierer zum Einsatz.

»Jette?«

»Ja. Hallo, Thomas.«

»Das gibt's ja nicht.« Er grinst mich spitzbübisch an. Dabei strahlen seine hellen Augen in seinem leicht gebräunten Gesicht. Abgesehen von seinem fast kahlen Schädel sieht er erstaunlich gut aus und wesentlich besser als früher. Das Älterwerden steht ihm. Er trägt eine schwarze Arbeitshose und dazu ein hellgraues Shirt. Seine Arme sind muskulös, die Schultern breit. Von dem schlaksigen, immer etwas ungelenk wirkenden Kerlchen ist nicht mehr viel übrig geblieben. Ich stehe auf, um ihm die Hand zu geben, aber er zieht mich an sich und drückt mich. »Gut, dass du da bist.«

Ich bin so überrascht, dass ich im ersten Moment gar nicht weiß, was ich antworten soll. Früher war unser Verhältnis eher angespannt. Thomas hat sich noch nie gefreut, mich zu sehen.

Als er zu Uta geht, um sie mit einem Kuss zu begrüßen, setze ich mich wieder hin und werfe ihr einen fragenden Blick zu. Sie zuckt mit den Schultern und schüttelt den Kopf, als er neben mir Platz nimmt und nicht mehr sehen kann, wie seine Frau hinter ihm gestikuliert.

»Seit wann bist du hier?«, fragt Thomas. Er lehnt sich im Stuhl zurück. Dabei kreuzt er seine Arme hinter seinem Kopf und streckt sich.

»Seit heute Nachmittag.« Ich schaue auf seine muskulöse Brust, dann in sein Gesicht, in dem die hellen Augen noch immer strahlen und kann nicht anders, als ihm zu sagen. »Gut siehst du aus!«

Thomas deutet mit dem Kopf auf Uta. »Erzähl das mal meiner Frau.«

Uta verzieht das Gesicht und schüttelt wieder den Kopf, bevor sie »Als würde es darauf ankommen«, antwortet. Sie klingt genervt, fast bissig.

»Ach was!«, kontert Thomas. »Sagt ausgerechnet die Heidekönigin.« Er dreht sich zu mir. »Sie hat sich von ihrer Freundin verrückt machen lassen und will mit ihr nach Hamburg, sich irgendwas im Gesicht spritzen lassen. Vielleicht bringst du sie zur Vernunft.«

Eine steile Falte bildet sich zwischen Utas Augenbrauen. »Du hast mal wieder gar nichts verstanden.«

Jetzt ist es Thomas, der mit den Schultern zuckt. »Wenn du meinst.« Er schnuppert. »Was gibt's zu essen?«

Uta beißt sich auf die Unterlippe. Ich kann sehen, wie sie mit sich kämpft und rechne damit, dass sie »Giftsuppe« antwortet, aber sie atmet kurz durch und sagt: »Gulasch, aber vielleicht solltest du erst mal duschen.«

»Du warst Heidekönigin?«, frage ich, sobald Thomas die Küche verlassen hat.

»1997, ja«, antwortet Uta, während sie eine Zwiebel klein schneidet. »Ist lange her.«

»Und du bist immer noch verdammt schön.«

»Erzähl das mal meinem Mann«, kontert Uta wie aus der Pistole geschossen, winkt aber kurz darauf ab. »Vergiss es, das war knorzig.« Sie wäscht sich die Hände, zieht sich die Schürze aus und setzt sich zu mir an den Tisch.

»Der Stress der letzten Monate hat mich sehr mitgenommen. Da kam Tina, sie ist vor ein paar Jahren hier ins Dorf gezogen, mit ihrer Idee, mal für ein paar Tage in ein Wellnesshotel in der Nähe von Hamburg zu fahren. Einfach, um mal auszuspannen und wieder runterzukommen. In der Nähe praktiziert ein Frauenarzt, der im Bereich Antiaging eine Koryphäe ist. Er bietet alles Mögliche an. Tina lässt sich dort regelmäßig Hyaluron spritzen. Es fällt kaum auf, er macht das gut.« Uta klimpert mit den Wimpern. »Ein paar weniger Falten wären schon nicht schlecht, aber deswegen wollte ich nicht dort hin. Ist aber auch egal, das hat sich eh erledigt. Aus Wellness wird jetzt ohnehin erst einmal nichts. Die Beerdigungskosten meiner Mutter haben ein großes Loch in unsere Kasse gerissen und Thomas hat jede Menge Außenstände. Wenn die Kunden nicht bald zahlen, haben wir ein Problem. Lukas weigert sich, weiter in die Schule zu gehen, kümmert sich aber auch nicht um einen Ausbildungsplatz. Julia will heiraten. Das Finanzamt hat uns letzte Woche mit einer netten Nachzahlungsforderung überrascht. Und jetzt das mit Thies. Seit ein paar Monaten folgt eine schlechte Nachricht der anderen – abgesehen von Julias Hochzeit natürlich. Allerdings weißt du ja auch, was man investieren muss, wenn man sich hier das Jawort gibt. Das wird teuer. Davon mal ganz abgesehen würde ich wirklich gerne ... ach, ich weiß auch nicht ...«

»Was?«

»Das weiß ich ehrlich gesagt auch noch nicht so ganz genau. Wenn es wirklich spruchreif wird, erzähl ich es dir. Aber momentan sieht es sowieso nicht danach aus. Ich muss die letzten Monate erst einmal sacken lassen und wieder zu mir kommen.«

»Das kann ich gut verstehen.« Kein Wunder, dass Uta so gestresst wirkt. »Du hast da jede Menge Baustellen«, sage ich. »Ein paar Tage Wellness würden dir allerdings wirklich guttun. Es bringt keinem was, wenn du dich so zerreißt.«

»Ich weiß, aber wie gesagt, momentan ist das finanziell einfach nicht drin.«

Am liebsten würde ich meine Freundin jetzt spontan fragen, ob sie Eva und mich gerne begleiten möchte. Die Ferienwohnung ist groß genug für drei. Bezahlen müssen wir sie auch nicht, weil sie Evas Schwester gehört, und die uns eingeladen hat. Das kann ich allerdings nicht alleine entscheiden, sondern muss es vorher mit Eva besprechen. Aber vielleicht schaffe ich es, Uta wenigstens von einem Tag Pause zu überzeugen.

»Wie sieht es Freitag bei dir aus?«, frage ich. »Wir könnten uns zumindest einen Tag in der Sauna gönnen.«

Uta überlegt einen Moment, nickt aber dann. »Freitags arbeitet Julia nur bis um zwei, da könnte Mia ausnahmsweise im Kindergarten essen und dort spielen, bis sie abgeholt wird.«

»Fein!«

Uta sieht mich einen Moment an und lächelt. »Schon verrückt, oder? Ich habe mir ganz oft überlegt, ob ich dich nicht einfach mal anrufen oder dir schreiben soll. Aber dann konnte ich mich doch nicht dazu aufraffen. Irgendwie stand mir immer das schlechte Gewissen im Weg.«

»Du hattest ein schlechtes Gewissen? Weswegen denn? Wenn hier jemand ein schlechtes Gewissen haben müsste, dann doch ich.«

»Du? Nein! Ich habe mich damals so blöd benommen. Ich war eifersüchtig und deswegen …«, Uta hält einen Moment inne und zögert. »Es hat mir schon kurz danach so leidgetan, aber dann war es zu spät.«

»Jetzt spuck es schon aus!«, werfe ich ein. »Uta, es ist so lange her und wir haben alle so viel falsch gemacht. Aber seitdem eben auch wieder sehr viel richtig.«

»Na gut. Ich habe Lisa auf Jan angesetzt«, erklärt Uta. »Und wenn ich ehrlich bin, habe ich dir auch lange Zeit die Schuld am Tod meiner Schwester gegeben. Dabei war eigentlich ich dafür verantwortlich.«

»Was?«, entfährt es mir. »Das meinst du nicht ernst.«

»Doch, absolut. Ich war wirklich ein Biest, glaub mir. Es hat mir nicht gepasst, dass du so viel Zeit mit Jan verbracht hast und ständig in Hamburg warst. Deshalb habe ich euch schön gegeneinander ausgespielt, Jan und dich. Dir habe ich erzählt, dass er nicht gut genug für dich ist. Und dann habe ich Lisa dazu ermuntert, sich an Jan ranzumachen.«

Ich nicke nur, höre gar nicht richtig, was sie erzählt. Die Sache mit Jan und mir war doch ohnehin zum Scheitern verurteilt. Aber ich kann nicht glauben, dass Uta sich wirklich die Schuld am Tod ihrer Schwester gibt.

»Uta, du konntest nichts für das, was damals mit deiner Schwester passiert ist«, unterbreche ich sie. »Daran war allein der Autofahrer schuld, der viel zu schnell und unter Alkoholeinfluss durch den Ort gefahren ist.« Ich versuche ruhig und sachlich zu bleiben, aber der Gedanke, dass ein Mensch so dumm und unachtsam innerhalb von wenigen Sekunden das Leben so vieler Menschen bis heute verändert hat, wühlt mich auf. »Du bist nicht dafür verantwortlich.«

»Nicht dafür, dass er sie überfahren hat, aber dafür, dass sie auf die Straße gelaufen ist. Ich hätte sie abholen sollen. Hab ich aber nicht.«

»Du warst krank.«

Uta schüttelt den Kopf. »War ich nicht. Ich war sauer und wollte nicht zu deiner Abifeier kommen. Also habe ich mir den Finger in den Hals gesteckt. Als ich sagte, dass ich mich übergeben habe, hat keiner großartig nachgefragt. Meine Mutter ist sofort davon ausgegangen, dass ich mir das Virus eingefangen habe, das gerade umging. Deswegen hat meine Mutter Jule erlaubt, an dem Tag alleine vom Reiten nach Hause zu kommen. Hätte ich mich selbst nicht so verdammt wichtig genommen, würde meine Schwester jetzt noch leben.«

»Oh, Mann, Uta …« Ich suche noch nach den richtigen Worten, da erklärt sie: »Du musst dazu nichts sagen. Ich möchte nur, dass du weißt, wie groß die Fehler waren, die ich gemacht habe. Ich war siebzehn und nichts war in jenem Moment so wichtig wie meine Eifersucht. Nach dem Unfall ist mir das klar geworden und ich konnte mich selbst nicht mehr leiden. Dich zu sehen, hat mich irgendwie immer daran erinnert, warum passiert war, worunter wir alle leiden mussten. Das hat alles nur noch schlimmer gemacht. Du warst immer meine beste Freundin gewesen. Das hat mir Halt gegeben.

Und plötzlich war dieses Gefühl verschwunden, weil ich es selbst zerstört hatte. Deswegen war ich froh, als du endlich weg warst und wir keinen Kontakt mehr hatten. Ich wusste einfach nicht, wie ich mit meinen Gefühlen und der Situation umgehen sollte.« Uta atmet tief durch. »Puh. Jetzt ist es raus. Das wollte ich schon lange loswerden.«

Eben noch habe ich nach den richtigen Worten gesucht. Auch ich habe ganz sicher meinen Teil zu unserer Entfremdung beigetragen. Ich hätte Uta in der schweren Zeit nicht alleine lassen dürfen, auch wenn sie sich von mir abgewandt hat. Aber wir waren beide noch jung und unerfahren. Heute würde ich vieles anders machen.

»Du hast mir gefehlt«, sage ich schlicht.

Uta atmet erleichtert auf. »Du mir auch.«

Wir sehen uns einen Moment schweigend an, dann lächeln wir, bis Uta plötzlich aufspringt. »Mist, die Kartoffeln!« Sie läuft zum Herd, schnappt sich den Topf und schüttet das Wasser in die Spüle. »Sie sind zu weich. Na gut, dann gibt es halt Kartoffelpüree. Ist auch lecker.« Uta hält mir einen Löffel hin. »Kannst du mal das Gulasch abschmecken?«

»Gerne.« Bevor ich meinen Löffel in die herrlich duftende Fleischpfanne tunke, sage ich: »Ich kann trotzdem nicht verstehen, warum Jan sich auf Lisa eingelassen hat. Sie war ja ganz hübsch, aber er hat selbst immer gesagt, sie habe einen Intellekt wie eine Heidschnucke.«

9. Kapitel

Thomas hat mir angeboten, mich samt Rad in seinem Lieferwagen zum Hotel zu bringen. Aber ich habe mich dazu entschieden, rechtzeitig vor Einbruch der Dunkelheit loszuradeln. Es ist zwanzig nach acht und gerade noch hell, als ich im Camp ankomme. Ich fahre an dem Nebengebäude vorbei, in dem das Restaurant untergebracht ist. Hier kocht also Jans Zukünftige, denke ich. Und er auch ab und zu. Ob er auch heute den Kochlöffel schwingt? Wohl eher nicht, sonst hätte er mich nicht auf ein Glas Wein eingeladen. Wobei, eigentlich bedeutet das bei Jan nicht viel. Zumindest war es früher so, dass er Verabredungen oft kurzfristig abgesagt hat. Manchmal habe ich schon eine halbe Stunde auf ihn gewartet, bevor der Anruf kam, mit dem Jan mir mitteilte, er würde es nicht mehr schaffen.

Ich stelle fest: Heute ist das anders. Als ich die Holzbohlen entlang zu meinem Zimmer gehe, kann ich schon von Weitem eine Flasche Wein in einem hellgrauen Weinkühler und ein bauchiges Glas vor meiner Tür stehen sehen. Verpasst, denke ich, und habe recht. Im Glas steckt ein Zettel.

Schade – ich hätte gerne mit dir über alte Zeiten geplaudert. Das Leben ist zu kurz, um schlechten Wein zu trinken. Genieß das explosive Tröpfchen!
Wir sehen uns morgen
Jan

Ein Lächeln huscht über mein Gesicht, als ich den Wein aus dem Betonkühler nehme. Die Flasche ist zu kalt für einen normalen Rotwein. Jedoch nicht für den *Sparkling Shiraz*, den Jan für uns ausgesucht hat – eine meiner Lieblingssorten. Und in meinen Augen eins der besten Getränke für einen lauen Spätsommerabend wie diesen.

Ich schließe mein Zimmer auf, öffne die Terrassentür, stelle Weinkühler und Glas draußen auf den kleinen Holzbistrotisch, lege eines der Polster auf den Stuhl und setze mich. Den Shiraz kann ich sehr gut auch alleine genießen. Außerdem gibt mir das Zeit, mit meiner Tochter zu telefonieren und mit Eva. Beide warten sicher schon darauf, dass ich mich melde. Jans Nachricht falte ich zusammen und stecke sie in das Kartenfach meiner Handyhülle.

Kurz bevor ich Stefan geheiratet habe, habe ich alle Briefe und Fotos von Jan im Altpapiercontainer versenkt. Ich wollte einen klaren Schnitt – und nie wieder U2s *With or Without You* hören. Dass Jan und ich nicht mit, aber auch nicht ohne einander konnten, hat mir das Leben schwergemacht. Ich sehnte mich nach Beständigkeit. Ich habe nie bereut, dass ich die Briefe vernichtet habe. Aber geholfen hat es auch nicht viel. Auch als ich schon mit Stefan verheiratet war, habe ich oft an Jan gedacht. Das hat sich erst geändert, nachdem Jule auf die Welt gekommen ist. Schon verrückt, denke ich, kaum eröffnet mir meine Tochter, dass sie auszieht, da taucht Jan wieder in meinem Leben auf. Ich greife nach dem Shiraz, entferne den Drahtbügel, ziehe und drehe am Korken, bis er sich mit einem lauten Plopp aus der Flasche löst. Der fruchtige und gleichzeitig rauchige Duft, den meine Nase wahrnimmt, als ich die tiefviolette Flüssigkeit in das Glas gieße, ist einmalig. Jan hat hier sicher nicht nur ein explosives, sondern auch edles Tröpfchen ausgesucht. Früher haben wir oft am Abend beisammengesessen und versucht, Geschmacksnoten aus Weinen herauszuschmecken. Ein guter Koch muss sich auch mit den passenden Getränken auskennen, hat Jan immer gesagt. Ich schwenke die dunkle Flüssigkeit einige Male im Glas, bevor ich die Augen schließe und den ersten Schluck meinen Gaumen entlanglaufen lasse. Pflaume und Pfeffer, schießt es mir durch den Kopf, Brombeeren und etwas Kakao. Der Wein schmeckt feurig, gleichzeitig harmonisch – und sehr lecker!

Ich öffne die Augen wieder. Die Aussicht auf die karge Landschaft ist auch in der Abenddämmerung wunderschön. Etliche Kaninchen hoppeln über die trockenen Wiesen. Eine Frau geht mit ihrem Hund an der Leine an mir vorbei. Sein Blick ist auf die emsigen Fellknäuel gerichtet. Es ist ein Broholmer, ein schönes, großes Tier mit glänzendem braunen Fell. Wenn ich mir noch einmal einen Hund zulegen würde, würde ich mich auch für diese Rasse entscheiden. Seit ich denken kann, hat es immer ein Tier in meinem Leben gegeben – bis ich mit Jule in die Altbauwohnung unter dem Dach gezogen bin. Einstein, unser treuer Hund, ist bei Stefan geblieben. Der Labrador hätte es mit seinen vierzehn Jahren und der kaputten Hüfte nicht mehr die Treppen hinauf geschafft. Es hat mir das Herz gebrochen, ihn zurückzulassen. Aber Stefan hat ihn genauso geliebt wie ich. Er hatte es gut bei ihm.

Nur ein paar Monate nach unserem Auszug ist er friedlich im Garten hinter dem Haus eingeschlafen. Das ist jetzt schon so lange her, aber ich denke noch immer häufig an ihn. Manchmal reicht ein leerer Joghurtbecher, der mich daran erinnert, mit wie viel Genuss Einstein diese immer ausgeschleckt hat, ein Bellen in der Ferne oder eben eine Spaziergängerin mit Hund …

Unsere Wohnung ist wirklich schön, aber vielleicht sollte ich mich jetzt, wo Jule ihre eigenen Wege geht, nach einer anderen umsehen? Drei Zimmer im Erdgeschoss mit einem kleinen Garten hinter dem Haus wären nicht schlecht – und ein schöner großer Broholmer, der mir jeden Tag Gesellschaft leistet.

Ich trinke noch einen Schluck Shiraz und überlege dabei, ob ich Stefan letztendlich nur geheiratet habe, um Jan zu vergessen. Nein, es wäre unfair, jetzt im Nachhinein so zu denken. Damals war ich in Stefan verliebt gewesen, weil er genau das Gegenteil von Jan verkörpert hat. Stefan war der Mann, mit dem ich eine Familie gründen wollte. Mit Jan wäre das unvorstellbar gewesen. Er war in vielerlei Hinsicht unberechenbar. Das hatte zwar durchaus seinen Reiz, aber ein Kind hätte ich nicht mit ihm großziehen wollen. Stefan hat sich zwar mit den Jahren immer mehr seiner Karriere gewidmet, aber er hat uns auch ein sicheres Zuhause ermöglicht, in dem Jule wohlbehütet und liebevoll aufwachsen konnte.

Kaum denke ich an meine Tochter, kündigt mein Handy ihren Anruf an.

»Gerade eben habe ich an dich gedacht, Julchen. Ich bin noch nicht lange wieder im Hotel, habe es mir auf der Terrasse gemütlich gemacht und mir ein Glas Wein eingeschenkt. Ich hätte mich aber auch gleich bei dir gemeldet.«

»So was Ähnliches hast du heute Mittag auch gesagt«, antwortet Jule. »Ja, ja, wenn ich das mit dir machen würde, bekäme ich Ärger. Ich muss mich immer sofort melden, wenn ich irgendwo ankomme.«

»Das gehört sich ja auch so. Du bist schließlich mein Kind.« Und außerdem hat der Tod von Jules Namensvetterin auch Spuren in mir hinterlassen. Ich habe immer versucht, nicht übervorsichtig zu sein und meiner Tochter genügend Freiräume zu lassen. Aber als irgendwann der Zeitpunkt kam, ab dem sie alleine mit dem Bus zur Schule oder zu Freundinnen unterwegs war, bin ich manchmal verrückt geworden vor Sorge, wenn sie nur ein paar Minuten zu spät kam. Ich habe immer versucht, mir das nicht anmerken zu lassen, weil ich Jule zu einer selbstbewussten jungen Frau heranwachsen lassen wollte. Sie war die Erste in ihrem Freundeskreis, die von ihren Eltern mit einem Handy ausgestattet wurde. Als sie älter wurde und auch abends unterwegs war, haben wir eine ganz klare Absprache getroffen: Es ist nicht schlimm, wenn sie mal zu spät nach Hause kommt – sofern sie zumindest eine kurze Nachricht schreibt, damit wir Bescheid wissen.

»Vielleicht sollte ich mir das mit dem Ausziehen noch mal durch den Kopf gehen lassen«, flachst Jule. »Irgendjemand muss doch auf dich aufpassen.«

»Das kann Eva übernehmen«, kontere ich. »Sie ist Kommissarin. Außerdem kann sie Karate.«

»Stimmt, hab ich vergessen. Und? Erzähl, wie war es in deinem Dorf? Hast du jemanden von früher gesehen?«

»Ja, stell dir vor, direkt nachdem ich dort angekommen bin, habe ich Uta getroffen und wir haben uns blendend unterhalten.« Da klopft jemand an meine Zimmertür.

»Oh, ich glaube ich bekomme Besuch«, sage ich. »Bleib kurz dran. Ich schau mal nach.«

»Bestimmt dein Koch«, sagt Jule prompt. »Ich habe vorhin mal nach ihm gegoogelt. Er sieht gut aus.«

»Und heiratet bald«, ergänze ich. »Pst jetzt. Ich mach jetzt auf.«

»Cool!«, sagt meine Tochter, die sichtlich Spaß hat.

Mein Herz beginnt zu rasen, als ich zur Tür gehe. Ob Jule recht hat? Ich bin genauso aufgeregt wie früher, wenn Jan und ich uns nach einer unserer Beziehungspausen wiedergesehen und vertragen haben. Ich bleibe kurz stehen und atme tief durch. Wir haben nicht *früher!* Und eine Pause haben wir auch nicht eingelegt. Wir haben uns vor fünfundzwanzig Jahren endgültig getrennt. In ein paar Tagen werde ich fünfzig, ich bin Mutter einer Tochter, die jetzt genauso alt ist, wie ich damals. Mein Kopf weiß das, mein Herz scheint das jedoch nicht zu interessieren.

Es ist nicht Jan, der vor mir steht. Es ist seine Zukünftige.

Die Kochjacke hat sie gegen ein eng anliegendes rotes Sommerkleid ausgetauscht, das ihre schlanke, aber dennoch weibliche Figur betont. Ihr Dekolleté ist so tief ausgeschnitten, dass sogar mein Blick einen Moment zu lang darauf verweilt, bevor ich ihr wieder ins Gesicht schaue, das von dunklem lockigem Haar umrandet wird, das bis über die Schultern fällt.

»Guten Abend«, sagt sie. »Es tut mir leid, ich störe nur ungern, aber ich müsste dringend kurz mit Jan sprechen.«

Ich zögere einen Moment. Die Frau hat sich mir noch nicht vorgestellt. Ihr Tonfall ist fordernd, ihr Lächeln wirkt aufgesetzt. Hätte Uta mir vorhin nicht gesagt, wie sie heißt, würde ich noch nicht mal ihren Namen kennen. Ich widerstehe meinem Bedürfnis, meine Stimme kühl und unfreundlich wirken zu lassen und antworte freundlich: »Da müssen Sie Ihr Glück wohl woanders versuchen, Jan ist nicht hier.«

»Tatsächlich …« Sie macht einen langen Hals, um an mir vorbeizuschauen. »Hätten Sie dann vielleicht fünf Minuten Zeit für mich? Ich würde mich gerne ganz kurz mit Ihnen unterhalten.«

Jetzt kann ich nicht mehr anders, als ein bisschen gemein zu werden. »Warum nicht«, antworte ich höflich. »Vorausgesetzt, Sie verraten mir, wer Sie sind und um was es geht.«

Jans Zukünftige streicht sich eine Haarsträhne hinter das Ohr. Sie wirkt überrascht. »Natürlich, ja, tut mir leid, wir haben uns ja noch gar nicht vorgestellt.« Sie hält mir ihre Hand entgegen. »Mein Name ist Clarissa, Clarissa Bodderbarg, ich bin Jans Verlobte.«

»Ach so.« Ich greife zu. »Jette Florin, schön Sie kennenzulernen. Wie gesagt, Jan ist nicht hier. Er hatte mich vorhin auf ein Glas Wein eingeladen, aber wir haben uns verpasst. Wie kann ich Ihnen denn helfen? Um was geht es?«

»Um Thies' Gaststätte«, antwortet Jans Verlobte.

Damit habe ich nicht gerechnet. Neugierig geworden, mache ich eine einladende Handbewegung. »Jan hat eine Flasche Wein vor die Tür gestellt. Wenn Sie möchten, lade ich Sie auf ein Gläschen ein. Ich habe es mir auf der Terrasse bequem gemacht.«

»Sehr gerne.«

»Na dann. Bitteschön.« Ich trete zur Seite. Dabei fällt mir ein, dass ich gerade noch mit Jule telefoniert habe. »Ich habe meine Tochter noch am Telefon«, erkläre ich, als ich mein Handy wieder ans Ohr halte. »Gehen Sie doch schon mal durch, ich komme sofort nach.«

»Julchen, ich habe überraschend Besuch bekommen. Ich ruf dich gleich noch mal zurück, okay?«

»Mach sie platt, Mama«, antwortet Jule, während ich Clarissa Bodderbarg hinterherschaue, die durch mein Zimmer auf die Terrasse geht. Ich kann ganz genau sehen, dass ihr Blick kurz in Richtung des unberührten Hotelbettes schweift. »Und melde dich danach gleich. Aber diesmal auch wirklich.«

»Abgemacht. Bis später.«

Jans Verlobte hat tatsächlich gedacht, Jan und ich hätten unser Wiedersehen eventuell auf der Matratze gefeiert, denke ich, als ich mir die Flasche Wasser und das Glas vom Nachttisch schnappe, die das Hotel als Begrüßungsgeschenk bereitgestellt haben.

»Ich hoffe, ein Wasserglas tut es auch. Leider habe ich nur das eine Weinglas. Ansonsten müssten wir noch eins organisieren.«

Jans Verlobte zieht die Flasche aus dem Kühler. Und betrachtet sie kritisch. »Ein *Sparkling Shiraz*, da wäre wohl eher ein Sektglas angebracht.«

Jan und ich haben ihn früher notfalls auch aus Zahnputzbechern getrunken, wenn wir im Hotel übernachtet haben, liegt mir auf der Zunge, aber ich behalte es für mich. »Wie Sie möchten. Soll ich an der Rezeption anrufen und darum bitten, dass Ihnen eins gebracht wird?«

Sie schüttelt den Kopf. »Das Wasser reicht mir. Prickelnder Rotwein ist nicht ganz so mein Fall.«

»Gerne.« Ich stelle die Sachen auf den Tisch und schiebe ihr meinen Stuhl hin. »Bedienen Sie sich doch einfach. Ich sorge für eine zweite Sitzgelegenheit.«

In der Regel versuche ich, immer ehrlich zu mir zu sein und meine Gefühle zu hinterfragen. Und wenn ich feststelle, dass ich ungerecht bin, versuche ich, an mir zu arbeiten. Jans Verlobte ist mir auf Anhieb unsympathisch. Aber das liegt nicht daran, dass sie bildschön, etliche Jahre jünger und mindestens genauso viele Kilo leichter ist als ich. Sie wirkt einfach irgendwie unecht und aufgesetzt, denke ich, als ich den Sessel aus dem Zimmer nach draußen trage.

Ich habe es mir gerade ihr gegenüber bequem gemacht, da meldet sich mein Handy, das ich auch auf den Tisch gelegt habe mit dem Refrain von »Die Eine«. Es ist Eva. *Für keine andere Frau ging ich lieber in den Bau. Und keiner anderen Frau trau ich mehr über den Weg ...*

Clarissa Bodderbargs Blick wandert ungeniert zum Display, auf dem nun das Wort »Lieblingsmensch« aufblinkt.

»Gehen Sie ruhig ran«, sagt sie, doch ich schüttele den Kopf. »Das hat Zeit.« Ich greife nach dem Telefon, drücke das Gespräch weg, schicke Eva ein kleines Herzchen und *Meld mich gleich*, damit sie weiß, dass alles okay ist. Schließlich stelle ich das Handy noch auf lautlos. »So, jetzt kann uns niemand mehr stören. Sie wollten mit mir über Thies' Gaststätte sprechen?«

»Ja. Jan hat zwar gesagt, dass er das machen möchte, aber er hat es ja anscheinend nicht geschafft, sonst würden Sie den Wein jetzt nicht alleine trinken.«

»Wie gesagt, wir haben uns leider verpasst«, wiederhole ich noch einmal.

»Das war vielleicht ganz gut so. Ich bin dafür, immer direkt und mit offenen Karten zu spielen. Jan lässt sich viel zu schnell um den kleinen Finger wickeln.« Sie hebt das Glas und schwenkt das Wasser darin, als wäre es Sekt. Ich platze fast vor Neugierde, hake aber nicht nach. Ich warte geduldig, bis sie es halb geleert hat und wieder auf den Tisch stellt.

»Ist es gut?«, frage ich.

»Was? Das Wasser?«

Ich nicke. »Es könnte etwas kühler sein, oder? Es stand den ganzen Tag im Zimmer. Und es ist ja immer noch sehr warm.« Meine Tochter und auch Eva würden wissen, dass ich die Frage ironisch gemeint habe, auch wenn ich liebenswürdig dabei klinge. Aber Jans Verlobte traut mir das anscheinend nicht zu.

»Es ist okay. Danke.« Sie räuspert sich. »Um noch mal auf Thies zu sprechen zu kommen ... Ich mache mir Sorgen um Jan. Er hat eine Ortsveränderung dringend nötig. Der Stress und der ganze Trubel um die Sterne sind nicht gut für ihn. Er hat Bluthochdruck und schläft kaum noch. Das schöne Gartenlokal wäre eine wunderbare Alternative für ihn – für uns beide.« Sie sieht mir direkt in die Augen. »Deswegen wäre es schade, wenn jemand, der sich nie weiter gekümmert hat, auf einmal dazwischenfunken würde.«

Auf den offenkundigen Vorwurf gehe ich nicht ein. Es steht dieser Frau nicht zu, über mich zu urteilen. Und sie hat ja nicht ganz unrecht. Aber ich verstehe absolut nicht, was sie mit dem Dazwischenfunken meint. Soll sie doch mit Jan glücklich werden. Aber auch diesmal halte ich mich zurück. Eva hat recht. Geduld gehörte schon immer zu meinen Stärken. Anstatt nachzufragen, was Jans Verlobte genau damit meint, warte ich. Ich gieße mir noch etwas von dem sündhaft leckeren Shiraz nach, schweige und sehe sie an. Meine Taktik scheint zu funktionieren.

»Ihre stoische Ruhe ist bewundernswert«, sagt sie. »Also, dann werde ich jetzt mal ganz direkt. Haben Sie ein Eigeninteresse am Lokal oder nicht?«

Noch immer habe ich keinen blassen Schimmer davon, was Jans Verlobte eigentlich will und damit meint. Ich entscheide mich für eine taktische Antwort. »Das weiß ich noch nicht so genau.«

Sie seufzt. »Also gut. Falls Jan recht hat und Sie tatsächlich das Lokal erben werden, fände ich es schön, wenn Sie an uns verkaufen würden – natürlich zu einem angemessenen Preis. Ich weiß, dass das jetzt etwas taktlos klingen muss. Der gute Thies kommt ja erst morgen unter die Erde. Das tut mir auch wirklich leid. Aber wie gesagt, ich mache mir tatsächlich ernsthaft Sorgen um Jan. Glauben Sie mir, sonst würde ich ganz sicher nicht hier sitzen. Ich möchte nur, dass Sie von unserem

Interesse an dem Objekt wissen, bevor jemand Fremdes es vielleicht übernimmt. Das wäre doch sehr schade.«

Jetzt bin ich wirklich sprachlos. Gut, dass ich von Wein generell eine rote Gesichtsfarbe bekomme. Da fällt sicher nicht auf, wie blass ich gerade geworden bin. Ich schüttele unwillkürlich den Kopf. »Es tut mir leid, dass es Jan nicht so gut geht. Und ich kann mir gut vorstellen, dass es ihm gefallen würde, das Gartenlokal zu übernehmen. Die Lage ist traumhaft. Aber Sie haben recht, es ist in der Tat sehr taktlos, dass Sie hier einen Abend vor Thies' Beerdigung auftauchen und Geschäfte aushandeln wollen. Davon mal ganz abgesehen, denke ich, dass ich absolut nicht die richtige Ansprechpartnerin dafür bin.« Ich schaue demonstrativ auf mein Handy. »Ich muss Sie jetzt leider bitten, zu gehen. Meine Tochter wartet auf meinen Rückruf.«

Jans Verlobte steht auf. »Vielleicht sprechen wir noch einmal, wenn es so weit ist.« Sie deutet mit dem Kopf in die Graslandschaft. »Ich gehe hinten rum.«

Trotz allem möchte ich nicht unhöflich sein. Also erhebe ich mich auch und bemühe mich dabei, zu lächeln. »Nichts für ungut. Aber das kam eben alles sehr überraschend.«

Sie nickt. »Versteh ich. War ja auch nicht gerade feinfühlig von mir, gleich mit der Tür ins Haus zu fallen.« Sie legt den Kopf leicht schief und mustert mich. »Sie sehen ihm gar nicht ähnlich.«

»Wem?«, frage ich. Ich habe keinen blassen Schimmer, wen sie meint.

»Na, Thies.« Diesmal wirkt ihr Lächeln echt. »Ich mochte ihn sehr. Und sein Butterkuchen war ein Gedicht.«

»Das stimmt«, antworte ich automatisch. »Dann sehen wir uns morgen?«

»Auf jeden Fall.«

»Das gibt's doch nicht«, sage ich leise zu mir selbst, als ich Jans Verlobter hinterherschaue. Warum sollte ich Thies ähnlich sehen? Denkt sie wirklich, dass ich seine Tochter bin? Vermutlich. Und sie geht davon aus, ich könnte die *Heidschnucke* erben.

Das merkwürdige Verhalten meiner Mutter schleicht sich kurz in meine Gedanken. Warum wollte sie nicht, dass mein Vater von Thies' Tod erfährt? Warum sollte ich Ellas Brief mitnehmen, falls noch einer ankommt?

Plötzlich tauchen so viele Fragen in meinem Kopf auf. Bisher habe ich nie hinterfragt, ob es Gründe für den plötzlichen Umzug meiner Eltern von Lünzen nach Oberhausen gab, von denen ich nichts wusste. Es hieß immer, Papa könne die Firma meines Opas mütterlicherseits übernehmen und dass meine Eltern dadurch finanziell wesentlich besser dastehen würden. In Lünzen hat mein Vater als angestellter Elektriker gearbeitet. Wir haben zur Miete in dem kleinen Haus gewohnt. In Oberhausen hat Papa sich in die Palettenfabrik meines Opas eingearbeitet und sie schließlich übernommen. Das Reihenhaus, in das wir gezogen sind, war nicht viel größer als das in Lünzen. Aber meine Eltern waren immer sehr stolz darauf, endlich Eigentum zu besitzen. Und sie sind es heute noch. Und Thies? Ich kenne ihn nur ohne Frau. Als Dorfwirt schien er jedoch durchaus beliebt beim anderen Geschlecht gewesen zu sein.

»Mama und Thies? Nein, das ist Blödsinn«, sage ich laut zu mir selbst.

10. Kapitel

Jule muss leider noch etwas warten. Sie ist ganz sicher nicht die richtige Gesprächspartnerin, um zu besprechen, was gerade passiert ist. Ich greife zum Telefon und rufe Eva an. »Eva, du glaubst gar nicht, was ich in den letzten Stunden alles erlebt habe. Stell dir vor, eben war Jans Verlobte bei mir. Ich glaube, sie denkt, ich sei Thies' Tochter. Zumindest geht sie davon aus, ich würde die Gaststätte erben ...«

Ein wenig durcheinander, aber letztendlich doch mit allen wichtigen Einzelheiten erzähle ich, was passiert ist. Eva hört geduldig zu und unterbricht mich nicht. Als ich fertig berichtet habe, sagt sie nüchtern: »Wenn an der Sache was dran ist, steht dir zumindest der Pflichtanteil vom Erbe zu.«

»Super! Wenn das stimmt, hat meine Mutter mich und vielleicht auch meinen Vater ein Leben lang angelogen. Ich will gar nicht darüber nachdenken, was passieren würde, wenn das rauskommt.«

»Denkst du denn, dass das wirklich möglich sein könnte? Was sagt dein Bauch dazu?«

»Ich weiß nicht ...« Ich fühle kurz in mich hinein. »Nichts.«

»Gut, dann stimmt es nicht. Ich glaube, dass du es instinktiv fühlen würdest, wenn er dein Vater wäre.«

»Hm«, mache ich. So richtig überzeugt bin ich nicht.

»Davon mal ganz abgesehen, finde ich es mehr als merkwürdig, dass diese ominöse Verlobte einfach so bei dir aufschlägt. Erst behauptet sie, sie suche Jan, dann will sie spontan mit dir sprechen. Ich weiß nicht, Jette, irgendwas kommt mir da komisch vor. Aber ich bin mir sicher, dass da entweder noch mehr oder sogar was ganz anderes dahintersteckt. Frag mich nicht, was, das sagt mir einfach mein Instinkt. Mein Rat: Halt dich zurück, beobachte – und lass dich vor allen Dingen nicht verrückt machen. Bleib dir treu und gelassen.«

»Zu Befehl, danke, Frau Hauptkommissarin.«

»Immer gerne. Und wie geht es dir sonst so? Wie hast du dich gefühlt, als du Jan nach all den Jahren wiedergesehen hast?«

»Boah, hör bloß auf ... hast du noch Zeit? Ich habe nicht nur Jan, sondern auch Uta getroffen, müsste aber ganz kurz noch Jule anrufen, bevor ich dir davon erzähle. Ich habe sie heute schon ein paar Mal vertröstet. Das kann aber etwas dauern, bis ich mich wieder melde.«

»Kein Problem, ich bin hier.«

»Danke, dann bis später. Du bist ein Schatz.« Ich lege auf und tippe gleich im Anschluss auf Jules Kontaktbild auf dem Smartphonedisplay. Jule nimmt sofort ab. »So, da bin ich endlich, Jule.«

»Und? Was wollte sie?«, steigt meine Tochter sofort in das Gespräch ein.

»Wenn ich das wüsste. Sie hat mir erzählt, dass es Jan nicht so gut geht und sie mit ihm das Lokal von Thies übernehmen will, damit er einen Gang zurückschaltet und Pause macht von der Jagd nach den Sternen.«

»Is klar, Mama. Und warum erzählt sie dir so was? Sie wollte rausfinden, ob du eine ernsthafte Konkurrenz für sie bist. Sie wollte sich bestimmt nur ein Bild von dir machen und hat die Lage gecheckt.«

»Ich glaube kaum, dass sie mich als Gefahr sieht«, sage ich

schmunzelnd. »Sie sieht sehr gut aus und ist mindestens zehn Jahre jünger als ich.«

»Japp! Weiß ich. Ich hab sie gegoogelt. Aber du bist schöner.«

Jetzt muss ich lachen. »Ich bin ja auch deine Mama.«

»Das meine ich absolut ernst, ehrlich. Rein technisch gesehen, sieht sie vielleicht besser aus, aber schöner bist trotzdem du. Du wirkst viel lebendiger – und wärmer. Du strahlst von innen heraus.«

»Das ist ein sehr schönes Kompliment, danke.«

»Bitte! Das Netz ist übrigens übersät mit Fotos von ihr. Es war nicht schwer, sie zu finden. Ich habe einfach den Namen deines Hotels und *Köchin* in die Suchmaschine eingegeben. Sie heißt Clarissa und hat ein paar Jahre im Sternerestaurant deines heißen Kochs gearbeitet, bevor sie eigene Wege gegangen ist.«

»Er ist nicht mein Koch.«

»Aber er war es mal. Und du hast ihn heiß und innig geliebt. Zumindest hast du das Eva im Cocktailrausch erzählt. Und noch einige sehr prekäre andere Details, die ich, wie schon gesagt, gar nicht hören wollte.«

Wir haben Jule sehr offen und tolerant erzogen. Aber sie hat recht. Das Sexleben meiner Eltern war für mich auch immer tabu.

»Tut mir leid, dass ihr das mitbekommen habt«, sage ich. »Aber ihr hättet euch ja eigentlich auch in dein Zimmer verkrümeln können, wenn es euch unangenehm war, oder?«

»Ganz ehrlich? Es war gleichzeitig unangenehm und wahnsinnig spannend. Die Neugierde war größer«, antwortet Jule und ich kann das freche Grinsen, das auf ihren Lippen liegt, in ihrer Stimme hören. »Außerdem, wann hat man schon mal die Chance, mit seiner Mutter anzugeben, die sich unerwartet als Sexgöttin entpuppt?«

»Ha, ha«, mache ich.

»Ich find's gut, dass du früher so viel Spaß hattest, ehrlich. Wie alt warst du, als ihr zusammengekommen seid?«

»Sechzehn.«

»Und wann habt ihr euch wieder getrennt?«

»Hm«, mache ich. »Das ist nicht so einfach zu sagen. Wir haben dafür mehrere Anläufe gebraucht. Mit vierundzwanzig, ... nein fünfundzwanzig.«

»Das sind acht Jahre, Mama, das wusste ich ja gar nicht!«

»Fünf«, korrigiere ich meine Tochter, »wenn man die Phasen abzieht, in denen wir zwischendurch immer mal wieder Pause gemacht haben.«

»Wow! Mit fünfundzwanzig hast du dann Papa kennengelernt. Habt ihr euch seinetwegen getrennt?«

»So ungefähr«, antworte ich vage und seufze. »Sei mir nicht böse, Julchen, aber ich bin kaputt und müde. Schon lange bin ich nicht mehr so viel Fahrrad gefahren wie heute. Sollen wir ein anderes Mal darüber sprechen?« Kaum habe ich es ausgesprochen, muss ich herzhaft gähnen. »Ganz in Ruhe, wenn ich wieder zu Hause bin. Dann darfst du mich löchern so viel du willst.«

»Abgemacht. Ach, nur noch ganz kurz ... ich bin übrigens gerade bei Iggy Pop und *Real Wild Child* angekommen. Cooles Lied! Und passt anscheinend wie die Faust aufs Auge zu deinem früheren Ich.« Jule gibt einen ihrer süßen kleinen Grunzer von sich, die ich so sehr an ihr mag. »Aber der Typ ... Iggy ... ich habe mir eine Aufnahme von ihm aus dem Jahr 1986 angeschaut. Strange! Der sah so was von bekifft aus!« Sie grunzt ein weiteres Mal. »Schade, dass man die Zeit nicht zurückdrehen kann. Ich würde mir zu gerne mal ansehen, was ihr zu dieser Musik damals alles so getrieben habt.«

»Auch das erzähle ich dir, wenn ich wieder zu Hause bin«, sage ich, lege eine kleine Pause ein und füge noch mit einem Lachen »Aber vielleicht lieber nicht alles« hinzu.

»Abgemacht.« Jule grunzt schon wieder. »Gute Nacht, Mama.«

»Gute Nacht. Ich melde mich morgen nach der Beerdigung, okay?«

»Gut. Hab dich lieb. Um zehn fängt es an, oder? Ich werde ganz doll an dich denken.«

»Danke, mein Schatz.«

Ich fühle mich tatsächlich müde. Zu allem Übel merke ich, dass mein Schädel anfängt zu kribbeln, so, als würden meine Nervenenden unter der Kopfhaut vibrieren. Das ist normalerweise ein Zeichen dafür, dass ich überarbeitet bin. Es tut nicht weh, fühlt sich aber äußerst unangenehm an. Das Einzige, was dagegen hilft, ist Ruhe und eine Kopfmassage.

Ich bringe Wein, Wasser und Gläser zurück in mein Zimmer. Den restlichen Shiraz schütte ich in das Waschbecken. Das ist zwar schade um den guten Tropfen, aber ich möchte jetzt nicht an Jan erinnert werden. Und daran, wie viel Spaß wir hatten, wenn wir Wein aus Zahnputzbechern getrunken und danach stundenlang das Hotelzimmerbett getestet haben. Unser Sexleben war intensiv, ungezwungen und frei. Mit keinem anderen habe ich so viel gelacht dabei, wie mit Jan. Unser Liebesleben war ein wichtiger Bestandteil unserer Beziehung und wahrscheinlich ein Grund dafür, dass wir so lange gebraucht haben, um voneinander loszukommen. Wir sind immer wieder miteinander im Bett gelandet.

Auch mit Stefan hatte ich guten Sex, bei dem wir beide auf unsere Kosten gekommen sind. Aber er war nie so intensiv wie mit Jan. Und irgendwann ist unser Liebesleben komplett eingeschlafen. Ich schaue in den Spiegel über dem Waschbecken und schüttle lächelnd den Kopf bei dem Gedanken, dass Jule einige der Details meines Sexlebens kennt.

Ich wünsche meiner Tochter, dass sie einen Partner findet, mit dem sie beides hat: Beständigkeit und Spaß. Einen Moment bleibe ich noch stehen und betrachte mich im Spiegel. Jule hat recht, ich bin eine schöne Frau – sofern ich mich nicht im Vergrößerungsspiegel betrachte. Ich fahre intuitiv mit dem Daumen über mein Kinn. Das Borstenhaar hätte jetzt endlich die richtige Länge, um es zupfen zu können. Und Gesellschaft bekommen hat es auch. Aber ich habe natürlich meine Pinzette nicht eingepackt, wie mir ein Blick in meine Kosmetiktasche zeigt. Und meinen Rasierer habe ich auch vergessen. Spätestens in zwei Tagen sprießen viele dunkle Härchen an meinen Beinen.

»Typisch Jette!« Morgen muss ich unbedingt irgendwann im Drogeriemarkt vorbeischauen.

Mittlerweile ist es halb zehn. Ich beschließe, mich erst bettfertig zu machen, bevor ich Eva zurückrufe. Ich brauche unbedingt eine Dusche.

Das Badezimmer in unserem alten Haus ist der einzige Raum, den ich wirklich vermisse. In unserer Altbauwohnung haben wir nur eine Badewanne. In der liege ich auch gerne, besonders nach einem anstrengenden Tag. Aber eine Regendusche, so wie die, unter der ich jetzt im Moment stehe, oder die in unserem – jetzt nur noch Stefans – Haus ist doch sehr reizvoll. Das lauwarme Wasser rieselt sanft über meinen Körper. Das Duschgel, das in einem Spender zur Verfügung steht, duftet leicht nach Zitrone und Olivenöl. Über der Heizung hängt ein dickes, sehr flauschiges Handtuch, das auf mich wartet. Darunter stehen Frotteebadelatschen. Zwar habe ich hier ganz und gar nicht mit Jan und seiner Verlobten gerechnet, aber Ella hat mir da eine schöne Unterkunft empfohlen.

Das Zimmer hat nicht nur eine, es hat gleich drei Türen, die nach draußen führen. Eine Eingangstür aus Holz, eine Glasterrassentür und eine Tür direkt hier im Badezimmer aus Milchglas, durch die man ebenfalls das Zimmer verlassen könnte. Dadurch wirken die Räume offen und hell. Eine witzige Idee, denke ich, und öffne die Tür einen Spalt breit. Nach meiner heißen Dusche brauche ich dringend etwas Luft. Dabei sehe ich Jan die Holzbohlen entlang auf den Hotelkomplex zukommen, und zwar in meine Richtung. Er telefoniert und gestikuliert dabei mit seiner Hand in der Luft herum. Mich hat er noch nicht gesehen.

Super, der hat mir noch gefehlt, denke ich und drücke die Tür schnell wieder zu.

Ich sitze mit einem Handtuch um meinen Körper gewickelt und einem weiteren als Turban um meinen Kopf geschlagen, im Schneidersitz auf dem Bett, als Jan – wer sollte es sonst sein – an die Tür klopft.

»Du kannst mich mal«, flüstere ich leise. Meine Nerven vibrieren. Die letzten Tage waren etwas zu viel für mich. Ich massiere mit den Fingernägeln fest meine Kopfhaut. Mein Blick geht zur Terrasse. Ich springe auf und ziehe die Vorhänge vor die Fensterfront, falls Jan auf die Idee kommt, um das Hotel rumzugehen und nachzuschauen, ob ich vielleicht draußen sitze. Die große Fensterfront hat auch Nachteile. Man hat vom Zimmer aus eine herrliche Aussicht auf die Umgebung. Aber man kann auch ins Zimmer hineinschauen. Es dürfte etwa zwei Minuten dauern, bis man um den Komplex herumgegangen ist. Mal sehen, ob Jan tatsächlich so dreist ist, nachzuschauen, ob ich nicht vielleicht doch da bin.

Ich warte vorsichtshalber zwei, drei Minuten, bevor ich mich mit meinem Handy in der Hand nach hinten auf das Kopfkissen sinken lasse. Das Bett ist bequem. Ich strecke meine Beine lang aus und tippe auf Evas Profilbild auf meinem Handydisplay.

»Boah, du kannst dir nicht vorstellen, was hier los ist.« Ich seufze. »Eben ist Jan tatsächlich noch hier aufgetaucht. Aber ich habe nicht aufgemacht. Bin ich froh, wenn wir endlich auf Sylt sind.«

»Das wird richtig schön, warte mal ab«, sagt Eva. Da erfüllt ein schriller Klingelton den Raum.

»Mist, das ist das Zimmertelefon! So ein Idiot«, entfährt es mir.

»Willst du rangehen?«

»Nein! Aber ich zieh das Kabel raus. Nicht, dass der Hornochse auf die Idee kommt, es später noch mal zu versuchen, wenn ich vielleicht schon schlafe. Warte kurz … erledigt … Autsch! So ein Mist. Jetzt habe ich mir auch den kleinen Zeh gestoßen!«

»Soll ich morgen schon kommen?«, fragt Eva. Sie klingt besorgt. »Ich muss nur bis vier Uhr arbeiten. So um sieben könnte ich da sein. Vielleicht kann ich sogar etwas früher Schluss machen. Ich habe eh keine Lust, mit dem Zug zu fahren. Das Ticket habe ich online bestellt. Bis zu vierundzwanzig Stunden vorher kann ich es zurückgeben, das würde heute noch passen. Den Wagen lass ich dann im Ort stehen und wir fahren mit deinem weiter. Was meinst du, Liebelein?«

»Hm«, mache ich. »Wäre das nicht ganz schön stressig für dich?«

»Nein. Ich komme morgen. Hast du ein Doppelbett im Zimmer?«

»Yes!«

»Prima.«

Ich gähne. »Dann kann ich dir morgen alles in Ruhe erzählen.«

»Kannst du. Ich bin schon sehr gespannt. Und jetzt mach die Augen zu und schlaf dich aus. Morgen wird bestimmt ein anstrengender Tag. Zehn Uhr, oder? Ich werde in Gedanken bei dir sein.«

So wie Jule, denke ich. Die beiden sind immer da, auch, wenn sie gerade mal nicht in meiner Nähe sind.

Ich stelle den Handyalarm auf halb acht morgen früh, löse den Knoten des Handtuches um meinen Körper und ziehe die Bettdecke bis zum Kinn. Es ist sehr hell im Zimmer. Die Vorhänge dichten nicht richtig ab. Für jemanden wie mich, der es gewohnt ist, stockdunkel zu schlafen, ist das nicht optimal gelöst. Ein Minuspunkt, denke ich, da fällt mir zum Glück der kleine schmale Umschlag wieder ein, den ich vorhin neben der Wasserflasche auf dem Nachttisch gesehen habe. Ich öffne ihn und atme erleichtert auf. Darin steckt eine Schlafmaske.

Ich bin schön, stark und mutig. Ich schaffe alles, was ich mir vorgenommen habe. Morgen bin ich ausgeruht und ausgeschlafen. Ich bin schön, stark und mutig …

Anstatt Schäfchen zu zählen, nutze ich die Zeit vor dem Einschlafen jeden Abend mit einem Mantra, das ich mehrmals hintereinander in Gedanken aufsage. Draußen bellt ein Hund. Irgendwo in der Ferne schreit ein Kauz. Ich bin schön …

11. Kapitel

… und wache auf, als Jan mit der Zunge sanft von meinem Steißbein aufwärts bis zu meinem Nacken leckt. Ich brauche eine Weile, bis ich realisiere, dass ich nur geträumt habe. Mein ganzer Körper steht unter Hochspannung, mein Unterleib kurz vorm Explodieren.

»Na prima!«, fluche ich. »Das hat mir gerade noch gefehlt.« Ich schiebe die Schlafmaske von meinen Augen und greife nach meinem Handy. Es ist erst halb sechs.

Zwanzig Minuten und somit mehrere gescheiterte Einschlafversuche später stehe ich auf, ziehe die Vorhänge zur Seite und schaue nach draußen. Dunst liegt dicht über der Magerrasenfläche. Alles ist still und friedlich. Ich öffne die Terrassentür und genieße einen Moment die frische Luft, die meinen Körper umspielt. Ich liebe den Spätsommer, wenn es tagsüber noch schön warm ist, aber über Nacht abkühlt. Als die Frau von gestern mit ihrem Broholmer nur etwa drei Meter entfernt an mir vorbeigeht und mir zulächelt, wird mir klar, dass ich nackt bin. Was soll's, denke ich. Außer ihr ist weit und breit keine Menschenseele in Sicht. Ich schaue ihr nach und bleibe noch einen Moment einfach so stehen, bevor ich zurück ins Zimmer gehe, um mir den Bademantel überzuziehen. Im Regal neben dem Kleiderschrank habe ich gestern eine Miniaturkaffeemaschine entdeckt. Normalerweise halte ich nicht viel von Kaffee, der aus Alukapseln gepresst wird, aber er ist besser als nichts. Wir haben zehn vor sechs, Frühstück gibt es erst ab sieben.

Fünf Minuten später gehe ich in Bademantel, Hausschlappen und mit einem doppelten Kaffee in der Hand wieder nach draußen. Zum ersten Mal seit ich hier bin, habe ich das Gefühl, endlich mal durchatmen zu können. Ich sitze auf der kleinen Holzterrasse und höre – nichts. Kein Autobahngeräusch, kein Flugzeug, kein Hupen, weil irgendein idiotischer Nachbar früh am Morgen oder mitten in der Nacht aus irgendeinem Grund auf sich aufmerksam machen möchte. Hier ist es einfach still. Endlich können sich auch meine Nerven entspannen. Ich spüre förmlich, wie sie sich entfalten und aufhören zu vibrieren, wie ich mich wohlfühle! Mein Blick schweift über die Weite, den milchigweißen Morgendunst, der die blasse Grasfläche fast verschluckt. Die Landschaft sieht aus, als hätte ein Maler nur abgemischte Schwarz-Weiß-Töne verwendet. Ich nippe an meinem Kaffee und lasse noch mal den vergangenen Tag Revue passieren. Eva hat recht. Ich muss einen kühlen Kopf und Ruhe bewahren. Vor allen Dingen muss ich aufhören, mich wieder wie zwanzig zu fühlen.

»Ts«, mache ich und schüttle schon wieder den Kopf. In meinem Traum war ich allerdings so alt wie ich jetzt bin, kurz vor fünfzig, kurvenreich, mit Haar, das mir bis knapp auf die Schultern fällt. Und Jan war der Jan, den ich gestern getroffen habe, mit grauen Schläfen, einem leichten Bauchansatz, und dem immer noch verdammt charmanten Lächeln. Immerhin scheint zumindest mein Unterbewusstsein noch Interesse an heißen Liebesnächten zu haben, denke ich, und werte das mal als gutes Zeichen.

Sex hat zwischen Stefan und mir in den letzten Jahren so gut wie keine Rolle mehr gespielt. Genau genommen ging es bereits bergab, nachdem Jule auf die Welt gekommen war. Anfangs habe ich mir darüber keine Gedanken gemacht, Libidoverlust ist schließlich ein normales Symptom nach der Geburt eines Kindes. Aber im Lauf der Zeit hat es sich manifestiert. Ich hatte keine Lust mehr auf Stefan. Mein Unterleib schien Winterschlaf zu halten. Es war mein Kopf, der mir geraten hat, meinen Mann trotzdem hin und wieder zu verführen. Danach habe ich mir oft die Frage gestellt, warum wir nicht öfter miteinander schlafen. Denn eigentlich hat es Spaß gemacht, auch wenn es immer nach dem gleichen Schema lief. Stefan war immer daran gelegen, dass auch ich meinen Höhepunkt bekomme. Er war geschickt. Meistens hat es funktioniert.

Nach unserer Trennung bin ich genau einmal mit einem an sich sehr netten und attraktiven Mann im Bett gelandet. Das war vor einem Dreivierteljahr – und so schlecht, dass ich danach sofort den Kontakt abgebrochen habe. Für eine Beziehung mit wenig oder kaum Sex mag es vertretbare Gründe geben, für eine mit schlechtem Sex gibt es allerdings keine. Mir geht es sehr gut alleine. Und ich habe mir vorgenommen, keine Kompromisse in Bereichen einzugehen, die mir wichtig sind. Ein Mann, der sein Handwerk nicht versteht, kommt mir langfristig nicht ins Haus. Was rede ich denn? So schnell kommt mir überhaupt kein Mann mehr ins Haus!

Ich trinke meinen Kaffee aus, bleibe noch ein Weilchen sitzen, genieße die Stille und atme tief die feuchte Morgenluft ein. Eigentlich müsste ich viel öfter raus in die Natur. Auch im Ruhrpott und der näheren Umgebung gibt es landschaftlich sehr schöne Ecken. Als Jule klein war, habe ich mit ihr oft Ausflüge unternommen. Wir sind bis nach Aachen in den Wald gefahren, um Steinpilze zu sammeln. Und auch die Strecke bis ins Sauerland war uns nicht zu weit, wenn der erste Schnee gefallen war und wir wenigstens einmal mit dem Schlitten einen vernünftigen Berg hinunterrodeln wollten. Im Sommer sind wir nach Holland gefahren, morgens hin, mittags ins Meer, abends zurück.

Ich hole mein Handy, tippe *Gehst du mit mir Pilze finden, wenn ich wieder zu Hause bin?* in die Tasten und schicke die Nachricht an Jule. Sie schläft ganz sicher noch. Den Mathekurs hat sie geschmissen. Jetzt genießt sie ihre freien Tage, bis sie wieder in die Uni muss – nach Köln.

Es ist genau achtzehn Minuten nach sechs, als die graue Graslandschaft mit einem Mal in goldenes Licht getaucht wird. Die Sonne geht auf. Bezaubernd wäre jetzt wohl die richtige Beschreibung, denke ich. Ein Kloß bildet sich in meinem Hals. Diesmal jedoch nicht, weil ich traurig bin, sondern weil es einfach schön und ergreifend ist. Ich atme tief ein und wieder aus, dann lächle ich. Heute brauche ich keinen Spiegel für meine positive Gesichtsgymnastik. Ich praktiziere sie gleich hier, an der frischen Luft und strahle die aufgehende Sonne an.

Die Frau mit dem Hund kommt von ihrem Morgenspaziergang zurück. Diesmal bleibt sie bei mir stehen. »Ist das nicht herrlich?«, fragt sie.

»Bezaubernd!«, antworte ich und stehe auf. »Das ist ein Broholmer, richtig?«

Sie nickt. »Er heißt Augustus.«

»Der Kaiser ... festina lente – Eile mit Weile.« Da ist es wieder, mein Nischen-Wissen. Ich könnte jetzt auf Anhieb noch einige andere Zitate des römischen Kaisers aufsagen. Dabei hatte ich in der Schule noch nicht einmal Latein.

»Genau.« Die Frau lacht. »Das passt zu unserem Augustus.«

»Darf ich ihn streicheln?«

»Ja. Er freut sich immer, wenn er gebührend Aufmerksamkeit bekommt.«

»Na, du Guter!« Ich halte ihm meine Faust entgegen und lasse ihn erst einmal an mir schnuppern. Dabei muss ich nicht in die Hocke gehen und mich noch nicht einmal nach unten beugen, so groß ist Augustus. Als er mit dem Schwanz wedelt, kraule ich ihn kräftig hinter den Ohrwurzeln. »Dich würde ich sofort mitnehmen.« Ich schaue zu der Frau. »Wir hatten einen Labbi, er ist mit vierzehn Jahren friedlich eingeschlafen. Es hat eine Weile gedauert, Abschied zu nehmen, aber ich glaube, jetzt wäre ich wieder bereit für einen neuen vierbeinigen Gefährten.«

»Das tut mir sehr leid. Das kann ich gut nachempfinden. Augustus hier ist unsere Nummer drei. Und wie jeder unserer Rüden davor etwas ganz Besonderes. Die Züchterin plant gerade den B-Wurf für das nächste Frühjahr. Soll ich Ihnen die Kontaktdaten geben?«

»Oh, ja, sehr gerne, das wäre nett«, antworte ich spontan.

Ein paar Minuten später ist das nette Menschen-Hunde-Gespann weitergezogen, ich habe mich in das Hotel-WLAN eingeloggt und schaue mir auf der Homepage der Züchterin die kleinen süßen Hundewelpen des letzten Wurfes an. Mein Entschluss steht fest. Sobald Jule ausgezogen ist, suche auch ich mir eine neue Wohnung – für mich und meinen Hund.

Mittlerweile ist es kurz vor sieben. Das Hotelzimmer ist zu klein, um darin einen hemmungslosen Morgentanz hinzulegen. Ich habe heiß geduscht, dabei das schwarze Kleid aus dem Koffer geglättet und es anschließend zum Lüften von außen an die Terrassentür gehängt. Jetzt sieht es wieder aus wie frisch gebügelt. Kofferpacken habe ich von meiner Mutter gelernt. Sie hat mir gezeigt, wie man mit Seidenpapier weitestgehend knitterfrei Kleidungsstücke verstaut. Und sie hat mir den Tipp gegeben, dass Falten wie von selbst verschwinden, wenn man das betreffende Stück beim Duschen mit ins Bad nimmt, und zwar möglichst in die Nähe von Wasserdampf.

Auch wenn ich die letzten Stunden gedanklich oft woanders war, war mir die ganze Zeit schmerzlich bewusst, weswegen ich eigentlich hier bin. Heute werde ich mich von Thies verabschieden. Von Thies, der Metallica ebenso gerne gehört hat wie eine Arie von Maria Callas oder die Aufnahme des Konzerts von Keith Jarrett im Jahr 1975, bei dem Thies tatsächlich zu den Gästen gehörte. Er hat oft mit glänzenden Augen erzählt, wie eindrucksvoll das Erlebnis gewesen war. Ich schiebe die kleinen In-Ear-Kopfhörer in die Ohrmuscheln, die ich mir eigentlich fürs Laufen zugelegt, jedoch erst ein einziges Mal genutzt habe. Der Klang ist sehr gut. Aber ich habe festgestellt, dass ich mich lieber voll und ganz auf die Umgebung konzentriere und die Stille mir auch lieber ist, wenn ich in Joggingschuhen unterwegs bin. Aber jetzt erfüllen die kleinen Dinger ihren Zweck voll und ganz.

Doch anstatt im Raum herumzutanzen, lege ich mich der Länge nach aufs Bett, die Arme links und rechts weit von mir gestreckt.

Als die ersten dunklen Klaviertöne erklingen, bekomme ich wieder mal Gänsehaut. Thies hat mir erzählt, dass der Pianist den Pausengong der Oper an den Anfang des Stückes eingebaut und so das Publikum zum Lachen gebracht hat, was man auch auf der Aufnahme hören kann. Als das Konzert stattfand, war ich sieben Jahre alt. Wahrscheinlich hätte ich es, zumindest damals, als todlangweilig empfunden.

Aber heute bin ich fast fünfzig. Und auch ich liebe dieses Klavierstück sehr. Der Gong ertönt und zaubert auch mir ein Lächeln ins Gesicht. Thies hat recht. Ich kenne kein Klavierkonzert, das schöner ist als dieses. Es ist tatsächlich einmalig.

Als Jugendliche habe ich Thies gefragt, wie es sein kann, dass jemand gleichzeitig auf Heavy Metal und Klassik stehen kann. Er hat mir erklärt, es gäbe so etwas wie ein musikalisches Zwischenreich, und dass das Orchester bei Wagner viel mit dem kraftvollen Spiel der Heavy Metal Bands gemeinsam habe, die teilweise auch Elemente der Klassik mit in ihre Musik einfügen würden.

Thies hat Musik geliebt. Er hat weder ein Instrument gespielt noch gesungen, es sei denn, er hatte einen über den Durst getrunken. Aber das hatte dann auch nicht mehr viel mit Singen zu tun. Es glich eher einem Grölen unvollständiger Sätze in einem schlecht ausgesprochenen Englisch. Thies war mindestens ebenso unmusikalisch wie ich. Und eine Niete, was Fremdsprachen betraf. Seine Plattensammlung jedoch war immens. Für jede nur erdenkliche Stimmungslage hatte er den passenden Song auf Lager.

Ein paar Minuten gebe ich mich einfach nur den Klavierklängen hin. Als ich merke, dass ich immer schläfriger werde, breche ich ab. Ich habe in der Nacht zwar ausgesprochen tief und fest geschlafen, aber ich bin viel zu früh aufgewacht und das Schlafdefizit der letzten Zeit macht sich bemerkbar. Ich setze mich auf und gähne herzhaft. Dabei fällt mir das weiße Blatt Papier auf, das irgendjemand unter meiner Tür hindurch ins Zimmer geschoben haben muss.

Es ist eine Nachricht von Jan.

Frühstück? Du findest mich zwischen 8 und 8.30 an einem der Tische im Freien, hinter dem Restaurant.
Ich würde mich freuen!
Jan

Etwas weiter unten hat er seine Handynummer notiert. *Für alle Fälle …*

Einerseits interessiert es mich, was es mit dem Besuch von Jans Verlobter gestern auf sich hatte und ich würde zu gerne wissen, wie sie auf die Idee kommt, ich könne die Gaststätte erben oder warum sie sich Gedanken darüber macht, dass ich Thies überhaupt nicht ähnlich sehe. Andererseits habe ich überhaupt keinen Bedarf, mich so kurz vor Thies Beisetzung darüber zu unterhalten, wer seine Hinterlassenschaft erbt. So wie ich das sehe, kann das nur Ella sein. Außerdem ist es besser für mich, wenn ich Jans Nähe generell meide. Ich bin ihm gewissermaßen zwar dankbar dafür, dass er meinen Unterleib zumindest im Traum wieder aktiviert hat, aber die Vergangenheit hat mir oft genug gezeigt, dass es besser für mich ist, wenn ich ihm fernbleibe. Am Ende bin immer ich diejenige gewesen, die geheult hat.

Am vernünftigsten ist es, wenn ich Utas Angebot annehme und zum Frühstück bei ihr vorbeifahre. Sie hat mich gestern eingeladen, als ich mich verabschiedet habe. Ich habe es mir offengelassen, weil ich eigentlich ausschlafen wollte. Und für sie war es okay, wenn ich mich spontan entscheide. Und das mache ich jetzt. Das hat auch den Vorteil, dass wir von Lünzen aus gemeinsam zur Trauerfeier aufbrechen werden und ich nicht alleine dort ankomme.

Jans Brief falte ich zusammen. Normalerweise würde ich wenigstens eine kurze Nachricht schreiben und ihm mitteilen, dass ich nicht kommen werde, aber dann hätte er meine Handynummer. Und das möchte ich nicht.

Ich sprühe ein Spray, das herrlich frisch nach Orange duftet, großzügig über meinen Körper, gönne mir eine Extraportion Feuchtigkeitsfluid und etwas Augencreme, stecke mein Haar hoch und schlüpfe schließlich in das Kleid und dazu passende schlichte Sandalen. Geschminkt habe ich mich noch nie. Ich benutze allenfalls etwas Wimperntusche, auf die ich aber heute verzichte. Meine Augen sind sehr empfindlich. Und ich gehe stark davon aus, dass ich gleich noch sehr viel weinen werde.

Ich bin schon draußen, schließe gerade die Tür ab, da meldet sich plötzlich mein Gewissen. Es gehört sich nicht, Jan einfach warten zu lassen.

»Mist!« Ich kann ihm ja wenigstens eine Nachricht durch das Hotelpersonal zukommen lassen ... Also gehe ich wieder zurück ins Zimmer. Als ich den Telefonhörer abhebe, sehe ich, dass ich eben den Autoschlüssel auf dem Schreibtisch liegenlassen habe. Ich hätte sowieso wieder hierherkommen müssen. Manchmal hat eben doch alles seinen Sinn, denke ich. Es lohnt sich, wenn man ein netter Mensch ist.

»Guten Morgen, hier ist Jette Florin, wären Sie bitte so freundlich und würden Herrn Ottensen ausrichten, dass ich nicht im Hotel, sondern bei einer Freundin frühstücke. Er wird vermutlich ab acht Uhr an einem Tisch hinter dem Restaurant sitzen.«

»Das mache ich gerne, Frau Florin. Sie können es ihm aber auch selbst ausrichten. Er steht gerade hier neben mir.«

»Ach so ...« Damit habe ich natürlich nicht gerechnet. »Nein, danke, das ist nicht nötig. Ich bin gerade auf dem Sprung und habe es eilig.«

»Wie Sie möchten ...«

»Jette?« Die Rezeptionistin kommt nicht mehr dazu, den Satz auszusprechen. Es ist eindeutig Jan, den ich nun am Telefon habe. Hat ja prima geklappt!

»Ja, guten Morgen. Ich wollte dich nur wissen lassen, dass

ich nicht im Hotel frühstücke. Ich bin sozusagen schon unterwegs.«

»Das ist schade. Dann verpassen wir uns schon wieder. Gestern habe ich dich ja leider auch nicht erwischt. Hast du den Shiraz gefunden? Ich hätte gerne ein Gläschen mit dir getrunken.«

»Ja, habe ich. Vielen Dank, er war sehr lecker.« Und ein Großteil ist im Abfluss gelandet, nachdem deine Verlobte mir den Abend versaut hat. »Aber es tut mir leid, Jan, ich muss jetzt zusehen, dass ich loskomme. Ich möchte nicht zu spät kommen.«

»Natürlich.« Jan schweigt einen Moment. »Ist irgendetwas passiert? Du hörst dich ... so angestrengt an.«

Sex war natürlich nicht alles, was Jan und mich verbunden hat, auch wenn ich unsere Beziehung gerne darauf reduziere, weil es vieles für mich einfacher macht. Wir hatten immer schon ein ausgesprochen gutes Gespür für die Gefühlslage des jeweils anderen. Das konnte der Tonfall der Stimme, der Gang oder eine bestimmte Geste sein. Ich wusste immer, was Jan fühlt und wie es ihm geht. Umgekehrt verhielt es sich ebenso.

»Thies wird heute beerdigt«, antworte ich. Das ist nicht gelogen und Thies würde mir verzeihen, dass ich ihn vorschiebe.

»Natürlich. Wir sind alle sehr traurig. Dann sehen wir uns gleich.«

»Ja, bis gleich.«

12. Kapitel

»Oh, Mann!«, schimpfe ich leise und verärgert über mich selbst, als ich zum zweiten Mal die Tür hinter mir zuziehe und abschließe. Hätte ich Jan einfach geradeaus gesagt, was ich von seinen Plänen und seiner Verlobten halte, würde es mir jetzt wahrscheinlich besser gehen. Wahrscheinlich hätten wir uns gestritten, und ich hätte mich danach auch geärgert, aber ich hätte wenigstens ehrlich meine Meinung gesagt. »Was soll's, morgen bin ich weg ...«

Jule amüsiert sich hin und wieder über mich, wenn sie mitbekommt, dass ich mit mir selbst spreche, wenn mich etwas sehr beschäftigt oder ich aufgewühlt bin. Ich weiß, dass es für Außenstehende vermutlich merkwürdig aussieht, aber mir tut es gut, wenn meine Gedanken nicht nur im Kopf bleiben, sondern einen Weg nach draußen finden, auch wenn ich die Einzige bin, die sie hört.

»Ich mache mir einfach Sorgen um Jan. Es wäre für ihn das Beste, wenn er das Gartenlokal übernehmen könnte ...« So oder so ähnlich hat seine Verlobte es ausgedrückt. Thies hat Jan früher nicht nur einmal angeboten, bei ihm einzusteigen. Aber zu der Zeit war es Jan nicht fein genug gewesen. Er wollte unbedingt irgendwann ein Sternerestaurant leiten. Das hat er jetzt, in bester Hamburger Lage, irgendwo in der Nähe der Alster. »*Ein Sparkling Shiraz. Da wäre wohl ein Sektglas besser ...*« Ich gehe am Nebengebäude vorbei, in dem sich die Rezeption befindet, schaue bewusst nicht durch die Glastür, hinter der Jan sich irgendwo befindet und gehe schnellen Schrittes zu meinem Auto, das gleich auf dem Schotterparkplatz um die Ecke steht.

Es ist das Einzige mit Oberhausener Kennzeichen. Es war also nicht schwer für Jan, es zu finden. Er lehnt an meinem Kofferraum und lächelt, als ich um die Ecke biege. Ich bleibe abrupt stehen. »War ja klar!«, rufe ich ihm zu, und setze mich wieder in Bewegung.

Jan lächelt weiter vor sich hin. Er reicht mir eine weiße Papiertüte, als ich vor ihm stehe. »Brioches, ganz frisch gebacken, noch warm.«

Sie duften köstlich. Ich greife zu und weiß im gleichen Moment, dass er mir ganz genau ansehen kann, dass seine Anwesenheit der Grund ist, dass ich gereizt bin. Es ist offensichtlich, ich muss mich also nicht mehr verstellen. »Du hast Nerven!«, sage ich.

»Was ist los?« Jan sieht mich prüfend an.

»Thies ist noch nicht mal unter der Erde, da taucht deine Verlobte bei mir auf, um mir mitzuteilen, dass du die *Heidschnucke* übernehmen willst und faselt irgendwas von wegen, es wäre schade, wenn ich dazwischenfunken würde … das ist los. Oder vielmehr takt-los.«

»Wer war bei dir? Clarissa?«

»Ja, natürlich Clarissa, oder hast du vielleicht noch eine andere Verlobte?« Ich winke ab. »Tut mir leid, das war unangemessen. Ich möchte jetzt auch nicht mit dir streiten. Ich möchte mich bitte einfach in Ruhe von Thies verabschieden können, ohne dass du mir ständig vor die Füße läufst, Nachrichten schickst, anrufst oder Zettel unter der Tür hindurchschiebst. Ich bin ein Vierteljahrhundert ohne das ausgekommen und ehrlich gesagt, empfand ich es als sehr angenehm.«

»Puh«, macht Jan. »Immer noch die alte Jette, wie sie leibt und lebt.«

Ich nicke, gehe an Jan vorbei und schließe die Autotür auf. Er lehnt immer noch am Kofferraum.

»Wäre schön, wenn du einen Schritt zur Seite gehen würdest«, sage ich zuckersüß, während ich einsteige. »Ich kann hier leider nur rückwärts ausparken.«

»Das mache ich. Und ich lauf dir nicht wieder über den Weg, versprochen. Aber es wäre sehr wichtig für mich, wenn du mir noch ganz kurz sagst, was genau Clarissa dir erzählt hat. Wann hast du sie überhaupt getroffen?«

»Na gut.« Ich lasse das Fenster runter. »Ich hab sie nicht getroffen, sie hat an meine Tür geklopft. Den Shiraz, den du mir dagelassen hast, wollte sie nicht mit mir trinken. Ihr fehlte dazu das passende Sektglas. Was sie mir erzählt hat? Dass du aus gesundheitlichen Gründen – es tut mir übrigens leid, wenn es dir nicht gut geht – dein Sternerestaurant schließen möchtest und Lünzen der ideale Neuanfang für dich, nein, für euch sein könnte. Den genauen Wortlaut bekomme ich nicht mehr zusammen, aber die Kernaussage stimmt. Sie hat mir außerdem erklärt, dass sie davon ausgeht, ich wäre Thies' Erbin und vorsorglich schon mal angekündigt, dass ihr mir das Lokal dann abkaufen würdet.« Ich starte den Wagen, fahre aber noch nicht los. »Ach ja, sie war sehr verwundert darüber, dass ich Thies kein bisschen ähnlich sehe. Vielleicht kannst du mir erklären, wieso ich das sollte? Ich habe es nämlich nicht verstanden, sondern sie höflich gebeten, zu gehen.«

»Fuck!«, entfährt es Jan. Er fährt mit beiden Händen durch sein Haar.

»Seh ich auch so!«

»Das tut mir wirklich leid, Jette. Clarissa ist …« Er spricht den Satz nicht zu Ende. »Wie gesagt, es tut mir leid. Ich werde das mit Clarissa klären.«

»Mach das!«

»Vielleicht können wir heute Abend noch mal ganz in Ruhe darüber reden?«, schlägt Jan vor. »Ich würde dir gerne erklären, was da schiefgegangen ist.«

»Nein, heute Abend bekomme ich Besuch. Morgen früh fahren wir direkt weiter nach Sylt. Und außerdem …« Ich entscheide mich dazu, einfach ehrlich zu sein. »Außerdem tut mir deine Gesellschaft leider nicht gut, Jan. Ich weiß nicht, wie und warum es immer wieder passiert, auch heute noch, aber ich bin ehrlich gesagt froh, wenn ich hier wieder weg bin.«

»Das ist sehr schade. Ich habe mich in deiner Gesellschaft immer sehr wohlgefühlt.«

Ich schüttele den Kopf. »Du weißt ganz genau, wie ich das meine.«

Jan lächelt schief. »Schade …«

»Ja …«

Er zeigt auf die weiße Papiertüte, die ich auf den Beifahrersitz gelegt habe. »Du hast noch nicht gefrühstückt. Lass sie dir schmecken.«

»Ich frühstücke mit Uta, danke.«

Damit hat Jan anscheinend nicht gerechnet. »Uta?«, hakt er nach.

»Ja.«

»Sehr gut! Ich fand es immer sehr schade, dass ihr euch so komplett aus den Augen verloren habt. Bei uns war das was anderes, aber ihr beide …«

»Jan …!«

»Na gut. Liebe Grüße von mir. Bis später!«

Ich lasse den Wagen im Schritttempo langsam rückwärts rollen und Jan dabei im Rückspiegel nicht aus den Augen. Er steht da, die Hände tief in den Hosentaschen vergraben und sieht mir unglücklich hinterher. Sofort wandelt sich meine Wut in Mitgefühl. Ich hätte ihm zumindest die Chance geben müssen, seine Sicht der Dinge zu erklären. Ich konnte es noch nie gut ertragen, Jan traurig zu sehen, schon gar nicht, wenn ich der Grund dafür war – oder bin. Würde ich jetzt meinem Impuls folgen, müsste ich anhalten und ihn in den Arm nehmen. Wir haben nie viele Worte gebraucht, wenn es um unsere Gefühle ging. Ich bin ihm noch immer sehr nah, obwohl mittlerweile Welten und Jahre zwischen uns liegen. Und ich bin ehrlich genug mir selbst gegenüber, um mir einzugestehen, dass mir das Angst macht.

Es ist genau viertel nach acht, als ich bei Uta ankomme. Die Haustür steht offen. Von drinnen klingt Stimmengewirr und Gelächter nach draußen. Schön, denke ich. Thies hat traurige Beerdigungen immer gehasst. Als Wirt hat er etliche Trauerfeiern hier im Dorf ausgerichtet. Nicht nur einmal hat er gesagt, dass viel zu viel Trubel um den Tod gemacht würde. Thies war überzeugt davon, dass es danach irgendwie weitergeht. »Wenn ich mal sterbe, schreibt bitte – *Wir seh'n uns* – auf mein Grab«, war sein Standardspruch nach jeder Beisetzung. Ich wünsche mir, dass er recht hat.

Ich straffe meine Schultern und gehe ins Haus. Früher war das selbstverständlich. Auch bei meinen Eltern stand die Tür meistens offen. Wenn Uta zu Besuch kam, klingelte sie nie. Sie war immer schon im Flur gewesen, wenn sie laut »Jette, bist du da?« rief. Entweder bekam sie Antwort von mir, »Ja, oben in meinem Zimmer« oder meine Mutter rief, zumeist aus der Küche »Jette ist unterwegs!« Andersrum verhielt es sich ebenso. Nur wenn Utas Vater zuhause war, war die Tür verschlossen. Dann ging ich zur Rückseite des Hauses, stellte mich unter Utas Zimmerfenster und pfiff mit beiden Fingern im Mund, bis sie öffnete und »Komme gleich!« rief.

Als ich jetzt die Küche betrete, sitzen vier Frauen um den großen Tisch. Sie haben mich noch nicht bemerkt. Uta steht hinter dem Herd. Es riecht nach gebratenen Eiern. Als ich laut an die Tür klopfe, um auf mich aufmerksam zu machen, wird es schlagartig still. Alle schauen mich an.

»Guten Morgen«, sage ich und fühle mich plötzlich unwohl. Normalerweise habe ich kein Problem, wenn ich auf Leute treffe, die ich längere Zeit nicht gesehen habe oder die mich nicht kennen. Aber hier verhält es sich etwas anders. Ich bin die treulose Freundin, die jahrelang nichts von sich hat hören lassen, zumindest fühle ich mich so.

»Jette, schön, dass du doch noch kommst.« Uta kommt auf mich zu, drückt mich und dreht sich der Frühstücksrunde zu. »Das ist Jette, meine allerbeste Freundin aus alten Tagen. Komm!«, fordert sie mich auf und geht mit mir zum Tisch. »Das hier ist Julia, meine Tochter. Daneben sitzt Tina, von der ich dir auch schon erzählt habe.« Sie zeigt auf die andere Seite des Tisches. »Lisa und Dörthe dürftest du ja noch von früher kennen.«

»Hallo«, sage ich noch einmal in die Runde und bleibe unschlüssig stehen.

Uta schnuppert und zeigt auf die Papiertüte in meiner Hand. »Was hast du da in deiner Tasche? Es riecht herrlich.«

»Brioches«, antworte ich, »aus dem Hotel.« Dass sie von Jan sind, verschweige ich vorerst. Immerhin sitzt Lisa mit am Tisch, Jans Exfrau, mit der ich hier überhaupt nicht gerechnet habe.

»Neben mir ist noch Platz«, sagt Utas Freundin Tina und rückt auf der Holzbank demonstrativ etwas zur Seite. »Kommst du zu mir?« Sie sieht nett aus, sehr gepflegt und ist ein wenig fülliger als ich. Auf ihrer Brötchenhälfte hat sie einen kleinen Berg Fleischsalat aufgehäuft. Ich gehe davon aus, dass Uta ihn selbst gemacht hat. Fertig gekauft würde so etwas niemals bei ihr auf dem Tisch landen. Ich bin froh, dass Utas Freundin mir auf den ersten Blick sympathisch ist und mich sehr herzlich empfängt. Es nimmt mir ein wenig die Anspannung.

»Hi«, sagt sie, als ich mich neben sie setze. »Komm, lass dich drücken.«

Sie riecht nach Pfirsich und Aprikosen. Der Duft erinnert an ein Parfum, das ich auch zu Hause stehen habe. »Der aktuelle Sommerduft?«, frage ich.

Sie nickt. »Ich mag Düfte, die ich am liebsten aufessen würde.«

»Ich auch.« Mein Blick wandert automatisch in ihr Gesicht. Es sieht aus wie sie riecht, wie ein praller Pfirsich. Der Botox-Arzt scheint wirklich sehr gut zu sein. Ich wüsste nicht, wo er da nachgeholfen haben könnte. Es sieht alles echt aus.

»Du kommst aus Oberhausen, hat Uta erzählt. Das kenne ich ganz gut. Ich habe eine ganze Weile in Rees gewohnt, am Niederrhein. Nach Oberhausen ging es dann ab und an zum Shoppen.«

»Ins Centro, vermute ich.«

»Ja. In Rees habe ich damals Referendariat gemacht. Ich bin Grundschullehrerin. Von dort aus hat es mich nach Bocholt verschlagen. Und vor neun Jahren bin ich schließlich hier gelandet – der Liebe wegen.« Sie schmunzelt. »Mittlerweile würde ich aber sogar freiwillig hierbleiben. Es ist wirklich schön hier.«

»So geht es mir umgekehrt auch. Ich habe das Ruhrgebiet ins Herz geschlossen«, erkläre ich.

»Bitteschön« Julia unterbricht unser Gespräch, indem sie eine Tasse Kaffee auf meinen Platz stellt.

»Oh, vielen Dank.«

Anders als Mia sieht man bei Julia weder die Ähnlichkeit zu ihrer Mutter noch zu Utas Schwester. Sie kommt nach Thomas, hat eindeutig seine strahlenden Augen und die etwas rundlichere Gesichtsform geerbt. Sie trägt eine schwarze Pumphose und darüber ein enges anthrazitfarbenes Shirt mit U-Boot-Ausschnitt. Ihr Haar hat sie in einem leuchtenden Hennarotton eingefärbt. Sie trägt es lang und zu einem schlichten Zopf geflochten. In ihrer Nase steckt ein Piercingring, und über ihrer Lippe ein kleines gepirctes Kügelchen. Auf ihren Oberarm hat sie sich einen Elefanten tätowieren lassen. Es ist Ganesha, ein hinduistischer Glücksgott.

»Das ist ein hübsches Tattoo«, sage ich.

»Danke, wärst du so lieb, das noch mal zu wiederholen, wenn meine Mutter zuhört?« Sie grinst. »Die hält nämlich gar nichts davon.«

»Das stimmt doch so gar nicht«, beschwert die sich prompt. Sie kommt mit der Pfanne zu mir. »Möchtest du Rührei, Jette?«

»Sehr gerne.«

Ich weiß nicht warum, aber Utas Tochter habe ich mir anders vorgestellt. Sie ist Friseurin und war mit einundzwanzig bereits Mama. Das hat man von vorgefertigten Meinungen im Kopf, denke ich. Utas Tochter hat mich positiv überrascht. Es gefällt mir, was ich da sehe.

»Brot oder Brötchen dazu?«, fragt meine Freundin.

»Oder vielleicht doch lieber eine Brioche?« Das ist der erste Satz, den ich von Lisa höre, seit ich hier bin. Sie klingt freundlich, aber der ironische, leicht feindselige Unterton ist nicht zu überhören.

Das kann ich besser. »Gute Idee«, flöte ich zurück. »Sie waren noch warm, als Jan sie mir heute Morgen mitgegeben hat.« Ich nehme eins aus der Tüte, breche mir ein Stück davon ab und drehe mich zu Uta. »Ich soll dir übrigens liebe Grüße ausrichten.«

»Siehst du! Hab ich es dir nicht gleich gesagt?« Diesmal klingt Lisa noch nicht einmal freundlich. Während ich mir genüsslich das butterzarte Teigstückchen in den Mund schiebe, legt Dörthe ihre Hand auf Lisas Arm, aber das bewirkt nur das Gegenteil. »Ist doch wahr«, wettert sie weiter. »Ich versteh ehrlich gesagt nicht, warum sie hier ist. Am Ende bist du wieder diejenige, die heult, Uta. Wenn jemand die *Heidschnucke* bekommen sollte, dann du.«

Mir bleibt der Bissen im Hals stecken und ich muss husten. Tina klopft mir auf meinen Rücken und Julia gießt mir ein Glas Wasser ein. Ich bin knallrot, als ich leergetrunken habe. Ich habe mich tatsächlich verschluckt und keine Luft mehr bekommen. Und weil ich nicht fassen kann, dass es hier schon wieder um Thies' Lokal geht.

»Das war voll daneben!«, sagt Julia. Im ersten Moment denke ich, dass sie mich meint, aber sie sieht Lisa an. Doch die zuckt noch mal mit den Schultern und sagt ein weiteres Mal: »Ist doch wahr! Sie lässt sich jahrelang nicht hier blicken. Und kaum gibt es was zu holen, taucht sie hier auf. Und deine Mama? Die denkt, wie immer, nur ans Gute im Menschen und ist am Ende die Dumme.«

»Lisa!« Uta steht neben mir, ihre Hand auf meine Schulter gelegt, und schüttelt den Kopf. »Lass das bitte sein.«

»Na gut, wenn du meinst!« Lisa schiebt mit dem Po den Stuhl ruckartig zurück, sodass er laut über die Küchenfliesen quietscht. Als sie aufsteht und zur Tür geht, bemerke ich, dass sie humpelt und schief geht.

Auf einmal tut sie mir leid. »Lisa, warte bitte mal«, rufe ich. »Geh nicht, Thies zuliebe. Der hätte das bestimmt nicht gewollt.«

Lisa dreht sich um und sieht mich grimmig an. »Das war unfair.«

»Tut mir leid. Da hast du recht«, komme ich ihr entgegen. »Aber ich denke wirklich, dass wir uns ihm zuliebe zusammenreißen sollten.« Ich hole tief Luft. »Ich versehe ehrlich gesagt nicht, worum es hier geht. Ja, ich habe mich fünfundzwanzig Jahre nicht mehr hier blicken lassen. Dafür hatte ich meine Gründe. Keiner davon sitzt hier am Tisch, es hatte also überhaupt nichts mit euch zu tun. Dir, Lisa, habe ich nie irgendwas getan und auch nie was Böses gewollt. Im Gegenteil, ich mochte dich immer sehr gern.« Das ist zwar nicht so ganz richtig, sie war mir mehr oder weniger egal, aber zumindest der erste Teil meines Satzes war ernst gemeint. Böses wollte ich ihr nie. »Und du hast absolut recht, Lisa. Uta hat früher schon immer an das Gute im Menschen geglaubt. Deswegen habe ich sie auch so gerngehabt. Das habe ich immer noch. Ich bin froh, dass wir uns nach all den Jahren endlich wiedergesehen haben, wenn der Anlass auch kein schöner ist. Ich bin hier, weil Ella mir geschrieben hat, dass Thies gestorben ist. Heute möchte ich mich von ihm verabschieden. Nicht mehr und nicht weniger.« Ich hole kurz Luft und fahre mit meiner Rede fort: »Ella war es, die mir das Hotel empfohlen hat, in dem ich übernachtet habe. Wenn ich gewusst hätte, dass ich Jan dort treffe, hätte ich einen großen Bogen darum gemacht. Wenn ich geahnt hätte, dass seine Verlobte abends an meine Zimmertür klopfen wird, um mir mitzuteilen, dass sie mit Jan die *Heidschnucke* übernehmen möchte und nicht will, dass ich irgendwie dazwischenfunke – etwas, von dem ich keine Ahnung habe, wie ich dazu kommen sollte – wäre ich vielleicht überhaupt nicht gekommen. Was sehr schade gewesen wäre, weil ich dann Uta nicht getroffen hätte. Und zu guter Letzt: Die Brioches hat Jan mir heute Morgen gegeben, als er mich am Auto abgefangen hat, Lisa. Sie sind zu lecker, um sie einfach so in die Tonne zu hauen. Wir wissen doch beide: Wenn er eins kann, dann kochen und backen. Also, setz dich bitte wieder hin, genieß eins dieser buttrigen Teilchen und hör auf zu schmollen. Wir sind schon lange keine Konkurrentinnen mehr. Oder?«

13. Kapitel

Lisa nickt, auch wenn sie nicht vollständig überzeugt wirkt und geht wieder zu ihrem Stuhl. Ich lächle sie an, als ich ihr die Tüte mit den Brioches zuschiebe. »Greif zu. Gewisse Dinge lassen sich mit einer Portion Galgenhumor besser ertragen.«

Sie zögert noch einen Moment, bevor sie meiner Aufforderung nachkommt. Alle Blicke sind auf sie gerichtet, als sie vom Brioche abbeißt, genüsslich die Augen verdreht und noch mit vollem Mund und einem Stöhnen sagt: »Stimmt, backen kann er«.

Aus eigener Erfahrung weiß ich, dass Jan noch viele Dinge richtig gut kann, aber das behalte ich in dieser Runde lieber für mich.

»Und genau das ist das Problem«, meldet sich Tina neben mir zu Wort. »Er kann verdammt gut backen, unser Sternekoch.«

»Das stimmt«, sagt Uta. Sie setzt sich an das Kopfende des Tisches.

»Könnt ihr mir jetzt bitte mal die Sache mit Thies' Lokal erklären?«, bitte ich und sehe dabei Uta an.

»Weißt du noch, wie oft wir davon geträumt haben, wie es wäre, wenn wir beide die Gaststätte übernehmen und ein schickes Gartencafé daraus machen würden? Wir wollten beide bei Thies in die Lehre gehen und richtig professionell Kochen und Backen lernen. Bei mir war es mein Vater, der das verhindert hat. Seinetwegen bin ich letztendlich in einem Büro gelandet und war dort eigentlich immer unglücklich. Auch jetzt noch. Zwar nur ein paar Stunden morgens, und abends für kleines Geld in Thomas Unternehmen, aber ich bin jetzt fünfzig, Jette. Ich möchte endlich mal das machen, was ich schon immer wollte: Mit meinen Backkünsten Geld verdienen.« Sie zeigt auf die Brioches. »Meine sind mindestens genauso gut.«

»Das weiß ich, Uta«, sage ich. »Und das mit dem Café ist eine tolle Idee. Du solltest das wirklich unbedingt machen! Ich versteh nur nicht, wie ihr daraufkommt, dass ich auf Thies' Erbe scharf bin und versuchen sollte, dir diesen Traum zu zerstören.«

»Na ja«, Uta kratzt sich am Kinn, ein Zeichen dafür, dass sie verlegen ist. »Hast du dir noch nie darüber Gedanken gemacht, ob Thies eventuell dein Vater sein könnte?«

»Nein! Wieso sollte ich? Clarissa hat auch schon so etwas angedeutet. Hat mich verwundert angesehen und behauptet, ich sehe ihm gar nicht ähnlich. Wie kommt ihr denn darauf?«

»Weil Thies meiner Mutter mal erzählt hat, dass deine Mutter die Liebe seines Lebens war«, antwortet Uta. »Und das weiß so ziemlich jeder im Ort, sonst würde ich das jetzt nicht so herausposaunen.«

Ich bin völlig perplex. Auch, wenn es scheinbar ohnehin jeder weiß, wäre es mir lieber gewesen, Uta hätte mir das unter vier Augen erzählt. Es ist still im Raum geworden.

Da meldet sich zum ersten Mal auch Dörthe zu Wort, die bisher nur zugehört hat. »Er könnte aber auch dein Vater gewesen sein, Uta, wenn wir schon mal beim Thema sind.« Sie dreht sich zu Lisa. »Oder deiner.«

»Meiner nicht!«, sagt Tina trocken. »Ich wurde nicht in diesem Ort geboren«, und greift nach ihrem Brötchen. »Scheint ein schlimmer Finger gewesen zu sein, euer Thies.«

»Echt jetzt?« Ich schaue von Uta zu Lisa und zu Dörthe. Sie nicken einträchtig.

»Das ist der Grund, warum ich möglichst bald weg möchte aus diesem Dorf«, sagt Julia da. »Hier wird mir eindeutig zu viel geteilt.«

»Julia!« Uta schüttelt den Kopf. »Das ist nicht witzig.«

»War auch nicht witzig gemeint. Ist doch wahr!«

»Ich hatte scheinbar echt keine Ahnung, wer Thies wirklich war. Natürlich war er für mich zeitweise beinahe wie ein Ersatzpapa. Er hat meine Liebe zum Essen, Kochen und Backen verstanden, aber ihr denkt tatsächlich, dass er mein Vater gewesen sein könnte?« Ich kann es immer noch nicht glauben und schüttele den Kopf. »Das kann nicht sein. Das hätte ich gemerkt, da bin ich mir sicher.«

»Vielleicht bist du ja sogar meine Tante«, überlegt Julia laut. »Wäre irgendwie schräg, wenn ihr Schwestern wärt, Mama und du. Ähnlich seht ihr euch allerdings nicht.«

Auf einmal muss ich lachen, obwohl mir gar nicht danach zumute ist. Aber ich komme mir vor wie in einem schlechten Film und bin mir immer noch nicht sicher, was ich von all dem halten soll.

»Aber was ich nicht ganz verstehen kann: Es geht euch tatsächlich allen nur um das Erbe? Thies ist tot und ihr macht euch Gedanken darüber, wer sein Hab und Gut bekommt?« Ich schaue auf die Uhr. »Es ist zwanzig vor neun. In gut einer Stunde beginnt die Trauerfeier. Es kann sein, dass ihr recht habt und Thies ein Frauenheld und ganz schlimmer Finger war. Mir war er in erster Linie ein guter Freund. Mein Vater war und ist er nicht. Mein Vater ist der Mann, der mich großgezogen hat und sich jetzt in diesem Moment mit meiner Mutter auf einer Kreuzfahrt befindet. Das wird für immer so bleiben, ganz unabhängig davon, ob er auch mein Erzeuger ist – wovon ich immer noch ganz stark ausgehe.«

Es ist still geworden. Sogar Lisa sieht verlegen aus. Da legt Tina ihre Hand kurz auf mein Knie und sagt: »Ich glaube, ich muss hier mal als relativ unabhängige Instanz ganz kurz eingreifen, bevor das alles in eine Richtung geht, die niemand von euch beabsichtigt hat. So wie ich das sehe, hat Ella das ganze Schlamassel hier zu verantworten. Sie hat Uta gefragt, ob sie Interesse daran hat, das Lokal weiterzuführen. Und wenig später hat sie Jan wohl dieselbe Frage gestellt. Vielleicht hat sie nicht damit gerechnet, dass beide zusagen würden, doch als das der Fall war, hat sie eingewandt, dass sie das so nicht entscheiden könne und dich mit ins Boot holen wolle.«

Mir klappt die Kinnlade runter. Da fällt mir ein, dass hier über ein wichtiges Detail noch gar nicht gesprochen wurde. »Gibt es denn so etwas wie ein Testament?«, frage ich.

Es ist Uta, die nun antwortet: »Du erbst die *Heidschnucke*, aber nur, wenn du sie persönlich weiterführst. Lehnst du das Erbe ab, kann eine andere Person das Lokal übernehmen und ist dann automatisch Erbe.«

»Quatsch! Ihr veräppelt mich.« Ich schaue in die Gesichter um den Tisch herum. Alle schütteln den Kopf. Ohne weiter darüber nachzudenken, wende ich mich an Uta. »Ich lehne das Erbe ab und überlasse es dir – aber mal abgesehen davon: Warum wisst ihr das so genau?«

Uta strahlt, schüttelt aber im nächsten Moment den Kopf. »Das ist lieb von dir.« Ihr Blick geht demonstrativ zu Lisa, die wahrscheinlich mit einer anderen Reaktion von mir gerechnet hat. »Aber das geht leider nicht. Wenn du ablehnst, entscheidet Ella. Das hat Thies so bestimmt und ich weiß das, weil Ella mir das Testament gezeigt hat. Es ist sogar notariell beglaubigt.«

Ich brauche einen Moment, um die ganze Tragweite zu begreifen, dann atme ich erleichtert auf. »Dann bin ich nicht seine Tochter. Wäre ich es, würde mir das Erbe gesetzmäßig zustehen. Steht es im Testament, ich meine, dass ich seine Tochter bin?«

Wieder schütteln alle den Kopf.

»Nicht explizit, glaube ich zumindest. Ella hat mir nur den ersten Teil gezeigt. Es gab noch jede Menge Kleingedrucktes«, erläutert Uta. Sie sieht mich ernst an. »Was ich jetzt sage, ist absolut nicht böse gemeint und ich hoffe, du verstehst das nicht falsch, aber warum sonst solltest ausgerechnet du das Lokal erben? Wir alle haben uns um Thies gekümmert, besonders als er krank wurde. Ich bin jeden Tag vor und nach der Arbeit bei ihm gewesen. Auch Jan war ganz oft da. Du bist vor einer gefühlten Ewigkeit hier weggezogen und hast vieles nicht mehr mitbekommen, hast dich noch nicht einmal mit einer Postkarte gemeldet. Aber trotzdem hat Thies bis über seinen Tod hinaus an dich gedacht. Wie gesagt, das ist nicht böse gemeint, sondern einfach nur realistisch nachgedacht.«

Utas Gedanken kann ich nachvollziehen. »Ich kann mir jedoch beim besten Willen nicht vorstellen, dass an der Sache was dran ist, Uta. Ich versuche nachher mal meine Mutter zu erreichen. Auf dem Schiff gibt es Mobilempfang per Satellit. Vielleicht habe ich ja Glück, aber jetzt ist es noch zu früh. Zwischen hier und Barbados sind es ein paar Stunden Zeitverschiebung. Aber sag mal …« Etwas an Utas Erklärung hat mich stutzig gemacht. »Was heißt, als Thies krank wurde? Ella hat mir geschrieben, er sei friedlich an plötzlichem Herzversagen gestorben.«

»Ist er auch«, antwortet Uta. »Der liebe Gott hat sich dazu entschieden, Thies nicht lange leiden zu lassen. Aber er hatte

Lungenkrebs – unheilbar. Der Herzinfarkt war eine Erlösung.«

»Oh, das wusste ich nicht.« Überhaupt weiß ich so gut wie gar nichts mehr über die Menschen, die hier mit mir am Tisch sitzen. Ich weiß nicht, warum Uta so offensichtlich Stress mit Thomas hat, nicht, ob und mit wem Dörthe verheiratet ist und auch nicht, ob sie Kinder hat. Ich habe Tina und Julia heute zum ersten Mal gesehen, kenne deren Berufe, weiß, dass Julia bald heiraten möchte und Uta nicht weiß, wie sie das bezahlen soll. Ich weiß auch, dass das Café früher immer Utas Traum gewesen war – so wie meiner. Und dass es für alle unfair scheinen muss, dass mir dazu grundlos die Möglichkeit gegeben wird. Ich müsste einfach nur Ja sagen – vorausgesetzt die Sache mit dem Testament stimmt tatsächlich. Andererseits ist das alles einige Jahrzehnte her. Mein Leben findet inzwischen in Oberhausen statt und ich habe Verantwortung gegenüber meinen Schützlingen. Der Traum vom Café in meiner Jugend ist inzwischen längst verjährt – auch wenn der Gedanke noch immer verlockend ist.

Es ist Julia, die das Schweigen durchbricht. »Thies fehlt mir jetzt schon«, sagt sie. »Aber ich glaube, dass es ihm gut geht, dort wo er jetzt ist. Wahrscheinlich sitzt er gerade kiffend bei einem Rockkonzert über den Wolken und freut sich darüber, endlich all seine Rockidole wiederzusehen.«

»Das ist ein schöner Gedanke«, sage ich. »Ich bin dafür, wir frühstücken jetzt erst mal, dann verabschieden wir uns von Thies – und wenn Ella mit dem Testament um die Ecke kommt, setzen wir uns ganz in Ruhe zusammen und sehen, wie wir es anstellen, dass du dir endlich deinen Traum erfüllen kannst, Uta. Was hältst du davon?« Ich zeige auf die Briochetüte. »An deiner Stelle würde ich mal eine probieren. Es ist immer gut zu wissen, was die Konkurrenz so draufhat.«

»Recht hast du!« Uta greift zu. Und auch ich bediene mich noch einmal, klecks Utas hausgemachtes Quittenmus auf das Gebäckteilchen und beiße zu. In dem Moment sagt Lisa: »Dein Mann ist doch Orthopäde, oder Jette?«

Da ich den Mund voll habe, schüttele ich den Kopf. Stattdessen antwortet Uta für mich. »Er ist Chirurg in der Inneren Medizin.« Sie sieht mich mit durchdringendem Blick an. »Oder?«

Ich nicke verwundert, dann verstehe ich. Uta hat nicht erzählt, dass Stefan und ich geschieden sind. Hier denken alle, ich sei noch verheiratet. »Allgemein- und Viszeralchirurgie«, füge ich hinzu, als ich geschluckt habe.

»Und du? Arbeitest du auch? Du hast doch damals studiert, oder?«

»Ja, ich bin Sozialarbeiterin. Ich arbeite in einer Förderschule.«

»Ah, und eure Tochter? Was macht sie?«

Ich beantworte höflich alle Fragen, höre interessiert zu, als Lisa stolz erzählt, dass auch Tom studiert, und ich bin etwas erleichtert, als Uta endlich sagt: »Es ist so weit, Mädels, ich glaube, wir sollten los.«

Wir fahren mit zwei Autos. Tina und Lisa sind mit Dörthe schon unterwegs. Uta und ich sitzen in meinem Wagen. Wir warten auf Julia, die plötzlich Bauchschmerzen bekommen hat und noch einmal zur Toilette musste.

»Das ist die Aufregung«, erklärt Uta. »Sie hat Thies wirklich sehr gern gehabt. Er war so etwas wie ein Opa-Ersatz für sie. Mein Vater hat sich nie gekümmert. Nachdem meine

Mutter ihn endlich rausgeschmissen hat, hat er sich kaum noch hier blicken lassen. Zum Glück ...«

»Gut!« Ich habe Utas Vater als mürrischen und sehr herrischen Menschen in Erinnerung. Ich weiß, dass er damals auch hin und wieder zugelangt hat. Doch Uta wollte nie darüber sprechen und ich habe sie nicht dazu gedrängt. Heute würde ich da anders handeln.

»Es tut mir übrigens leid«, sagt Uta. »Ich hätte dir das mit der Vaterschaft unter vier Augen erzählen sollen. Wollte ich eigentlich auch. Aber gestern kam es mir irgendwie unpassend vor. Und heute hat es sich dann so ergeben. Ich wusste auch nicht, dass Lisa kommt. Dörthe hat sie mitgebracht.«

»Schon okay. Warte kurz ... Ich schreibe meiner Mutter eine SMS, damit sie weiß, dass ich sie sprechen muss ... so, fertig.«

»Danke.« Uta seufzt. »Und das mit Stefan? Ich weiß auch nicht, was mich da geritten hat, aber Lisa hatte geradezu Panik in den Augen, als sie gehört hat, dass du eventuell auch kommst. Das Erste, was sie gefragt hat, war, ob du deinen Mann auch mitbringst. Ich habe ihr erzählt, er muss arbeiten. Man könnte glatt glauben, sie ist immer noch nicht über Jan hinweg.«

»Kann ich sehr gut verstehen«, rutscht es mir heraus.

»Nein!« Uta knufft mich in die Seite. »Jette!«

»Leider doch.« Ich seufze auf. »Es ist wie früher. Der Kerl raubt mir jeden Verstand.«

»Du bist wieder Single«, stellt Uta trocken fest. »Warum nicht?«

»Weil es auch früher schon nicht funktioniert hat.«

»Aber du weißt schon, dass im Leben alles seinen Sinn hat, oder? Findest du es nicht komisch, dass du ausgerechnet jetzt wiederkommst, wo du wieder zu haben bist?«

Ich drücke Uta einen Kuss auf die Wange. »Wenn überhaupt, dann besteht der Sinn darin, dich wiedergefunden zu haben. Wenn ich eins gelernt habe in den letzten Jahren, dann, wie wichtig eine gute Freundin ist. Davon mal ganz abgesehen, glaube ich, dass es vielleicht ganz gut ist, wenn alle davon ausgehen, dass ich noch verheiratet bin.«

»Du meinst damit Jan?«

»Jepp.«

»Okay. Ich halte dicht. Tina weiß es, aber auf die kannst du dich hundertprozentig verlassen.«

»Das glaub ich gerne. Sie ist sehr nett.«

»Ja, ich bin froh, dass ich eine Freundin wie sie habe.« Uta klingt kein bisschen vorwurfsvoll. Sie meint es genauso, wie sie es sagt. Auch ich bin froh darüber, dass Eva und ich uns gefunden haben.

»Alles wieder klar. Wir können los.« Julia kommt aus der Tür heraus. Sie ist blass um die Nase.

»Möchtest du lieber hinten bei deiner Tochter sitzen?«, frage ich.

Uta nickt und steigt aus. »Komm her, Schatz.«

Ich weiß noch ganz genau, wie es für mich war, als ich mich zum ersten Mal von einem Menschen verabschieden musste, den ich geliebt habe. Obwohl ich damals schon erwachsen war und gewusst habe, dass mein Opa irgendwann sterben würde, hat es mir das Herz gebrochen. Ich habe ihn sehr vermisst. Trauer war ein Gefühl, das ich bis dahin noch nicht gekannt hatte. Nicht vergleichbar mit dem Trennungsschmerz, den ich immer mal wieder wegen Jan durchlebt habe. Damals habe ich gelernt, was es bedeutet, wenn jemand wirklich nicht mehr wiederkommt. Jule hat die Erfahrung schon mit siebzehn gemacht, als Oma Gertrud, Stefans Mutter starb. Sich für immer von einem Angehörigen oder Freund verabschieden zu müssen, tut weh. Mir hat damals der Gedanke geholfen, dass dieser Mensch, mein liebevoller Opa mich so viele wundervolle Jahre auf meinem Lebensweg begleitet hat. Und es hilft mir auch jetzt, zu wissen, was für ein Glück es für mich gewesen war, Thies zu kennen. Auch wenn ich ihn eine gefühlte Ewigkeit nicht mehr gesehen habe und mich ein wenig schuldig fühle, weil ich das zugelassen habe, bin ich glücklich darüber, ihn zum Freund gehabt zu haben.

Uta und Julia haben sich erst vor Kurzem von ihrer Mutter, beziehungsweise Oma verabschieden müssen, und jetzt von Thies. Das kostet Kraft. Bevor ich losfahre, werfe ich einen Blick in den Rückspiegel auf Mutter und Tochter, die Hand in Hand auf meiner Rückbank sitzen. In diesem Moment bin ich mir ganz sicher: Uta sollte ihr Gartencafé bekommen, weil sie endlich ein wenig Glück verdient hat.

14. Kapitel

Ich habe damit gerechnet, dass es in der Kapelle voll sein wird, aber nicht damit, dass sie so überfüllt ist mit Menschen, die Abschied von Thies nehmen wollen, dass ein Großteil hinten stehen muss.

»Wir sitzen vorne«, flüstert Uta. »Ella wollte das so. Komm, Jette.«

Ich gehe mit meiner Freundin und ihrer Tochter den Gang entlang, den Blick auf den aufgebahrten Sarg gerichtet. Seit wir die Kapelle betreten haben, habe ich einen Kloß im Hals. Meine Beine sind schwer, und mein Herz ist es auch. Als wir unsere Plätze in der ersten Reihe eingenommen haben und ruhig werden, überrumpelt es mich plötzlich. Warum tut es so verdammt weh? Ich schluchze auf. Was ist, wenn doch was an der Sache dran ist, dass Thies mein Vater ist? Uta greift nach meiner Hand und drückt sie. Ihren anderen Arm hat sie um die Schultern ihrer Tochter gelegt. Beide weinen ebenfalls.

Dann beugt Julia sich ein wenig nach vorn und zu mir hinüber. »Hier riechts nach Gras«, sagt sie leise. »Riecht ihr das?«

»Psst«, macht Uta, und ich muss mich zusammenreißen, nicht zu lachen.

»Kommt bestimmt irgendwo rechts aus den mittleren Reihen«, flüstere ich grinsend zurück. Dort sitzen ein paar alte Jungs in Rockerkluft. Ich weiß, dass das schon wieder Vorurteile sind, aber es würde irgendwie passen. Ich bin froh über

Julias Feststellung, sie hat die gedrückte Stimmung wieder ein kleines bisschen gehoben. Thies würde es nicht wollen, dass wir alle wie Trauerklöße von ihm Abschied nehmen. Der kleine Spaß zwischen uns hat gutgetan. Wir haben uns etwas gefangen.

Jetzt entdecke ich auch Ella. Bis eben war sie in einer Gruppe Trauergäste versteckt gewesen. Sie trägt ihr graues Haar raspelkurz geschnitten. Durch die violett umrandete Brille mit kreisrunden Gläsern sieht sie aus wie eine Mischung aus John Lennon und einer Eule. Sie trägt ein bodenlanges schwarzes, kaftanähnliches Kleid, auf das cremefarbene Ornamente gestickt sind. Genauso kenne ich sie, denke ich. Das ist die Ella von früher, nur in silbergrau. Sie winkt, als sie uns sieht und kommt auf uns zu.

»Da seid ihr ja endlich, kommt her.« Und mit diesen Worten zieht sie uns eine nach der anderen in ihre Arme.

Wenn ich nicht die ganze Zeit den blumengeschmückten Sarg vor Augen hätte, in dem der tote Thies liegt, würde ich glatt denken, wir hätten uns hier zu einem Theaterstück getroffen, und nicht, um uns von einem guten Freund zu verabschieden. Ella wirkt gelöst, fast fröhlich. Ob sie auch gekifft hat? denke ich, und schäme mich im nächsten Moment dafür. Jeder geht auf seine Art mit dem Tod um und schließlich habe ich noch vor ein paar Minuten selbst mit Julia und Uta herumgeblödelt. Vielleicht sieht Ella auch nur das Glück, das Thies mit seinem schnellen schmerzlosen Tod im Gegensatz zu einem langen Krebsleiden gehabt hat.

»Ich sitze hier direkt bei euch.«

Langsam wird mir doch etwas mulmig. Ich darf in der ersten Reihe neben Ella sitzen. Plätze, die eigentlich den engsten Angehörigen vorbehalten sind.

»Ich bin gleich wieder da«, sagt sie und verschwindet wieder. Auf der Bank haben acht Personen Platz. Links neben mir sitzen Uta und Julia, rechts neben mir sind zwei Plätze frei. Den Mann, der noch mit dort sitzt, habe ich noch nie gesehen. Er lächelt mich freundlich an. Auch die anderen Trauergäste, die mit mir in der Reihe sitzen, kenne ich nicht. Allerdings kommen mir viele Gesichter um mich herum bekannt vor. Ich lasse meinen Blick durch die Kapelle schweifen und entdecke Tina, Lisa und Dörthe ein paar Reihen hinter uns, und dazwischen auch andere Dorfbewohner, die ich wiedererkenne. Ein paar schauen neugierig zu mir. Wenn Uta recht hat und alle im Dorf davon ausgehen, dass ich Thies' Tochter bin, platzen sie bestimmt gerade vor Neugierde.

»Das kann ja noch was werden«, sage ich laut zu mir selbst, drehe mich wieder um und sehe Jan. Er spricht mit Ella. Beide schauen in meine Richtung. Als Jan nickt, weiß ich instinktiv, dass Ella ihm den Platz neben mir zugewiesen hat. Und dann steht er auch schon vor mir.

»Tut mir leid«, sagt er. »Das war ganz sicher nicht von mir beabsichtigt.«

»Das weiß ich doch.« Wieder hat Ella ihre Finger im Spiel. Ich werfe ihr einen fragenden Blick zu, aber sie lächelt nur.

Als Jan sich neben mich setzt, piekt Uta mir ihren Finger in die Seite. Ich schaue nicht zu ihr, bin mir aber sicher, dass sie grinst oder zumindest schmunzelt.

Und dann geht es endlich los. Ella nimmt neben Jan Platz. Anstatt der Kirchenglocken läuten drei Operngongs den Beginn der Trauerfeier ein und die Klänge von Keith Jarretts Köln Konzert erfüllen den Raum. Mein Hals schnürt sich zusammen. Ich schließe meine Augen, lasse meinen Tränen freien Lauf und nehme es als selbstverständlich hin, dass Jan nach meiner Hand greift und sie fest mit seinen warmen Fingern umschließt. So bleibe ich sitzen, bis das Stück nach ein paar Minuten langsam ausklingt. Hier und da hört man auch aus anderen Reihen unterdrücktes Schluchzen. Ella steht auf und geht langsam die Stufen zum Altarraum hoch. Ein Stück hinter dem Sarg entdecke ich jetzt einen Flügel.

»Ihr alle wisst, wie sehr Thies Musik geliebt hat«, sagt sie mit klarer lauter Stimme. »Er hat sich noch einmal sein Lieblingsklavierkonzert gewünscht, wenn wir uns von ihm verabschieden.« Sie dreht sich zu seinem Sarg um. »Ich hoffe, es hat dir gefallen. Ich weiß, dass du das hören kannst, Bruderherz. Hier kommt nun mein Lied für dich.«

Jan hält noch immer meine Hand. Er drückt etwas fester zu, als die nächsten Töne erklingen.

Ella gibt ihrem Bruder »You are my sister« von *Antony and the Johnsons* mit auf seinen letzten Weg. Ich drehe mich etwas zur Seite und schiele zu Jan hinüber. Er sieht so unbeschreiblich traurig aus, dass es mir fast das Herz bricht. Auch über sein Gesicht laufen Tränen. Ich streiche leicht mit dem Daumen über seinen Handrücken und erschrecke mich dabei fast ein bisschen vor mir selbst. Kurz darauf ist der Zauber verflogen. Das Stück ist vorbei und Ella wendet sich uns wieder zu. Sie wischt sich eine Träne von der Wange, räuspert sich und sagt: »So, Leute, jetzt wird es ernst.«

Ich ziehe sanft meine Hand aus Jans und lächle ihn noch einmal an, als er zu mir schaut. Diesen einen intimen Moment habe ich uns gegönnt, einen weiteren wird es nicht geben.

»Und ich möchte auch gleich zur Sache kommen. Wie ihr alle wisst, habe ich meinen Bruder sehr geliebt. Deswegen habe ich seinen Wunsch nach Privatsphäre immer respektiert. Hätte er mich nicht vor seinem Tod gebeten, heute für ihn zu sprechen und ein paar Dinge zu klären, würde ich für immer schweigen und all seine kleinen und größeren Geheimnisse auch mit in mein Grab nehmen.«

Mein Herzschlag setzt für einen kurzen Moment aus, als Ella schon im nächsten Satz meinen Namen nennt.

»Meine liebe Jette. Ich freue mich unwahrscheinlich darüber, dich heute hier zu sehen. Deine Mutter und meinen Bruder verband immer eine besondere Freundschaft, die, wie ich denke, all die Jahre bestehen blieb.« Sie lächelt in meine Richtung. »Keine Angst, du bist nicht die Tochter meines Bruders. Ich erwähne das hier und jetzt, weil ich weiß, dass dieses Gerücht immer mal wieder zwischen den Dorfbewohnern die Runde gemacht hat.« Sie lässt ihren Blick über die Trauergemeinde schweifen. »Es ist langweilig, wenn ihr mal nichts zu tratschen habt, oder? Nun, den Anlass gebe ich heute gerne. Mein Bruder, Thies, war schwul. Er liebte Männer.« Ihr Blick wandert zu dem Mann, der gleich neben Jan sitzt. Ich bin mir sicher, dass auch alle anderen Blicke nun in seine Richtung fliegen. Er sitzt mit überkreuzten Armen und lang ausgestreckten Beinen auf der Bank und lächelt – genau wie Jan. Ella schweigt einen Moment. Sie scheint das Schauspiel zu genießen. Noch einmal blicke ich zu Jan. Er wirkt kein bisschen überrascht, denke ich, er hat es gewusst. Meine Gedanken schlagen Purzelbäume.

»Dich, meine liebe Jette, hat er dennoch geliebt wie die eigene Tochter, die er selbst nie hatte. Es wäre damals einfach für deine Mutter gewesen, das Gerücht aus der Welt zu räumen. Aber sie hat es für sich behalten, um Thies zu schützen. Sie gehörte zu den wenigen Menschen, die Thies wirklich kannten und so respektierten, wie er war. Ein großherziger Mann, Freund, Haudegen, Spaßvogel – und der beste Bruder der Welt. Ruhe in Trubel, Thies!«

Wie aus dem Nichts ertönt wieder Musik. Ich drehe mich um und entdecke einen Gitarristen, der auf der anderen Seite in einer der hinteren Reihen steht. Kurz darauf ertönt ein Saxofon und fast zeitgleich steht der Mann neben Jan auf und geht zum Klavier. Es hätte mich gewundert, wenn heute hier keine Live-Band aufgetaucht wäre, um Thies gebührend zu verabschieden.

Nach einer knappen halben Stunde ist die Trauerfeier vorbei. Obwohl Ella klargestellt hat, dass ich nicht Thies' Tochter bin, ziehe ich die Blicke auf mich wie ein bunter Schmetterling zwischen all den schwarz gekleideten Menschen. Wir stehen versammelt vor der Kapelle und warten darauf, dass der Sarg nach draußen getragen und anschließend nach Lünzen transportiert wird. Jan habe ich in der Unruhe aus den Augen verloren.

»Komisch, dass Clarissa gar nicht hier ist, oder?«, sagt Uta. Aber das ist mir in diesem Moment ganz egal.

»Muss vielleicht arbeiten«, antworte ich knapp, mit meinen Gedanken ganz woanders. Noch immer kann ich nicht fassen, was Ella gerade zum Besten gegeben hat. Es muss unfassbar anstrengend für Thies gewesen sein, seine Homosexualität sein ganzes Leben lang zu verheimlichen. Ich schüttle unwillkürlich den Kopf bei dem Gedanken, dass meine Mutter es gewusst hat. Trotzdem stimmt da etwas nicht. Warum hatten die beiden keinen Kontakt mehr? Oder hatte sie das bis zum Schluss und ich habe es nur nicht mitbekommen? Ich kann mir nicht vorstellen, dass mein Vater so intolerant war, ihr die Freundschaft zu verbieten. Es sei denn, er hatte auch den Verdacht, ich sei vielleicht nicht sein, sondern Thies' Kind? Nein, zumindest ihm gegenüber hätte meine Mutter ganz sicher die Wahrheit gesagt. Sie hat kein Problem damit gehabt, das ganze Dorf in dem Glauben zu lassen, nicht aber meinen Vater. Ich ziehe mein Handy aus der Tasche, obwohl ich weiß, dass es noch viel zu früh für eine Antwort von meiner Mutter ist. Wahrscheinlich schläft sie noch tief und fest. Dafür hat Jule auf meine Nachricht von heute Morgen reagiert.

Ja, gehen wir Pilze finden! schreibt sie. Dahinter blinkt ein kleiner Fliegenpilz.

Auch Eva hat mir vor einer Stunde geschrieben. *Fahre schon so gegen 2 los. Bin am frühen Abend da. Freu mich! Viel Kraft gleich.*

Ich schicke beiden ein rotes Herz zurück und wende mich wieder den Menschen zu, mit denen ich hier bin. Lisa und Dörthe bahnen sich ihren Weg zu uns, gefolgt von Tina.

»Meint ihr, das stimmt?«, fragt Lisa mit hochroten Wangen. »Ich kann mir das beim besten Willen nicht vorstellen.« Sie wirkt aufgekratzt. Zum ersten Mal fällt mir bewusst auf, was sie für schmale Lippen hat. War sie schon immer so verhärmt? Was hat Jan nur an ihr gefunden?

»Warum sollte es nicht stimmen?«, fragt Uta. Sie ist ebenso verwundert, wie ich.

Lisa überlegt einen Moment, dann schüttelt sie den Kopf. »Wenn ich euch das jetzt sage, denkt ihr wahrscheinlich, ich hab sie nicht mehr alle.«

»Dann lass es lieber«, sagt Uta. Sie klingt etwas ungehalten. »Sollen wir schon fahren, Jette? Bei der Masse an Leuten wird es gleich höllisch voll auf dem Friedhof werden.«

»Gute Idee«, antworte ich.

»*Höllisch voll auf dem Friedhof*, der war witzig, Mama«, sagt Julia, als wir außer Hörweite sind. Sie ist nicht mehr so blass um die Nase wie vorhin und wirkt erleichtert.

Uta hakt sich bei mir unter. »Wie geht es dir, Jette?«
»Ganz gut. Den zweiten Teil schaffen wir jetzt auch noch.«
»Teil eins wird auf jeden Fall noch jahrelang *das* Gesprächsthema im Ort sein. Eins muss man Ella lassen. Sie hat das alles richtig schön inszeniert. Unabhängig davon, dass sie eine fette Bombe hat platzen lassen, war es eine wunderschöne Trauerfeier. Thies hätte sie gefallen. Besonders die Musikeinlagen.«
»Das denke ich auch.«

Wir sind nicht die Ersten, die am Friedhof ankommen. Eine Menge Menschen stehen schon vor dem Tor und warten auf Thies, um ihm das letzte Geleit zu geben. Er war beliebt. Als Wirt, als Nachbar, als Freund. Aber kaum jemand hat gewusst, was wirklich in ihm vorging.
Als der Wagen mit dem Sarg endlich vorfährt, ist es ungewöhnlich still. Auch hier habe ich mit Musikern oder zumindest mit einem Saxofonisten gerechnet, der den Trauerzug begleitet. Aber ich habe mich getäuscht. Thies Sarg wird ohne weiteres Aufsehen in das Grab herabgelassen, das mir schon gestern aufgefallen ist. Auf dem schlichten Naturstein, der an Thies erinnern soll, steht: Hier ruht Thies. Wir seh'n uns.

15. Kapitel

Der Leichenschmaus findet in der *Heidschnucke* statt. Diesen Begriff für das gesellige Beisammensein nach einer Beisetzung mochte ich noch nie. Ich war zwölf, als der Rektor unserer Schule ganz plötzlich verstarb und ich das Wort zum ersten Mal hörte, als ich versehentlich ein Gespräch zwischen meinen Lehrerinnen mitanhörte. Damals hatte ich erst kurz vorher zusammen mit Uta heimlich »Die Nacht der lebenden Toten« im Fernsehen gesehen. Eine Erfahrung, die meine Fantasie im Zusammenhang mit dem Wort Leichenschmaus leider in eine sehr falsche Richtung driften ließ. Ich hatte nächtelang Albträume und auch heute schaue ich mir keine Horrorfilme an. Ich brauche eher etwas fürs Herz.

Viel lieber würde ich jetzt auf eine »Abschiedsfeier« gehen, als an dem »Leichenschmaus« teilzunehmen, zu dem sich heute alle versammelt haben.

Ella hat an einer langen Tischreihe ein Büfett aufbauen lassen, auf dem die von einem Caterer angelieferten Speisen für jeden zugänglich sind. Früher hat Thies auch das immer selbst gemacht. Uta und ich haben ihm meist beim Bedienen und Spülen geholfen und dadurch unser Taschengeld ein bisschen aufgebessert.

Ich beobachte eine Weile die Menschen, die mit leeren Tellern in der Schlange stehen und vollbeladen wieder zu ihren Sitzplätzen gehen. Ich kenne die meisten von ihnen, auch wenn sich viele verändert haben.

Dass der coole Peter, der Klassenschwarm, der immer von den Mädchen angehimmelt worden war, mittlerweile aussieht wie ein altersschwacher Hamster mit Hängebacken und einer schlechten Haltung, erfüllt mich mit einer gewissen Genugtuung. Obwohl ich eigentlich überhaupt nichts von Schadenfreude halte, kann ich nicht verhindern, dass bei seinem Anblick mein Selbstbewusstsein gerade einen ordentlichen Schub bekommt. Überhaupt habe ich mich doch sehr gut gehalten im Vergleich zu den meisten anderen meiner früheren Nachbarn und Freunde, wie ich feststelle. Noch vor zwei Tagen habe ich vor dem Spiegel gestanden und mich selbst bemitleidet. Heute fühle ich mich wie eine Heidekönigin – und bekomme deswegen prompt ein schlechtes Gewissen. Dass Fünfzig das neue Vierzig ist, trifft nicht für jeden zu. Aber es ist nicht nett, sich gut zu fühlen, weil andere es schlechter getroffen haben, als man selbst.

»Und?«, fragt Uta, die sich jetzt neben mich an die Theke stellt. »Wie ist es so für dich, nach all den Jahren die ganzen Leute wiederzusehen?«

»Ich weiß nicht«, antworte ich. »Es kommt mir alles irgendwie so unwirklich vor. Es ist verdammt lange her. Manche habe ich sofort erkannt, bei anderen musste ich mehrmals hinschauen, besonders bei den Frauen. Die haben sich wesentlich stärker verändert als die Männer, bei denen es mir so vorkommt, als wären die meisten einfach nur grauer und dicker geworden.«

Uta taxiert die Büfettschlange und grinst. »Du hast absolut recht.« Sie zuckt mit den Schultern. »Aber immerhin sind sie hier, ganz im Gegenteil zu meinem Mann, dem es wichtiger war, irgendeinen Dachstuhl auszubauen. Und mein feiner Herr Sohn, der sonst nie freiwillig einen Finger krümmt, wollte ihm unbedingt helfen. Sie mochten Thies, haben aber nicht die Eier in der Hose, sich von ihm zu verabschieden.«

»Thies würde das verstehen. Jeder nimmt anders Abschied. Und wenn wir ehrlich sind: Auf ihrem Dachstuhl sind sie ihm, jetzt wo er von da oben auf uns runterschaut, doch eigentlich viel näher«, versuche ich die Stimmung etwas zu heben.

»Ja, ich weiß.« Ich spüre, wie verärgert Uta ist, aber sie lacht trotzdem über meine Bemühung. »Verteidige die beiden nicht auch noch. Ich finde es unmöglich. Thomas verhält sich überhaupt seit Monaten schon merkwürdig. Er ist gereizt, unzufrieden und meckert ständig rum. Man könnte fast meinen, er ist derjenige, der gerade mit Volldampf in die Wechseljahre schlittert. Dabei bin ich diejenige, die nachts regelmäßig nassgeschwitzt aufwacht. Ich lege mir jeden Abend einen Ersatzschlafanzug ans Bett. So einen Mist braucht doch wirklich niemand.«

»Willkommen im Club«, flachse ich. »Bei mir kommen unkontrollierte Fressattacken dazu. Ich fühle mich, als wäre ich schwanger. Erst brauche ich ein Stück Fleischwurst, danach eine Portion Schokopudding. Meine Tage kommen nur noch unregelmäßig. Und wenn, kündigen sie sich durch Dauer-PMS und pralle Mördermöpse an.«

»Dann habe ich also noch Hoffnungen?« Uta zeigt auf ihre Brüste und wir fangen beide an zu lachen.

»Na!«, sagt eine alte Frau mit schneeweißem Haar streng, die kopfschüttelnd an uns vorbeigeht.

»Wer war das?«, frage ich, als sie ein paar Schritte weit entfernt ist.

»Holgers Mutter.«

»Stimmt, ich erinnere mich. Er war ein paar Jahre älter als wir. Alle, besonders die Jungs, haben ihn um sein Motorrad beneidet.«

»Später nicht mehr«, erklärt Uta. »Er hat seine Maschine gegen einen Baum gesetzt. Querschnittslähmung. Ein paar Jahre danach ist er gestorben.« Sie überlegt. »Das ist jetzt etwa zwanzig Jahre her.«

»Mist!«

»Du sagst es. Auch andere aus unserer Truppe von früher hatten oder haben ihre Päckchen zu tragen. Bernd hatte letztens einen Bandscheibenvorfall. Er arbeitet für Thomas und fällt jetzt schon seit sechs Wochen aus. Er hat es durch Krankengymnastik wieder ganz gut hinbekommen, ohne OP. Ob er weiter als Zimmermann arbeiten kann, ist jedoch fraglich. Das von Lisa weißt du ja schon. Und Dörthe hatte Brustkrebs, hat ihn aber besiegt. Sie ist schon seit zehn Jahren ohne Rezidiv, wurde aber hormonell vorzeitig in die Wechseljahre versetzt.« Uta sieht mich an. Ein kleines Lächeln umspielt ihre Augen. »Ich muss mir das hin und wieder vor Augen halten, besonders wenn mich mein Mann mal wieder nervt und ich ihm die Schuld an all meinem Unglück in die Schuhe schiebe. Eigentlich geht es mir gut. Und dir doch auch, oder?«

»Ja.«

»Gut!« Uta zeigt zum Büfett. »Hast du eigentlich keinen Hunger? Tina und Julia essen schon. Sie haben uns einen Platz freigehalten.«

»Überhaupt nicht.« Ich drehe mich um und schaue durch die offene Schiebetür in die blitzeblank geputzte Küche, in der außer den Maschinen nichts zu sehen ist. Früher standen immer Schüsseln und Lebensmittel überall kreuz und quer verteilt. Thies konnte unwahrscheinlich gut kochen, aber er war auch ein Chaot.

»Seit wann hat Thies den Laden denn geschlossen?« Ich

weiß nicht warum, aber bisher bin ich davon ausgegangen, dass er bis zum Ende hier hinter der Theke gestanden hat.

»Nachdem das Gasthaus an der Hauptstraße eröffnet hat«, erklärt Uta. »Das war vor sechs Jahren. Aber es lag nicht an der Konkurrenz. Thies hat damals gesagt, er habe schon oft über eine Schließung nachgedacht und nur noch auf den richtigen Moment gewartet. Und nachdem wir dann durch das neue Gasthaus versorgt waren, konnte er ja getrost in den Ruhestand gehen.«

»Seit sechs Jahren schon? Und seitdem steht es leer?«

Uta nickt. »Ich war nicht die Einzige, die den Laden weiterführen wollte. Jan hat gefragt, und auch noch andere. Aber Thies wollte seinen Lebensabend in Ruhe genießen. Er hat mir gesagt, er würde sich nicht raushalten können, wenn jemand anderes seinen Job übernehmen würde. Schließlich hat er direkt obendrüber gewohnt und hätte immer alles mitbekommen. Deswegen hat er sich für eine Schließung entschieden. Die letzten Jahre war er viel unterwegs. USA, Australien, Israel. Thies hat sich die Welt angesehen. Wer weiß, vielleicht ist er ja mit seinem Freund gereist. Glaubst du, das könnte der Pianist gewesen sein, der vorhin gespielt hat? Er saß immerhin mit uns in der ersten Reihe. Und Ella hat ihm ein paar Mal sehr liebevolle Blicke zugeworfen.« Uta sieht sich im Saal um. »Er ist nicht hier. Und Ella auch nicht.«

Genauso wie Jan, denke ich, da sagt Uta prompt: »Jan übrigens auch nicht.«

»Er war ziemlich fertig vorhin«, erkläre ich. »Bestimmt hat er keine Lust auf diesen Trubel hier.«

»Ich eigentlich auch nicht.« Uta deutet mit dem Kopf nach hinten in die Küche, von der eine Tür hinaus in den Garten führt. »Sollen wir rausgehen?«

Für Gäste war der Garten früher tabu. Thies hat sich geweigert, seine kleine Oase hinter dem Haus für Fremde zugänglich zu machen, auch wenn er mit einem Biergarten das Restaurant hätte aufwerten können. Für Uta und mich hat das allerdings nie gegolten.

»Gerne. Ein bisschen frische Luft tut mir sicher gut.«

Dass die Küche sich in den letzten fünfundzwanzig Jahren gewaltig verändert hat, ist mir vorhin schon aufgefallen. Thies hat sie modernisiert. Sogar einen Dampfgarer hat er sich zugelegt.

»Thies hat bis zum Schluss selbst hinter dem Herd gestanden«, sagt Uta. »Aber am Ende gab es nur noch Kleinigkeiten. Meistens Frikadellen, Pfannkuchen, mal ein Omelett.« Sie bleibt stehen und zeigt auf einen großen Topf, der auf der Arbeitsplatte steht. »Oder seinen berühmt leckeren Erbseneintopf.« Sie lacht. »Weißt du noch?«

»Klar, die Mittwochssuppe.« Fett ist ein Geschmacksträger, hat Thies immer gesagt, wenn er seine Eintöpfe zubereitet hat. In der Brühe hat er immer ein großes Stück Bauchfett mitgekocht. Das wanderte, fein püriert, am Ende wieder in die Suppe. Gröbere Fleischeinlagen waren stets mager. Die untergeschmuggelten Kalorien hat niemand bemerkt. Thies' Suppe war der Renner, auch unter den Fernfahrern. Irgendwann hatte einer den Tipp der *weltbesten Sattmachersuppe* über Funk an seine Kollegen weitergegeben. Seitdem brummte der Laden. Nach ein paar Wochen wurde es Thies zu viel. Es gab nur noch einen Suppentag in der Woche – den Mittwoch.

»Weißt du, was komisch ist«, sagt Uta. »Seit Thies gestorben ist, sehe ich immer wieder Bilder aus meiner Kindheit vor mir. Ich fühle mich plötzlich wieder wie acht oder zehn. Wenn ich Thies sehe, dann mit Kinderaugen. Ist das bei dir auch so?«

»Als ich erfahren habe, dass Thies gestorben ist, habe ich an den Tag gedacht, an dem ich mich damals von ihm verabschiedet habe. Seitdem denke ich viel an die Zeit kurz davor.«

»Das hört sich logisch an, schließlich hast du Thies ja später nicht wiedergesehen. Aber ich habe mit ihm in einem Ort gelebt, Feste miteinander gefeiert, viele Gespräche geführt. Er war für mich da, als Julia auf die Welt kam und bei jedem größeren und kleineren Problem – und dennoch denke ich fast nur an Kinderzeiten. Bei meiner Mutter war das anders. Als sie gestorben ist, habe ich viel an die letzte Zeit kurz vor ihrem Tod gedacht. An die Kindheit zu Hause kann ich mich nicht einmal erinnern, wenn ich es bewusst versuche.«

»Ist das nicht ganz normal? Du erinnerst dich an die Phase, in der Thies dir besonders wichtig war«, überlege ich. »Zuhause war es als Kind ja oft nicht so einfach für dich. Bestimmt ist es eine Strategie des Gehirns, solche Dinge zu verdrängen und sich letztendlich an die schönen zu erinnern.«

»Vielleich hast du recht.« Uta seufzt. »Ehrlich gesagt, war ich ein bisschen enttäuscht, als Ella Thies vorhin als schwul geoutet hat. Irgendwas in mir hat sich gewünscht, dass an den Gerüchten doch was dran und Thies auch mein Vater ist. Nicht wegen der Erberei, sondern weil ich mir immer einen Vater wie Thies gewünscht habe.«

»Das glaub ich dir gerne. Ich bin aber auch überzeugt davon, dass er dann hundertprozentig zu dir und seiner Vaterschaft gestanden hätte. Er wäre stolz darauf gewesen, dich zur Tochter zu haben und hätte überall damit geprahlt.«

Uta wischt sich eine Träne aus dem Augenwinkel, lächelt dabei aber. »Weißt du, an wen ich noch ganz viel denken muss? An Tante Josefine. Manchmal blitzt wie aus heiterem Himmel ihr Bild vor meinem inneren Auge auf.« Uta hebt den Zeigefinger und säuselt: »*Les pois – die Erbsen, les haricots – die Bohnen* ...«

»*Les légumes – das Gemüse*«, ergänze ich.

Als Kinder haben wir unsere Zeit oft bei Thies im Garten verbracht. Als seine Mutter noch lebte, haben wir mit ihr am großen Gartentisch gesessen und Erbsen gepult. Tante Josefine, wie wir sie nennen durften, war eine ganz besondere Frau. Sie hat mich mit ihrer eleganten Art, aber auch durch ihr Wissen, das sie so gern mit uns geteilt hat, immer beeindruckt. Kurz bevor wir in die siebte Klasse kamen, hat sie ganz plötzlich ihre Koffer gepackt und ist nach Teneriffa gezogen. Uta und ich haben das sehr bedauert und die Nachmittage mit ihr noch lange vermisst.

Uta tippt mir mit dem Zeigefinger fest gegen meine Schulter. »Kopf gerade halten, Blick nach vorne, Schultern zurück!«

»Bei der Begrüßung reicht der Ältere dem Jüngeren die Hand, der Vorgesetzte dem Arbeitnehmer, die Dame dem Herrn«, kontere ich.

»Kartoffeln schneidet man nicht mit dem Messer, sondern zerteilt sie mit der Gabel«, sagt Uta und setzt sich mit dem Hintern auf die Arbeitsplatte. Bisher haben wir es nicht bis in den Garten geschafft. Wir stehen noch immer in der Küche und plaudern über die Vergangenheit, die dank Thies viele positive Aspekte gehabt hat.

»Mit der Kehrseite sitzt man nicht auf Flächen, auf denen kurz danach eventuell Lebensmittel verarbeitet werden«, rüge ich Uta. »Setz dich bitte auf einen Stuhl, Fräulein!«

»Niemals mit der Kehrseite im Theater zu deinem Platz an anderen vorbeigehen, immer von Angesicht zu Angesicht.«

Josefine hat uns nicht nur unsere ersten Wörter Französisch beigebracht. Sie war auch Expertin in Sachen Benimmregeln.

Ihr oberstes Credo steckte in einem Zitat von Marc Twain: »Freundlichkeit ist eine Sprache, die Taube hören und Blinde lesen können«, gebe ich zum Besten.

»Wie wahr!«, sagt Uta. »Schade, dass Josefine von einem Tag auf den anderen verschwunden ist. Ich würde zu gerne wissen, was wirklich der Grund war.«

»Ich denke, sie ist nach Teneriffa ausgewandert, weil es dort wärmer ist«, erkläre ich.

»Oder sie hat herausgefunden, dass Thies schwul ist, die beiden haben sich zerstritten und sie ist deswegen verschwunden. Wir können ja mal Ella fragen. Vielleicht erzählt sie uns, was hier los war, jetzt, wo die Bombe eh schon geplatzt ist. Es wundert mich einfach, dass Tante Josefine nie wieder hier aufgetaucht ist. Bist du dir sicher, dass sie wirklich nach Teneriffa ist? Es hat nie wieder jemand von ihr gehört.«

»Ich glaube schon. Sie hatte bestimmt ihre Gründe. Ich war auch lange weg.«

»Warum eigentlich?«, fragt Uta. »Okay, wir hatten uns aus den Augen verloren, aber Thies war noch hier, unsere anderen Freunde. Hattest du nie Sehnsucht nach deiner Heimat?«

»Es klingt jetzt bestimmt wie eine Ausrede, Uta, aber letztendlich hat es sich wohl einfach so ergeben. Zuerst habe ich mich bewusst ferngehalten. Ich wollte Jan nicht mehr begegnen. Das war die einzige Möglichkeit für mich, um den Absprung zu schaffen und es ist mir anfangs sehr schwergefallen, glaub mir. Dann kam Jule und sie hat alles verändert. Wir haben eine Familie gegründet, ein soziales Umfeld aufgebaut, Stefans Mutter hat anfangs noch gelebt, meine Großeltern väterlicherseits – und außerdem leben meine Eltern in Oberhausen. Natürlich habe ich mir hin und wieder vorgenommen, mich wenigstens bei Thies zu melden und nachzufragen, wie es ihm geht. Es ist leider nur beim Vorsatz geblieben.

Irgendwann hatte ich dann ein schlechtes Gewissen, dass ich mich so lange nicht gemeldet hatte und es noch weiter vor mir hergeschoben, bis ich dann einfach mit allem abgeschlossen hatte, so hart das jetzt klingen mag. Zumindest dachte ich das – bis Ellas Brief bei mir im Briefkasten lag.«

»Tja«, sagt Uta. »Wenn Gras über eine Sache gewachsen ist, kommt immer ein Kamel und frisst es wieder runter.«

»Wo hast du den denn her?«, frage ich und muss lachen.

»Von wem schon? Von Thies natürlich.«

Wir schweigen beide einen Moment, bevor Uta von der Arbeitsplatte hopst. »So, lass uns frische Luft schnappen.«

16. Kapitel

Die Tür, die nach draußen in den Garten führt, ist nur angelehnt. Uta drückt sie auf.

Zuerst fällt mir der wunderschöne Holzpavillon auf, den es zu meiner Zeit hier noch nicht gab. Und im nächsten Augenblick bemerke ich Ella und Jan, die darunter in einer Sitzgruppe aus dunklen flachen Rattan-Sesseln mit hellen Polstern sitzen.

»Da schau an«, sagt Uta leise.

»Lass uns lieber wieder gehen«, schlage ich vor, aber Ella hat uns schon entdeckt.

Sie winkt und ruft: »Kommt her.«

Uta zieht an meinem Ärmel, aber ich bleibe noch einen Moment stehen und lasse den Anblick auf mich wirken. Der Garten war immer schon wunderschön gewesen. Er liegt direkt an der Veerse, die im Pietzmoor ihren Ursprung nimmt. Das hohe Wehr der alten Mühle auf der anderen Seite der Straße staut den Bach genau hier auf der Höhe von Thies' Grundstück zu einem großen Teich. Für mich persönlich war dies immer der schönste Platz Lünzens, auch wenn die Mühle und der dahinterliegende Kolk, in dem wir als Kinder häufig baden waren, ebenso ihre Reize hatten.

»Jette?«

»Okay ...«

Ella zeigt auf zwei weitere Sessel, als wir am Pavillon ankommen. »Setzt euch.«

Mein Blick geht zum orientalisch anmutenden quadratischen Holztisch mit kurzen geschwungenen Beinen, der noch etwas flacher als die Sessel ist. In der Mitte liegt eine türkisfarbene, mit silbernen Fäden durchwirkte Tischdenke. Darauf steht eine Etagere aus weißem Porzellan. Sie ist befüllt mit verschiedenen kleinen Gebäckstücken. Das Kaffeegeschirr ist schneeweiß, schlicht und wunderschön. Es wurde für vier Personen eingedeckt.

»Ich habe schon auf euch gewartet«, sagt Ella. »Wenn ihr nicht jeden Moment gekommen wärt, hätte ich Jan losgeschickt, um euch zu holen.« Sie zeigt auf die Etagere. »Bedient euch. Ich kann mich nicht entscheiden, was davon am leckersten ist.«

»Sind die von dir?«, frage ich Jan und greife nach einem knusprig aussehenden Röllchen, das mit einer zartgelben Creme befüllt ist.

Ella schüttelt den Kopf. »Die hat Thies' Freund gemacht.« Sie deutet mit dem Kopf zum Haus. »Ist das Büfett schon leer gefuttert?«

»Nein, sie benehmen sich einigermaßen«, antwortet Uta. »Aber das Essen scheint gut zu sein, alle wirken sehr zufrieden.«

»Na, das freut mich aber.« Ellas Stimme klingt ironisch. »Ts!« Sie schnalzt mit der Zunge, schließt für einen kurzen Moment die Augen und schüttelt den Kopf, als sie sie wieder öffnet. »Ich verhalte mich wie eine alte Zicke. Und dabei habe ich meinem Bruder hoch und heilig versprochen, dass ich nett sein werde. Ich muss gestehen, dass mir das mit zunehmendem Alter immer schwerer fällt. Wenn ich so weitermache, wird bald niemand mehr mit mir reden.«

Ich lausche der Unterhaltung zwischen Uta und Ella, während ich das hauchzarte Waffelröllchen genieße, dessen Füllung herrlich frisch nach Zitrone schmeckt und horche gespannt auf, als Jan sich in das Gespräch einklinkt.

»Du hattest schon immer eine verdammt nette Art, besonders dann, wenn du es gar nicht nett gemeint hast, Ella.« Jan zwinkert ihr zu. »Du machst das gut. Die meisten merken gar nicht, dass du sie nicht leiden kannst.«

Einen Moment lang bin ich unsicher, ob ich mich angesprochen fühlen sollte. Ist Ella nur nett zu mir, weil Thies es ihr aufgetragen hat? Während ich sie noch skeptisch anschaue, fragt Uta ganz direkt: »Du meinst aber nicht Jette und mich, oder?«

Ella lacht heiser auf, dann hustet sie. Jan klopft ihr ein paar Mal kräftig auf den Rücken, bis sie sich wieder beruhigt hat. Sie hat Tränen in den Augen, entweder vom Lachen oder vom Husten. Traurig wirkt sie nicht.

»Asthma«, erklärt sie. »Ist nicht weiter schlimm. Und nein, natürlich wart nicht ihr, sondern der Großteil der gefräßigen Dorfbewohner gemeint, die sich jetzt wahrscheinlich fragen, warum sie nie etwas von Thies' Homosexualität bemerkt haben. Einer meiner Spitzel ...« Ella legt eine bedeutungsvolle Pause ein. Sie wirkt wie eine Diva, die Spaß an ihrer eigenen Inszenierung hat. »Hat mir zugetragen, ein Teil der Meute denkt, Thies wäre vielleicht doch gar nicht schwul gewesen. Und ich hätte das nur erfunden, um das Erbe letztendlich doch noch einzuheimsen. Sie gehen davon aus, dass ich als Schwester in der Erbfolge automatisch die Erste bin.« Ella hustet wieder. Dabei wedelt sie mit der Hand Luft in ihr Gesicht. Lisa und ihre Bemerkung kurz nach der Trauerfeier schießen mir durch den Kopf. Ella hat wahrscheinlich nicht ganz unrecht, aber ihre Wortwahl erschreckt mich. *Gefräßige Meute ...* Was lässt sie wohl so schlecht von den Trauergästen denken?

»Sie täuschen sich. Ich habe keinerlei Interesse.« Ein Schatten huscht über Ellas Gesicht. »Auch wenn es optisch gesehen sehr reizvoll ist, hing mein Herz noch nie an meinem Elternhaus. Im Gegenteil …«

Eine steile Falte bildet sich zwischen ihren braunen, sehr dunklen Augen, als Ella einen kurzen Moment wie abwesend wirkt. Ich erinnere mich noch, dass ihr Haar früher schwarz war. Das Silbergrau von heute bildet einen stärkeren Kontrast zu ihren etwas zu weit auseinanderstehenden Augen. Ella war, und ist immer noch, eine sehr interessante Persönlichkeit.

»Davon mal ganz abgesehen, würde es, wenn überhaupt, unserer Mutter zustehen. Geschwister kommen in der Erbfolge erst danach dran.«

»Tante Josefine?«, frage ich ungläubig und schaue dabei zu Uta.

»Das gibt es doch nicht!«, sagt meine Freundin. »Wir haben eben noch über sie geredet. Sie lebt noch?«

»Letzte Woche ist sie siebenundneunzig Jahre alt geworden«, antwortet Ella. »Sie ist zäh. Ich würde ihr zutrauen, dass sie mich auch noch überlebt.«

»Du bist auch zäh, Ella.« Jans Stimme hört sich sanft an. »Und dazu noch eine sehr schöne und vor allem starke Frau. Wir hoffen, dass du uns noch sehr lange mit deiner Gesellschaft beehrst.«

»Ach, du!« Ella lächelt Jan an. »Du warst schon immer ein Charmeur. Allerdings muss ich dich enttäuschen. Wenn das Schauspiel hier vorbei ist, ziehe ich mich zurück. Es ist Zeit für ein ruhigeres Leben und vor allen Dingen ein mediterraneres Klima.«

»Teneriffa?«, fragt Uta.

Das liegt am Atlantik, da herrscht kein mediterranes Klima, denke ich, da erklärt Ella auch schon: »Meran, Liebes. Wie kommen nur alle auf Teneriffa? Unsere Familie kommt aus Südtirol.«

»Das ist ja ein Ding«, rutscht es mir heraus. »Tante Josefine ist in Meran? Stefan hat eine Schwester in Brixen. In Meran waren wir in den letzten Jahren bestimmt fünfzehn Mal – immer wenn wir Sandra besucht haben.« Fast jedes Jahr also, die letzten drei ausgenommen.

»Dann habt ihr euch wohl andauernd verpasst.« Ella schmunzelt. »Wie schade.«

Ich weiß selbst, dass die Wahrscheinlichkeit, sich bei vierzigtausend Einwohnern zufällig zu treffen, verschwindend gering ist. Trotzdem ist mir genau dieser Gedanke gerade durch den Kopf geschossen. Ich hätte Tante Josefine in Meran begegnen können. Unvorstellbar!

Ich schaue Ella an und mir wird klar, dass ich eigentlich gar nichts über sie oder ihre Familie weiß. Tante Josefine ist nicht nach Teneriffa ausgewandert, Thies war kein Frauenheld – und Ella? Sie hängt nicht an ihrem Elternhaus und hat heute negative Erfahrungen angedeutet, die damit zusammenhängen. Zu gerne würde ich mehr über sie und ihre Familie erfahren, aber da greift Ella nach der braunen Ledermappe, die an ihren Sessel gelehnt ist. »So, genug geplaudert. Jetzt wird es ernst.« Sie klappt die Mappe auf und zieht drei Einsteckhüllen heraus, in denen jeweils mehrere Seiten Papier und ein cremefarbener Briefumschlag stecken. Sie zwinkert mir zu. »Oder auch nicht. Wie man es nimmt. Es ist Thies' Letzter Wille. Die Hauptpunkte sind für euch alle gleich, der Brief ist persönlich und nur für jeden Einzelnen von euch gedacht. Den solltet ihr nicht jetzt, sondern später lesen, wenn ihr alleine seid.«

Ella reicht erst mir, dann Uta und schließlich Jan die Dokumente.

Als ich das Testament in der Hand halte, fällt mir ein, dass ich meine Handtasche im Auto habe liegenlassen. »Ich brauche zum Lesen meine Brille«, sage ich und will gerade aufstehen, da hält Ella mir ein Etui hin. »2,0, passt das?«

»Ja, ich habe 1,25 links und 1,5 rechts, danke, das müsste funktionieren.«

Auch Jan zieht eine Brille aus seiner Hemdtasche. Er grinst mich an, als er sie aufsetzt. Das reicht aus, um mein Herz schon wieder ein kleines bisschen in den Galopp zu bringen. Bevor die anderen merken, dass ich deswegen sogar rot werde, schaue ich schnell weg und konzentriere mich auf das Papier in meinen Händen. Unfassbar, denke ich. All die Jahre war ich so immun gegen ihn. Wie schafft er es nur, mich jetzt doch wieder mit einem einzigen Blick so aus dem Konzept zu bringen?

Doch dann beginne ich zu lesen und habe Jans Wirkung auf mich schon im nächsten Moment vergessen.

Mein Testament

Ich, Matthias Erich von Waldenburg, geboren am 14.06.1943 in Lüneburg, ordne hiermit für meinen Nachlass die Testamentsvollstreckung an.
Testamentsvollstreckerin soll meine Schwester, Ella Jäger, geb. von Waldenburg, geb. am 03.03.1940 in Lüneburg, sein.
Die Testamentsvollstreckerin soll sich sofort nach meiner Beisetzung mit den möglichen Erben auseinandersetzen.

Die mögliche Erbreihenfolge bestimme ich wie folgt:
Jette Florin, geb. Jacoby, geb. am 15.09.1968, in Schneverdingen, im Folgenden genannt Jette.
Wenn Jette der Einladung meiner Schwester folgt und meiner Beisetzung beiwohnt, vermache ich ihr Haus und Grundstück. Tritt Jette das Erbe an, verpflichtet sie sich, das Lokal mit allen dazugehörigen Rechten und Pflichten zu übernehmen. Sie darf weder Grundstück noch Haus verschenken oder verkaufen. Die Gaststätte darf nicht verpachtet werden.

Erscheint Jette nicht oder lehnt sie das Erbe ab, wird meine Schwester entscheiden, wer der alleinige Erbe werden soll:
1. Uta Frommelt, geb. Hausmann, geb. am 10.07.1968, wohnhaft in Lünzen, im Folgenden genannt Uta oder
2. Jan Ottensen, geb. am 07.11.1966, wohnhaft in Hamburg, im Folgenden genannt Jan.

Die genauen Bedingungen wird meine Schwester bekanntgeben ...

Es folgen noch ein paar weitere Klauseln, Unterschriften und die Beurkundung des Notars. Als ich wieder aufschaue, sind alle Blicke auf mich gerichtet. Uta und Jan haben anscheinend schneller gelesen.
»Puh«, sage ich. »Und jetzt?«
»Du musst nur unterschreiben«, antwortet Ella trocken.
Ich lasse meinen Blick über den Teich schweifen und seufze tief. »Es ist so unbeschreiblich friedlich und ruhig hier.«

»Das hat der Dalai Lama auch gesagt, als er sein Sand-Mandala in unseren Teich gestreut hat«, sagt Ella.

»Was?«

»Er hat ein Sand-Mandala in den Teich gestreut, 1998, als er das Tibetische Zentrum hier gesegnet hat«, erklärt Ella. »Du hättest mal sehen sollen, was hier los war.«

Ich habe keinen blassen Schimmer, wovon Ella da gerade spricht. Und ich weiß auch nicht, was meine Entscheidung mit dem Dalai Lama zu tun haben soll.

»Ich bin ehrlich gesagt gerade etwas überfordert«, gebe ich zu. »Was hat das mit dem Mandala auf sich?«

»Das erzähle ich dir später in Ruhe, wenn du möchtest«, schlägt Uta vor. »Wie lange hat Jette denn Zeit, um sich zu entscheiden, Ella?«

»Und wer bekäme alles, wenn ich Nein sage?«, füge ich hinzu. »Uta oder Jan?«

Ella schiebt sich genüsslich ein Plätzchen in den Mund. Als sie aufgegessen hat, trinkt sie einen Schluck Tee und räuspert sich, bevor sie sagt: »Jette hat eine Woche. Du, Uta, und auch du, Jan, ihr beide könnt mich und meine zwanzig Gäste gerne von euren Koch- und Backkünsten überzeugen. Ich entscheide nicht alleine. Wer die meisten Stimmen erhält, bekommt den Zuschlag.«

»Was, aber ...« Uta sieht zu Ella, dann zu Jan. »Ich soll gegen einen Sternekoch antreten?«

Jan, der die ganze Zeit geschwiegen hat, brummelt irgendetwas Unverständliches vor sich hin, legt das Testament auf den Tisch und sagt: »Kannst du dem Theater bitte ein Ende machen und unterschreiben, Jette?«

»Und mein Leben in Oberhausen aufgeben? Ich habe Familie dort, einen Beruf ... und Freunde, die mir sehr wichtig sind.«

»Das hat dich damals auch nicht daran gehindert, von hier fortzugehen. Jetzt könntest du den Spieß umdrehen. Komm zurück.« Jan lächelt, aber ich höre am Klang seiner Stimme, dass er verletzt ist. Er hat recht, damals haben meine Freunde mich nicht davon abhalten können zu gehen.

»Jan, meine Tochter studiert noch. Ich bin gerne in ihrer Nähe. Und außerdem …«

Jan lässt mich nicht aussprechen. »Schon gut«, sagt er. »Du musst nichts erklären. Ich hoffe, dein Mann – wie hieß er noch gleich? Steffen? – weiß zu schätzen, worauf du verzichtest.«

Schon gestern habe ich Jan darauf hingewiesen, dass Steffen Stefan heißt. Das mache ich nicht noch einmal, denn ich bin mir absolut sicher, dass Jan den richtigen Namen sehr wohl kennt. Auch, dass der kleine Zusatz »Ex« vor dem Mann fehlt, stelle ich nicht richtig.

»Ich brauche definitiv ein wenig Zeit, um darüber nachzudenken«, erkläre ich stattdessen. »Allerdings verstehe ich nicht, warum du so scharf darauf bist, dass ich Ja sage. Ich dachte, du seist schon länger an einer Übernahme interessiert.«

Jan runzelt die Stirn. »Nicht unter solchen Bedingungen. Ich möchte nicht derjenige sein, der den Traum deiner Freundin ein zweites Mal zerstört.«

»Ach was«, kontert Uta schlagfertig. »Warum verzichtest du dann nicht freiwillig?«

Jan zeigt auf den Teich, danach auf das große dunkle Holzhaus mit dem Reetdach. »Deswegen, Uta.«

Er hat recht, schießt es mir durch den Kopf. Ich bekomme ein Traumhaus mit einem Teich, auf dem der Dalai Lama anscheinend schon gepaddelt ist, auf dem goldenen Tablett serviert. Warum zögere ich noch?

»Und du meinst, ich hätte gegen dich keine Chance, Jan?«, fragt Uta.

Noch einmal wandert meine Hand zu der Etagere. Diesmal entscheide ich mich für eine Schokotatze, die leicht bitter und nach einem Hauch Kardamom schmeckt. Das Gebäck schmilzt geradezu auf meiner Zunge.

»Du hast eben selbst festgestellt, dass du gegen einen Sternekoch antreten musst, Uta. Und du Ella …, das ist doch wohl ein schlechter Scherz, oder?«

Ich höre nur noch am Rande zu. Warum nicht einfach alles in Oberhausen aufgeben und tatsächlich zurückkehren? Es war schließlich früher auch mein Traum gewesen – gemeinsam mit Uta. Bis ich mich anders entschieden habe.

Statt einer Lehre bei Thies habe ich Abitur gemacht und anschließend studiert. Bisher habe ich das nie bereut. Es war sogar Thies, der mich damals dazu überredet hat, weiter zur Schule zu gehen. Und Ella, die mich von einem Studium überzeugt hat. Ich liebe meinen Beruf, auch wenn es momentan in der Schule etwas kriselt. Es war die richtige Entscheidung, meine Leidenschaft fürs Kochen und Backen nicht zum Beruf zu machen. Da bin ich mir sicher. Ich bin nicht gekommen, um zu bleiben, denke ich. Uta und Jan diskutieren noch immer über den Sinn oder Unsinn des Testaments, Ella genießt schmunzelnd die Debatte – und ich greife zum nächsten süßen Leckerbissen. Es ist ein weiches Mandel-Amarettini, das zart nach Anis oder Fenchelsamen schmeckt. Die beiden Gewürze auseinanderzuhalten, ist mir immer schon schwergefallen. Sie schmecken fast gleich.

»Dürfen Jan und Uta sich Hilfe holen, oder müssen sie alles alleine bewerkstelligen, Ella?«, frage ich, als es einen Moment still wird.

»Natürlich dürfen sie sich helfen lassen. Es muss alles vorbereitet und schließlich auch serviert werden.«

»Und die zwanzig Gäste stimmen dann ab? Wie kann ich mir das vorstellen? Wie in einer dieser Fernsehkochshows, bei denen am Ende Punkte verteilt werden?«, hake ich nach.

»Keine Punkte«, erklärt Ella. »Einfach nur *entweder oder*. Die Gäste wissen nicht, wer was gekocht oder gebacken hat. Sie essen – und entscheiden sich für Weiß oder Schwarz, Rund oder Eckig, Blau oder Gelb…«

»Okay, gut zu wissen«, sage ich.

Es ist plötzlich mucksmäuschenstill. Niemand sagt mehr etwas. Alle Blicke sind auf mich gerichtet. Anscheinend denken sie, ich hätte mich schon entschieden.

»Ich würde gerne erst einmal mit meiner Familie und mit meinen Freunden darüber sprechen.« Ich halte die Klarsichthülle mit dem Testament darin in die Luft. »Und außerdem würde ich gerne noch das Kleingedruckte lesen.«

Ella nickt. »Das klingt vernünftig.« Sie sieht zu den beiden anderen. »Und ihr? Tritt jemand von euch freiwillig zurück?«

»Nein!«, antworten Jan und Uta fast gleichzeitig.

»Dann würde ich unser Gespräch hier beenden und euch bitten, mich jetzt alleine zu lassen.« Ella sieht plötzlich müde aus. In der Aufregung haben wir alle vergessen, dass wir eigentlich hier sind, weil Thies gestorben ist und wir uns von ihm verabschieden möchten.

Uta legt ihre Hand für einen kurzen Moment auf Ellas Arm. »Natürlich.«

Jan steht sofort auf. »Brauchst du noch etwas, Ella?«

»Nein, nur meine Ruhe. Ich würde vorschlagen, wir treffen uns morgen um neun Uhr hier zum Frühstück und besprechen alles Weitere.«

»Ist gut. Ich sorge dafür, dass wir nicht verhungern.« Jan dreht sich zu Uta und mir. »Macht ihr Kaffee und bringt etwas Saft mit?«

Uta schnaubt kurz auf, bevor sie antwortet »Klar! Das kriegen wir gerade noch so hin.«

Jan kann herrlich arrogant wirken. Er zieht seine linke Augenbraue hoch und sagt: »Das hoffe ich doch. Schlechter Kaffee am Morgen kann einem den ganzen Tag verderben.« Er beugt sich hinunter zu Ella und küsst sie auf die Stirn. »Du weißt, wie du mich erreichst, wenn du mich brauchst.« Noch einmal wendet er sich an Uta und mich. »Bis morgen, die Damen.« Dann geht er.

17. Kapitel

Ich schaue Jan nach, als Uta sich von Ella verabschiedet, einen Moment zu lang, wie sich herausstellt.

»Er ist dein Seelenverwandter, Schatz«, sagt Ella.

»Egal wie man es nennt«, antworte ich ehrlich. »Es funktioniert nicht.« Ich zeige auf die Etagere. »Sag mal, sitzt der Bäcker eigentlich auch in der Jury?«

»Louis, nein, er wird den Spaß nur beobachten, so wie ich.«

»Meinst du, er würde mir die Rezepte verraten? Die Teilchen sind himmlisch.«

»Frag ihn. Er wohnt nicht weit weg von hier, im alten Gutsherrenhaus neben dem Friedhof.«

»Ehrlich?«, ruft Uta überrascht aus. »Seit wann?«

»Seit knapp einem Jahr. Sag bloß, es hat keiner hier im Dorf mitbekommen, dass es wieder bewohnt ist«, antwortet Ella scharfzüngig mit hochgezogener Augenbraue, doch im nächsten Moment lächelt sie. Allerdings sieht es sehr angestrengt aus. »Er ist nicht oft hier, die meiste Zeit verbringt er in Hamburg oder ist auf Reisen.«

»Backen kann er, so viel steht fest«, sage ich. »Komm, Uta, lassen wir Ella jetzt alleine.«

»Thies hat Kochshows geliebt«, sagt Uta zu mir, als wir wieder zurück zum Haus gehen. »Er hat sich alle möglichen Formate angeschaut, in denen Kandidaten gegeneinander am Herd angetreten sind.« Bevor wir durch die Tür gehen, bleibt sie stehen und sieht mich an. »Du überlegst doch nicht ernsthaft zu verzichten, oder? Ich könnte absolut verstehen, wenn du Ja sagst. Und wäre dir definitiv nicht böse. Ich würde mich freuen, wenn du wieder zurückkommst.« Sie grinst schief. »Du kannst mich ja dann einstellen.«

»Heute Abend kommt Eva«, sage ich. »Sie hat ursprünglich Jura studiert, aber nach dem Staatsexamen hat sie sich für den Seiteneinstieg bei der Polizei entschieden. Mittlerweile ist sie Kriminalkommissarin und in der Prävention tätig. Trotzdem kennt sie sich natürlich mit Rechtssachen ganz gut aus. Und notfalls kennt sie jemanden, den wir fragen können. Bevor wir uns verrückt machen, würde ich gerne erst einmal ihre Meinung zu dem Ganzen hören.«

»Gute Idee.«

Außerdem muss ich dringend mit meiner Mutter sprechen, und mit Jule, überlege ich, während wir die Küche und den Gastraum durchqueren.

Vor dem Haus bleibe ich stehen. »Kommst du ab hier auch alleine klar?«, frage ich. »Ich muss mir das alles noch mal ganz in Ruhe durch den Kopf gehen lassen. Und dann ein paar Telefonate führen.«

»Natürlich.« Uta seufzt. »Ich bin gespannt, was Thomas zu der ganzen Sache sagen wird. Wahrscheinlich wird er nicht begeistert sein. Er hat meinen Traum des heimeligen Gartencafés am Teich immer als Spinnerei abgetan. Es passt ihm ja noch nicht mal, dass ich stundenweise arbeiten gehe. Wenn es nach Thomas ginge, würde ich mich die ganze Zeit nur um ihn drehen.«

»Männer!« Ich rolle mit den Augen.

»Apropos ... Jan steht immer noch auf dich. Er hat sich sehr bemüht, es sich nicht anmerken zu lassen, aber manchmal habe ich beobachtet, wie er dich angesehen hat. Was, wenn Ella recht hat und er dein Seelenpartner ist?«

»Glaubst du an so was?«

Uta überlegt einen Moment. »Nö!«

Meine Mutter hat auf meine SMS geantwortet.

Ich klingle kurz bei dir durch, wenn wir tel. können. Rufst du dann zurück?

Die Nachricht ist vor einer halben Stunde bei mir eingetroffen. Mein Telefon hatte ich die ganze Zeit über in meiner Handtasche. Und die lag im Auto. Inzwischen ist es kurz vor drei. Meine Eltern befinden sich seit gestern Abend deutscher Zeit irgendwo auf dem atlantischen Ozean. Die Zeitverschiebung beträgt etwa sechs Stunden. Meine Mutter hat ihre Antwort also wahrscheinlich kurz vor dem Frühstück abgeschickt.

Ja, antworte ich kurz, in der Hoffnung, dass die Nachricht auch ankommt.

Auch Eva hat mir geschrieben. *Fahre jetzt los. Bin so gegen 17.30 da. Freu mich!*

Ich starte den Wagen und möchte gerade losfahren, da sehe ich eine schöne dunkelhaarige Frau den Weg entlangkommen. Es ist Clarissa. Sie trägt enge schwarze Capri-Jeans und dazu eine schwarze Carmenbluse. Ihre Füße stecken in schlichten flachen Ballerinas. Bestimmt hat sie etwas weiter unten geparkt. Hier ist alles voll. Sie sieht sogar in Trauer noch umwerfend aus, denke ich und lasse den Wagen langsam anrollen. Als sie mich im Auto entdeckt, bleibt sie stehen und winkt mir zu. Ich hebe meine Hand kurz zum Gruß, fahre im Schneckentempo an ihr vorbei und beobachte im Rückspiegel, wie sie weitergeht.

Der Gedanke, dass diese Frau eventuell in Thies' Haus wohnen wird, gefällt mir gar nicht. Uta kann ich mir sehr gut darin vorstellen, Jan zur Not auch. Es war immerhin Thies' Letzter Wille, dass jemand von uns dreien sein Reich übernehmen soll. Clarissa jedoch passt überhaupt nicht dazu. Ich wende meinen Blick von ihr ab, sehe wieder nach vorne auf die Straße und ärgere mich über mich selbst.

Ich bin ehrlich genug, um mir einzugestehen, dass ich tatsächlich eifersüchtig bin. Die Jette von früher hat noch immer nicht mit ihren Gefühlen für Jan abgeschlossen. Es ist vielleicht ganz gut, dass ich jetzt hier bin, um endlich ein paar Dinge für immer aus der Welt zu schaffen. Ich biege nach rechts auf die Hauptstraße ab. Früher stand am Straßenrand ein kleines Holzkreuz, das an den Unfalltod von Jule erinnert hat. Thies war ganz vernarrt in sie gewesen. Eigentlich schade, dass er nie eigene Kinder hatte. Uta hat recht, er wäre ein toller Vater gewesen.

Eine Viertelstunde später stelle ich meinen Wagen auf dem Hotelparkplatz ab. Ich bleibe einen Moment sitzen, die Hände auf das Lenkrad gelegt, meinen Blick auf das hübsche Lavendellabyrinth gerichtet, das hier angelegt wurde. Mir gefällt, was aus dem alten Militärgelände entstanden ist. Neben dem Hotel hat sich die Norddeutsche Naturschutzakademie hier eine Bleibe geschaffen. Ein Künstler hat sich sein Atelier eingerichtet. Und die ehemals militärisch genutzten Landflächen wurden der Natur wieder zurückgegeben. Nur eine einzelne, verloren wirkende Nissenhütte auf der Magerrasenfläche erinnert noch daran, dass früher Soldaten hier stationiert waren.

Der Nachrichtenton meines Handys reißt mich aus meinen Gedanken. Jule hat mir geschrieben.

Wie geht es dir? Hast du alles gut überstanden? Hab dich lieb!

Ich steige aus, gehe zu dem duftenden Lavendelgarten hinüber, setze mich dort auf eine Bank und rufe meine Tochter an.

»Mama, das ging ja schnell. Ich habe gesehen, dass du online warst und hab mir gedacht, dass es vorbei ist. Und, war es schlimm?«

»Nein, schlimm eigentlich nicht. Aber sehr ergreifend, würde ich sagen. Hast du einen Moment Zeit und Ruhe? Ich würde gerne etwas mit dir besprechen.«

»Oh, du hörst dich ernst an. Klar, schieß los!«

»Es ist so …« Ich erzähle Jule, was sich heute alles ereignet hat. Nur dass ihre Oma eine der wenigen war, die Thies' Geheimnis gekannt hat, erwähne ich nicht. Sie hat es bis heute niemandem erzählt und vermutlich ihre Gründe dafür gehabt.

»Krass«, sagt Jule, als ich mit meinem Bericht fertig bin. »Und was hast du jetzt vor?«

»Da bin ich mir noch nicht so ganz sicher«, antworte ich. »Meine Tendenz geht dahin, das Erbe auszuschlagen. Lünzen ist wunderschön, das Haus ist großartig, der Garten traumhaft. Aber ich kann doch nicht wieder in die Heide zurückziehen. Zumindest im Moment nicht. So wie es aussieht, ist das jedoch die Bedingung dafür. Außerdem finde ich, dass du da gewissermaßen ein Mitspracherecht hast. Du bist meine Tochter. Was mir gehört, wird irgendwann mal deins sein.«

Jule überlegt einen Moment, bevor sie darauf antwortet. »Das heißt, du würdest nach Lünzen ziehen, damit ich irgendwann mal von dir alles erben kann?«

»Zumindest sollten wir darüber nachdenken.«

»Nein, Mama, das sollten wir nicht. Denn das würde bedeuten, dass du dann nicht mehr lebst. Und daran möchte ich ehrlich gesagt überhaupt nicht denken.« Jule schnauft kurz durch. »Außerdem erbe ich mal Papas Haus. Und irgendwann auch mal das von Oma und Opa. Letztens kam Opa mit dem Spruch *Irgendwann gehört das mal alles dir* um die Ecke. Und Papa hat vor längerer Zeit schon mal was Ähnliches vom Stapel gelassen. Wobei ich mir bei ihm noch nicht sicher bin. Seine Monika ist nämlich jetzt auch offiziell bei ihm eingezogen. Das hat er mir gesagt, als er mich angerufen hat. Als würde das was ändern! Die war doch eh immer da, seit wir weg sind.«

Jule holt kurz Luft. Sie redet immer sehr schnell, wenn sie aufgebracht ist. Aber sie hat recht. Das Haus meiner Eltern ist abbezahlt. Irgendwann wird es mir gehören, und dann Jule. Doch so ganz genau weiß man das natürlich nie. »Das musst du schon selbst entscheiden, Mama«, sagt Jule. »Ich will nicht daran schuld sein, dass du am Ende unglücklich wirst, nur damit du mir ein Haus vererben kannst. Davon mal ganz abgesehen, möchte ich nicht in einem Dorf leben, in dem man nicht zu seiner Homosexualität stehen darf. Das hört sich nach Mittelalter an.«

»Das kannst du so aber auch nicht sagen, Jule. Thies hatte bestimmt seine Gründe, es zu verschweigen. Wir wissen nicht, was passiert wäre, wenn er sich früher offen dazu bekannt hätte.«

»Siehst du, Mama. Das ist genau das, was ich meine. Warum hätte er sich *bekennen* sollen? Ist doch ganz normal, wenn ein Mann Männer liebt. Da gibt es nix zu bekennen. Ich geh nach Köln, da sind die Menschen offener. Und schön ist es auch.«

»Das stimmt. Da hast du recht.«

»Und Köln ist übrigens ganz schön weit weg von Lünzen.« Jules Stimme klingt jetzt zuckersüß. »Da fährt man nicht mal eben so übers Wochenende nach Hause.«

Ich muss lachen. »Das habe ich verstanden.«

»Das war aber nicht wirklich ernst gemeint. Ich finde es lieb von dir, dass du mich gefragt hast. Dass ich nicht schuld daran sein möchte, wenn du unglücklich wirst, gilt auch andersrum. Wenn du nach Lünzen ziehen würdest, wäre das auch okay für mich. Du könntest ja Oma und Opa mitnehmen, sonst sitzen die am Ende alleine in Oberhausen, wenn alle weg sind.«

»Ich glaube, die fühlen sich sehr wohl in ihrem Reihenhäuschen«, sage ich. »Und Oma hat ihren Chor, Opa seinen Kegelclub und den Sportverein – ihre Entscheidung damals, aus Lünzen wegzugehen, war für sie schon die richtige.«

»Und du hast deine Schule und Eva – und mich.«

»Genau.« Und außerdem genügend Kapital in der Lebensversicherung, um mir eine schöne Eigentumswohnung im Erdgeschoss kaufen zu können, denke ich.

»Ich glaube, ich hätte Thies gemocht«, sagt Jule plötzlich. »Die Idee mit dem Kochwettstreit ist schräg, aber irgendwie auch cool. Er hatte bestimmt Spaß dabei, das alles auszuhecken.«

»Ja, das glaube ich auch.«

»Und morgen fahrt ihr weiter nach Sylt?«

»Ja. Eva kommt heute Abend schon. Morgen früh geht es dann weiter.«

»Ihr Glücklichen. Ich muss morgen zu Papa.«

»Das schaffst du. Außerdem hast du ja auch was mit ihm zu bereden.«

»Ja, ich weiß. Na gut, dann lass uns jetzt mal Schluss machen. Kim kommt gleich. Wir müssen noch einkaufen für unseren Mädelsabend heute.«

»Okay, Schatz. Viel Spaß!«

»Danke. Mama, warte mal … also, irgendwie wäre es schon schade, wenn du ablehnst. Immerhin stehst du an erster Stelle.

Thies wollte also gerne, dass du sein Zuhause bekommst. Das fiel mir nur gerade ein. Vielleicht bedenkst du es mal von dieser Seite?«

Jule hat recht, es wäre schade. Aber wenn Thies wirklich gewollt hätte, dass ich sein Haus bekomme, hätte er es mir ohne Bedingungen vermacht. Er hätte nicht verlangt, dass ich die *Heidschnucke* weiterführe. Er hätte auch Uta und Jan nicht mit ins Spiel gebracht. Weiß der Teufel, was ihn geritten hat, als er sein Testament aufgesetzt hat, denke ich. Dabei fällt mir Julias Kommentar ein, den sie in der Kapelle losgelassen hat. »Hier riecht's nach Gras.« Vielleicht war Thies benebelt, als er seinen Letzten Willen verfasst hat, überlege ich. Den Gedanken finde ich gar nicht so abwegig. Er gefällt mir irgendwie.

Für einen Moment bleibe ich noch auf der Bank sitzen. Als mein Magen knurrt, stehe ich auf, hole meine Tasche, das Testament und die Tüte Fruchtgummi-Cola-Fläschchen aus dem Wagen, die noch von der Hinfahrt übrig ist. Bis auf die beiden Brioches heute Morgen und die kleinen Gebäckteilchen bei Ella habe ich noch nichts gegessen. Und das *Kleingedruckte* habe ich auch noch nicht gelesen.

Ich gehe in mein Hotelzimmer, ziehe das schwarze Kleid aus und schlüpfe in meine bequeme Haremshose und ein T-Shirt. Im Schrank habe ich eine Wolldecke entdeckt, die ich ein paar Mal zusammenfalte und direkt auf die Holzdielen der Terrasse lege. Ich setze mich im Schneidersitz darauf, platziere Testament und Brief davor, reiße die Tüte mit den Cola-Fläschchen auf und schiebe mir eins in den Mund. »Dann schauen wir mal, welche Überraschungen hier noch drinstecken«, nuschele ich. Ich öffne den Brief, ziehe behutsam den Bogen Papier heraus und lese:

Liebe Jette,
Uta braucht dich!
Wir seh'n uns ...
Thies

Das ist alles. Völlig perplex drehe ich den Bogen um. Aber die Rückseite ist leer. Also greife ich nach dem Testament. Vielleicht steht hier noch irgendetwas »Kleingedrucktes«, das ich vorhin übersehen habe. Aber dort entdecke ich nichts, was ich nicht vorhin auch schon gelesen habe. Ich schaue noch einmal auf den cremefarbenen Briefbogen. Es ist der gleiche, den auch Ella benutzt hat, zumindest hat er eine ebensolche Struktur im Papier, da bin ich mir sicher. Die Schrift ist jedoch eine andere, sie ist groß, mit geschwungenen Buchstaben. Die Nachricht hat definitiv Thies geschrieben – laut der Datierung ein paar Wochen vor seinem Tod.

Uta braucht dich ...

Ich greife wieder in die Tüte mit den Cola-Fläschchen. Und noch einmal. Wenn ich einmal mit den Dingern angefangen habe, kann ich nicht mehr aufhören. Mein Blick bleibt an dem Testament hängen. Spielt Thies mit seiner Nachricht auf das Erbe an? Soll ich Uta beim Wettbewerb helfen?

»Oh Mann, Thies!« Ich schaue in den Himmel. »Amüsierst du dich wenigstens gut?«

Statt einer Antwort höre ich das Brummen meines Handys, das auf dem Nachttisch neben dem Bett liegt. Ich habe eine SMS bekommen, und da meine Mutter die Einzige ist, die mir noch welche schreibt, ist es wahrscheinlich die Nachricht, die mir das Okay für meinen Rückruf gibt. Mal schauen, was sie zu all dem sagt, denke ich und rappele mich auf.

18. Kapitel

»Jette? Was ist los? Ist was passiert? Eine Minute kostet ungefähr sechs Euro, nur dass du es weißt.«

»Die Kosten sind im Moment egal, Mutti. Hör bitte kurz zu. Ich bin in Lünzen, weil ich mich von Thies verabschieden wollte. Eigentlich wollte ich dich sprechen, weil hier das Gerücht rumging, ich könnte Thies' Tochter sein. Das hat sich allerdings erledigt. Während der Trauerfeier hat Ella Thies geoutet. Sie hat bekannt gegeben, dass er schwul ist.«

»Na, dann haben sie ja jetzt wieder was zu quatschen«, sagt meine Mutter trocken.

»Ja, das tun sie auch. Hier ist ganz schön was los. Ella hat auch erwähnt, dass du davon gewusst hast und es für dich behalten hast, weil ihr sehr gute Freunde wart.«

»Das stimmt.«

»Und trotzdem hattet ihr all die Jahre keinen Kontakt mehr?«, frage ich.

»So wie du und Uta«, antwortet meine Mutter ausweichend. »Manchmal ergibt sich das so.«

»Ich frage so genau nach, weil Thies mich in seinem Testament bedacht hat, Mutti. Ich könnte alles erben, wenn ich zurückkäme und die *Heidschnucke* übernehme. Mache ich es nicht, haben Uta und Jan die Möglichkeit, alles zu erben. Sie müssen für zwanzig Gäste kochen und backen. Der Bessere bekommt alles.«

»Hast du was getrunken?«, fragt meine Mutter. Sie klingt streng.

»Nein, überhaupt nichts. Warum denkst du das ständig?«

»Tut mir leid, Schatz, du hast recht. Hat Ella das mit dem Kochwettbewerb erzählt oder hast du es schwarz auf weiß gelesen?«

»Das Testament liegt hier vor mir.«

»Dann hatte Thies einen Rausch beim Aufsetzen. So ein Blödsinn! Er lässt doch nicht einen Wettbewerb entscheiden, wer seinen Nachlass erhalten soll.«

»Doch, sieht ganz so aus.«

»Und was hast du jetzt vor?«

Es wundert mich, dass meine Mutter sich überhaupt kein bisschen darüber zu freuen scheint, dass Thies mich in seinem Testament bedacht hat. Denn eigentlich ist das ja eine sehr schöne Geste.

»Wahrscheinlich ablehnen. Ich habe vorhin mit Jule darüber gesprochen. Sie hat kein Interesse an Lünzen. Und ich nehme an, ihr auch nicht. Oder?«

»Du hast mit Jule gesprochen? Ach je … Kannst du ihr bitte sagen, dass sie das vorerst nicht bei ihrem Opa thematisieren soll. Machst du das?«

Meine Frage, ob meine Eltern noch Interesse an Lünzen haben, hat sich somit erübrigt. »Wenn du mir sagst, was eigentlich los ist, gerne. Du hast übrigens tatsächlich Post von Ella bekommen. Ein großer Umschlag. Jule hat ihn aus der Post geholt. Ich nehme an, er liegt auf dem Küchentisch.«

Meine Mutter antwortet nicht.

»Mutti?«

»Na gut. Aber du musst mir versprechen, das für dich zu behalten. Ich möchte nicht, dass du mit Jule darüber sprichst. Und auch nicht mit Uta.«

»Okay.«

»Thies und dein Vater, sie waren mal mehr als nur Freunde.«

»Was?« Ich brauche einen Moment, bis ich verstehe, was meine Mutter damit meint. »Sie waren ein Liebespaar? Papa ist schwul?«

»Ja, sie waren ein Paar. Und nein, dein Vater ist nicht schwul. Er hatte sich nur eine Weile verirrt. Aber Thies hat deinen Vater sehr geliebt. Und dich auch. Du warst die Tochter, die er nie zeugen konnte.«

Ich brauche einen Moment, um das zu verdauen und kann es auch nicht richtig glauben, was ich da gerade erfahren habe. »Waren Thies und Papa ein Paar, bevor ihr zusammengekommen seid?«

»Ja. Aber dein Vater wollte eine Familie, Kinder … und im Gegensatz zu Thies stand er nicht nur auf Männer. Also hat er sich am Ende für mich entschieden.« Meine Mutter seufzt. »Das ist jetzt so lange her, Jette. Papa und ich feiern übermorgen unsere Goldene Hochzeit.«

»Das will ich euch auch gar nicht zerstören. Ich werde vor Papa erst einmal nichts dazu sagen. Und ich werde in Gedanken bei euch sein und mitfeiern, Mutti. Eine Frage habe ich allerdings noch: Seid ihr wegen Thies damals nach Oberhausen gezogen?«

»Zumindest hat es eine Rolle gespielt. Dein Vater wollte einen klaren Schnitt. Thies hat nie aufgehört, deinen Vater zu lieben. Letztendlich hat aber die Chance auf die Selbstständigkeit den entscheidenden Ausschlag gegeben. Wir sahen in Oberhausen einfach die bessere Perspektive für uns.«

»Wow. Und du hast das die ganze Zeit gewusst und hast es all die Jahre akzeptiert?«

»Liebe ist der Entschluss, das Ganze eines Menschen zu bejahen, die Einzelheiten mögen sein wie sie wollen«, antwortet meine Mutter. »Das kommt nicht von mir, das hat irgendein Schriftsteller mal gesagt, dessen Name ich immer vergesse. Aber es steckt viel Wahrheit darin. Wenn man jemanden liebt, Jette, dann will man ihn nicht verändern. Man nimmt ihn, wie er ist. Dein Vater war derjenige, der manchmal mit sich selbst nicht klarkam. Ich hatte keine Probleme damit.«

»Das hast du schön gesagt.«

Meine Mutter lacht. »Ich klinge schon wie in einer schlechten Schmonzette. Lass dir eins gesagt sein: Fünfzig Jahre Ehe sind kein Zuckerschlecken. Liebe ist nicht immer nur Glück und Freude. Es ist auch ein hartes Stück Arbeit, so lange gemeinsam zu leben. Aber das Durchhalten lohnt sich – wenn er es wert ist. Vielleicht ist es nicht richtig, dass ich deinem Vater erst nach der Kreuzfahrt von Thies' Tod erzählen will. Ich weiß, dass es egoistisch ist, aber ich habe mich so sehr darauf gefreut und möchte die Wochen einfach nur genießen. Das Leben ist so kurz, wer weiß, wie lange wir einander noch haben.«

»Hoffentlich noch sehr lange, Mutti!«

»Das hoffe ich auch. So, und jetzt gehe ich ein wenig an Deck flanieren. Deine Handyrechnung wird immens sein.«

»Ich glaube, das wird eher deine sein. Ich zahl dann, wenn sie kommt. Viel Spaß beim Flanieren.« Ich will gerade auflegen, da fällt mir noch etwas ein. »Mutti, nur noch eins: Das Haus, in dem wir damals gewohnt haben, ist jetzt ein Heimatmuseum.«

Meine Mutter lacht. »Ich weiß, Schatz, schon seit fünf Jahren.«

Sie hat also doch noch zu irgendjemandem Kontakt gehabt, denke ich, als ich aufgelegt habe und mich rücklings aufs Bett fallen lasse.

Ich kenne meine Mutter sozusagen schon mein Leben lang. Abgesehen von der Zeit in der Pubertät haben wir uns immer gut verstanden. Aber als richtig intensiv habe ich unser Verhältnis nie empfunden. Eine Offenheit ähnlich wie zwischen Jule und mir gab es nie. Und ich habe sie auch nie vermisst. Meine Probleme und Sorgen habe ich immer mit meinen Freundinnen geteilt, mit Jan und später auch mit Stefan. Ich weiß, dass Jule mir auch nicht alles erzählt. Aber wenn sie traurig ist, lässt sie sich von mir trösten und sucht bei mir Rat. Wir haben schon den einen oder anderen Liebeskummer gemeinsam durchgestanden. Und immer habe ich mitgelitten.

Es bricht auch mir jedes Mal wieder das Herz, wenn Jule traurig ist. Aber dafür geht die Sonne auf, wenn ich sie lachen höre. Die Zeiten haben sich geändert, denke ich. Und die Mütter-Töchter-Beziehungen anscheinend auch. Meine Mutter wurde ein Jahr nach Kriegsende geboren. Mein Opa ist mir als sehr liebevoll in Erinnerung geblieben. Meine Oma jedoch, die Mutter meiner Mutter, war eine strenge, manchmal fast kalt wirkende Frau.

Meine Großeltern haben nie über den Krieg geredet, auch nicht, wenn ich ganz konkret danach gefragt habe. Ich weiß, dass es damals eine Überlebensstrategie war, nichts zu fühlen, und auch, dass die Geschehnisse heute noch nachwirken. Ich war mir immer bewusst darüber, dass meine Mutter im Leben schon viel geleistet hat und habe sie dafür bewundert. Sie war immer fleißig und wollte, dass es uns gut geht. Sie hat die Familie zusammengehalten, meinem Vater beim Aufbau seiner Selbstständigkeit geholfen. Als er den Herzinfarkt hatte, hat sie ihm Mut zugesprochen, ist gemeinsam mit ihm zur Reha gefahren und hat ihm Kraft gegeben. Auch für mich war sie immer da, vielleicht nicht in der Herzlichkeit, die ich mir manchmal gewünscht hätte, aber ich konnte mich immer auf sie verlassen. Das hat mir Halt gegeben. Und meinem Vater auch. Mir war jedoch bisher nicht klar, wie großherzig meine Mutter ist.

Liebe ist der Entschluss, das Ganze eines Menschen zu bejahen, die Einzelheiten mögen sein, wie sie wollen.

Ich gebe in die Suchmaschine meines Handys den Spruch ein, den meine Mutter eben zitiert hat, und werde schnell fündig.

Das Zitat ist von Otto Flake, einem Schriftsteller, der 1880 geboren wurde, tippe ich in mein Handy. Und füge *Ich bin stolz auf dich, Mutti!* Hinzu, bevor ich die Nachricht als SMS abschicke.

Es ist viertel nach vier. Ich bleibe auf dem Bett liegen. Obwohl ich sehr aufgewühlt bin und Tausende Gedanken in meinem Kopf herumschwirren, bin ich müde.

Mein Vater hatte eine Beziehung zu einem Mann, wer hätte das gedacht? Meine Mutter müsste sich um Jules Meinung bestimmt keine Gedanken machen. Im Gegenteil, wahrscheinlich fände sie das sogar cool. Und ich? Ein warmes Gefühl macht sich in meiner Bauchgegend breit. Mein Vater war für mich immer der Fels in der Brandung, der sich so schnell nicht aus der Ruhe bringen lässt. Meine Mutter hat mir heute einen kurzen Blick in sein Innerstes gewährt. Mein Vater ist sehr sensibel, es wird ihm nicht leichtgefallen sein, Lünzen und Thies für immer zurückzulassen. Und plötzlich bekommt die Aussage meiner Mutter, ich sei wie mein Vater und wir beiden hätten viel gemeinsam, für mich eine neue Bedeutung. Ich verstehe, warum mein Vater das nur mit einem klaren Schnitt geschafft hat.

Ich gähne herzhaft und rolle mich zur Seite. Mein letzter Gedanke bevor ich einschlafe gilt Jan. Ich habe ihn nie in seiner Gänze bejaht und mich zu sehr an den Einzelheiten gerieben.

Lautes Klopfen reißt mich aus meinem Schlaf. Mein Herz rast, als ich mich aufsetze und ich brauche einen Moment, bis ich weiß, wo ich bin.

»Moment bitte!«, rufe ich. »Ich komme sofort.«

»Ich bin's nur, Eva.«

Eva! Sie hat sich für frühestens 17.30 Uhr angemeldet. Ist es tatsächlich schon so spät? Ich reibe mir die Augen und gehe zur Tür.

»Hast du geschlafen?« Meine Freundin strahlt mich an.

»Wie ein Stein.« Ich umarme sie. »Ich war völlig k.o. Komm rein.«

»Wow!« Eva bleibt einen Moment im Zimmer stehen und sieht sich um. »Hier kann man es aushalten. Hast du Bescheid gegeben, dass ich heute hier schlafe oder prellen wir die Zeche?«

»Ist klar, Frau Hauptkommissarin. Nein, habe ich noch nicht, aber das sollten wir gleich noch erledigen.« Ich seufze tief auf. »Boah, gut, dass du da bist. Hier ist was los.« Ich schaue auf meinem Handy nach der Uhrzeit. Mittlerweile ist es sogar schon viertel vor sechs. »Hast du Hunger? Wir könnten irgendwo eine Kleinigkeit essen gehen. Ich habe eine Menge zu erzählen. Oder noch besser, wir holen uns was unterwegs und fahren ins Pietzmoor.«

»Hört sich nach einer guten Idee an, was immer das Pietzmoor auch sein mag. Ich müsste nur mal kurz vorher ins Bad.«

»Früher waren wir oft hier«, erzähle ich, als ich mit Eva auf einer Bank sitze und über das Moor sehe. »Als Kinder sind wir mit den Rädern gekommen, später dann mit dem Auto bis zum Parkplatz gefahren. Am schönsten war es nachts, wenn wir nach der Disco noch mal kurz hier Halt gemacht haben. Allerdings saßen wir dann nicht wie zwei alte Omas nebeneinander auf der Bank. Irgendjemand hatte immer eine Decke im Kofferraum, die haben wir dann ausgebreitet, uns lang darauf ausgestreckt und in den Sternenhimmel geschaut.«

»Du findest also, wir sind zwei Omas«, feixt Eva. »Was haben die in der kurzen Zeit hier aus dir gemacht?«

»Eher das Gegenteil. Ich habe jede Menge Leute von früher gesehen und festgestellt, dass ich doch noch ganz gut erhalten bin.« Ich greife nach einem Stück der Pizza, die wir im Pappkarton zwischen uns auf der Bank platziert haben.

Eva sieht mich von der Seite an und grinst. »Du wirst bald fünfzig.«

»Ach was!« Ich gebe ihr einen kleinen Schubser. »Das hätte ich ja fast vergessen. In knapp zwei Wochen beginnt mein neues Leben, Jette ›5.0‹.«

»Hört sich spannend an. Apropos …« Eva schüttelt sich. »Nachts stell ich mir das hier unheimlich vor. Aber wahrscheinlich geht da die Fantasie mit mir durch. Bei Mooren muss ich immer automatisch auch an Moorleichen denken.«

»Ein bisschen unheimlich war es schon manchmal, aber in erster Linie romantisch. Im Herbst ist die Landschaft mindestens genauso schön wie jetzt. Dann steigt oft Nebel aus dem Moor hoch und alles wirkt ein bisschen mystisch.« Ich mache eine ausladende Handbewegung. »Man kann hier sehr gut spazieren gehen. Wenn man auf den Holzbohlen bleibt, ist es sicher. Im Frühling sieht es wieder ganz anders aus. Dann

verwandelt Wollgras das Moor in ein weißes Meer aus Watte.«
Ich muss schmunzeln. Vor drei Tagen habe ich mit Eva auf einer Bank am Rhein-Herne-Kanal gesessen, und jetzt hier. »Ist schön hier, oder?«

»Absolut. Und jetzt schieß los. Ich platze gleich vor Neugierde.«

»Warte.« Ich hole zwei feuchte Tücher aus meiner Handtasche und reiche eins davon Eva. »Hier.«

»Jetzt ist es so weit, wir sind doch Omas.«

»Ja klar! Nimm schon, ich möchte dir ein Testament zeigen und nicht, dass es hinterher Pizzaflecken hat.«

Eva liest schweigend. Als sie fertig ist, sieht sie mich an. »Da hat dich jemand aber sehr gern gehabt.«

»Ja. Denkst du, es ist rechtskräftig?«

»Es ist notariell beglaubigt. Man könnte darüber streiten, was es bedeutet, dass du nach Lünzen ziehen und das Restaurant weiterführen sollst, wenn du Ja sagst. Vielleicht reicht es, wenn du deinen ersten Wohnsitz hier anmeldest und eine gewisse Anzahl von Tagen im Jahr anwesend bist.« Sie gibt mir das Testament zurück. »Was aber sicher nicht im Sinne des Verfassers wäre, vermute ich.«

»Natürlich nicht.« Ich gebe Eva auch den kurzen Brief, den Thies an mich persönlich geschrieben hat.

»Uta ist deine Jugendfreundin?«

Ich nicke.

»Okay, dann bitte jetzt alles von Anfang an.«

Noch einmal erzähle ich, was sich seit gestern alles ereignet hat. Eva hakt zwischendurch mal nach, hört sehr aufmerksam und konzentriert zu. Als ich vom Telefonat mit meiner Mutter erzähle, lächelt sie.

»Sag bloß. Du hast so was geahnt«, sage ich.

»Nein, überhaupt nicht. Ich sehe deine Mutter nur gerade mit anderen Augen.«

»Und meinen Vater nicht?«

Eva überlegt einen Moment. »Nein. Deinen Vater habe ich schon immer gemocht. Deine Mutter natürlich auch. Aber sie ist manchmal ein bisschen anstrengend. Zum ersten Mal habe ich gerade versucht mir vorzustellen, wie sie als junge Frau war.« Sie grinst. »Du bist 1968 geboren, Jette, mitten in die Hippie-Welle hinein.« Eva hebt ihre Hand und zeigt mit den Fingern das Peace-Zeichen. »Wir sind Kinder der Rebellion.«

»So habe ich das noch gar nicht gesehen. Du hast recht ...« Es gibt nicht viele Fotos aus der Vergangenheit meiner Eltern, aber mir fällt spontan eins ein, auf dem mein Vater lange Haare hat und ziemlich schräg in die Kamera schielt.

»Aber zurück zum Thema: Was machst du? Nimmst du an? Der monetäre Wert ist bestimmt nicht zu verachten. Wie sieht es mit dem ideellen aus?«

»Ich lehne ab«, sage ich bestimmt. »Auf den monetären Wert kommt es mir nicht an. Ich hätte niemals damit gerechnet zu erben und bin auf das Geld nicht angewiesen. Wenn überhaupt, dann wäre es der ideelle Wert, der eine Bedeutung hat. Thies wollte, dass ich die *Heidschnucke* bekomme, weil ich ihm sehr wichtig war. Sogar die Tatsache, dass ich mich all die Jahre nicht gemeldet habe, hat er dabei außer Acht gelassen. Vielleicht ist es sogar eine kleine Geste an meinen Vater, dass er ihn all die Jahre nicht vergessen konnte. Doch ich weiß auch, dass das Gastro-Leben nicht mehr mein Traum ist. Ich habe durch Jan mitbekommen, wie stressig das sein kann. Deshalb werde ich ablehnen und den beiden eine Chance geben, die es wirklich wollen.«

Eva zeigt auf Thies' Brief. »Und das hier?«

»Tja ...«

Meine Freundin lehnt sich auf der Bank zurück. Sie lächelt schelmisch. »In Anbetracht der Tatsache, dass du auf dein Erbe verzichtest, um weiterhin in meiner Nähe wohnen zu können, wäre ich bereit, meinerseits auf Sylt zu verzichten und meinen Urlaub in der Lüneburger Heide zu verbringen.« Sie schaut mich an. »Ich gehe doch recht in der Annahme, dass du hierbleiben möchtest, um Uta zu helfen, oder?«

»Bisher war ich mir da noch unsicher«, erkläre ich. »Ich habe hin und her überlegt, weil ich ehrlich gesagt nicht weiß, was Thies mit diesem Brief genau meint. Auf der anderen Seite habe ich Uta schon einmal im Stich gelassen, zumindest fühlt es sich für mich schon sehr lange so an. Jetzt wäre die Gelegenheit, um das wiedergutzumachen.«

»Und du denkst, Jan hätte die *Heidschnucke* nicht ebenso verdient?«

Ich überlege einen Moment. »Doch, das hätte er. Aber ich glaube, dass das Lokal Uta mehr bedeutet. Es war schon immer ihr Traum gewesen – unser Traum. Und Jan ist Profi. Der hat von keinem von uns Hilfe nötig. Aber Uta braucht uns schon allein deshalb, weil ihr sonst das Selbstvertrauen fehlt, gegen einen Sternekoch anzutreten.«

Eva nimmt sich noch einmal das Testament und liest. »Du weißt schon, dass du dich nicht jetzt sofort entscheiden musst, oder? Du hast eine Woche Zeit. Vielleicht brauchst du die, um noch einmal genau darüber nachzudenken und dir im Klaren zu werden, was das alles wirklich bedeutet. Wir könnten einen Kompromiss schließen. Wir bereiten uns mit Uta zusammen auf den Wettbewerb nächsten Sonntag vor und wenn du bis Freitag merkst, dass dir die Heidschnucke und was damit zusammenhängt doch zu sehr am Herzen liegt, dann kannst du ja immer noch zusagen und das Erbe annehmen.«

»Kennst du jemanden, der sich mit dem Thema Erbrecht auskennt und den wir fragen können, was es bedeuten würde, das Erbe anzunehmen? Vielleicht reicht es ja tatsächlich, wenn ich nur phasenweise hier wäre, in den Schulferien zum Beispiel und ab und an über das Wochenende. Dann wäre ich Besitzerin und Inhaberin und Uta könnte alles führen, so wie sie möchte. Wenn ich meine Arbeitsstunden in Oberhausen auf eine Dreiviertelstelle hinunterschraube, müsste ich mein Leben dort nicht ganz aufgeben. Ich könnte die Gelegenheit natürlich auch gleich nutzen und mir einen ganz anderen Job suchen. Es wäre schön, irgendwo zu arbeiten, wo ich wirklich etwas bewegen könnte. In einer Wohngruppe für Kinder zum Beispiel. Du weißt ja, dass ich seit einiger Zeit in der Schule nicht mehr richtig glücklich bin. Mit dem neuen Schulleiter und seiner Einsparpolitik an den falschen Stellen komme ich einfach nicht klar. Ich habe jetzt schon schlechte Laune, wenn ich daran denke, dass mein Urlaub bald wieder vorbei ist.«

»Wenn der Passus mit der Zweckgebundenheit nicht wäre, könntest du eine heilpädagogisch-therapeutische Wohngruppe aus der Heidschnucke machen«, sagt Eva, schüttelt aber kurz darauf den Kopf. »Aber das wirst du leider nicht durchkriegen.«

»Schade eigentlich, die Idee fände ich gar nicht so schlecht, auch wenn sie bedeuten würde, dass ich dann letztendlich doch aus Oberhausen weg muss.« Ich schüttele den Kopf. »Ich muss mir trotzdem mal ganz konkret Gedanken darüber machen, wie es für mich beruflich weitergehen soll«, überlege ich laut. »Ich glaube, ich brauche dringend eine neue Herausforderung. Sagt man doch so, oder?«

Eva nickt. »Finde ich gut – Jette Jacoby 5.0. Aber jetzt muss ich auch kurz etwas loswerden ...« Meine Freundin strahlt über das ganze Gesicht. »Auch bei mir ist eine Bombe geplatzt.«

»Nein!«

»Doch ...«

Ich falle Eva um den Hals. »Das freut mich für dich, für euch. Erzähl alles ganz genau! Was hat Marc gesagt?«

»Viel zu erzählen gibt es da nicht. Er hat es gestern in der morgendlichen Sprechstunde offiziell verkündet.« Sie rollt mit den Augen. »In seiner ureigenen charmanten Art. ›So, Kollegen und Kolleginnen. Eva und ich sind ein Paar. Hat irgendjemand damit ein Problem?‹«

Ich muss lachen. »Und? Hat jemand damit Probleme?«

»Ich war die Einzige. Mein Gesicht ist innerhalb von Millisekunden rot wie eine Tomate angelaufen. Marc hatte mich nicht darauf vorbereitet. Er hat, wie er danach gesagt hat, spontan entschieden, dass nun der Zeitpunkt gekommen sei, es endlich offiziell zu machen.«

»Nach zwei Jahren Versteckspiel verständlich.«

»Natürlich, wir haben ja auch schon oft darüber geredet, aber es wäre trotzdem nett gewesen, wenn er mich vorgewarnt hätte.« Eva beißt sich auf die Unterlippe. »Das ist noch nicht alles. Marc meint, wenn offiziell, dann richtig. Er möchte mit mir zusammenziehen.«

»Und du?«

»Ich kann doch nicht mit meinem Chef zusammenziehen!« Eva schüttelt den Kopf, lacht dabei aber. »Unabhängig davon muss ich mich jetzt wohl versetzen lassen.«

»Was dir von Anfang an klar war, als es ernster zwischen euch wurde. Du wusstest, dass ihr es irgendwann offiziell machen würdet und dass es dann Konsequenzen hat. Was ist mit Marc? Könnte er nicht wechseln? Du hast gesagt, da würde es auch Möglichkeiten geben.«

»Könnte er. Würde er auch. Aber das würde KK 11 bedeuten, organisierte Kriminalität. Und das fände ich nicht wirklich prickelnd. Da stehen teilweise auch Auslandseinsätze auf dem Programm und das Risiko steigt enorm.«

»Und das heißt jetzt für euch?«

Eva zuckt mit den Schultern. »Ich wollte mir auf Sylt noch mal Gedanken darüber machen. Wenn ich ehrlich bin, weiß ich nicht, ob es der Wechsel des Kommissariats ist, der mich stört oder ob mich die Tatsache nervös macht, dass ich meine lieb gewonnene Freiheit wieder aufgeben soll, wenn ich mit Marc zusammenziehe.«

»Also das Gedankenmachen auf Sylt kannst du vergessen«, scherze ich.

»Da sagst du was! Ich ruf direkt mal meine Schwester an und sag ihr Bescheid, dass wir nicht zu ihnen in die Ferienwohnung fahren.«

Während Eva mit Carola telefoniert, werfe ich einen Blick auf mein Handy. Meine Mutter hat auf meine SMS geantwortet.

Und ich bin stolz auf dich.

Mit einem guten Gefühl im Bauch schließe ich die SMS und öffne eine WhatsApp, die von einer mir unbekannten Nummer gesendet wurde.

Hallo, Jette, hier ist Julia. Ich habe deine Rufnummer aus Mamas Handy gemopst. Ich kann jetzt nicht telefonieren, weil ich noch bei Mama bin. Sie hat vor, sich nicht auf die Wettkocherei einzulassen und wird Jan alles überlassen, falls du dich nicht dafür entscheidest. Sie ist ziemlich fertig. Mein Opa hat wieder mal Stress gemacht. Wenn du Ja sagst, hat sich meine Nachricht erledigt. Aber wenn du Nein sagst, kannst du sie dann bitte davon überzeugen, es wenigstens zu versuchen? Bitte sag ihr nicht, dass ich dir geschrieben habe. Sie spricht sonst nie wieder ein Wort mit mir. Danke ☺
Julia

Als ich fertig gelesen und anschließend Julias Nummer in meinem Adressbuch abgespeichert habe, telefoniert Eva noch mit ihrer Schwester. Sie klingt genervt. »Ja, Caro, weiß ich doch. Wie gesagt, es tut mir auch leid, aber es gibt nun mal wichtigere Dinge ... Nein ... Ja ... Ist gut, bis dann.«

Meine Freundin zuckt mit den Schultern, als sie aufgelegt hat und mich anschaut. »Ich liebe meine Schwester, ehrlich. Aber manchmal könnte ich sie auf den Mond schießen.«

»Ich kann allerdings verstehen, wenn sie sauer ist. Sie hätten die Wohnung um diese Jahreszeit ja auch vermieten können.«

»Sie vermieten nicht an Fremde. Aber darum geht es auch nicht. Es geht um die vorwurfsvolle Art, wie sie reagiert hat. Die Gründe waren ihr egal.«

»Vielleicht fahren wir ja doch.« Ich halte Eva mein Handy entgegen, damit sie die Nachricht von Julia lesen kann. »Kommst du mit?«

19. Kapitel

»Rechts siehst du den Kindergarten und die Schule, die ich als Kind auch besucht habe. Links befinden sich das Gemeindehaus und daneben steht das Haus, in dem ich großgeworden bin. Die Straße heißt ›Am Obstgarten‹. Und hier siehst du auch schon warum: unser Obstgarten. Ein riesiges Feld, auf dem wir als Kinder Stunden damit verbracht haben, die Bäume zu plündern und uns die Bäuche mit Kirschen, Äpfeln und Birnen vollzuschlagen. Rechts die Häuser sind relativ neu. Uta und Thomas wohnen noch ein Stück weiter oben, links die Straße hinunter …« Ich bin einmal mit Eva quer durch das Dorf gefahren, um ihr zu zeigen, wo ich meine Kindheit verbracht habe. Nun sind wir auf dem Weg zu Uta. Während ich weiter kurze Erklärungen abgebe, sieht Eva sich um.

»Idyllisch«, sagt sie. »Die Mühle eben sah toll aus, wie aus einem tschechischen Märchenfilm.«

»Sie ist schon uralt, wurde im dreizehnten Jahrhundert erbaut und funktioniert bis heute. Früher haben wir darin gerne Verstecken gespielt. Von Thies' Garten aus kann man sie sehen. Ich würde sagen, idyllisch ist genau das richtige Wort dafür. Sie liegt direkt an der Veerse. Lünzen ist ein Straßendorf ohne klassischen Dorfkern. Die Höfe wurden entlang des Wasserlaufs der Veerse angesiedelt und der Aufbau ist bis heute so geblieben.« Ich fühle mich wie eine Reiseführerin, als wir durch den kleinen Ort mit knapp siebenhundert Einwohnern fahren. »Es gibt auch ein tibetisches Zentrum hier. Das kenne ich aber selbst noch nicht. Wenn du Lust hast, können wir uns das mal anschauen. Oder wir fahren mal nach Lüneburg oder auch nach Hamburg, wenn wir was unternehmen wollen.« Ich schaue kurz rüber zu meiner Freundin. »Schön, dass du hier bei mir bleibst.«

»Wer braucht schon Sylt, wenn man auch Lünzen haben kann«, antwortet meine Freundin. »Außerdem muss ja irgendjemand auf dich aufpassen.«

»Stimmt auch wieder.« Ich blinke ein letztes Mal und biege links ab. »Wir sind da.«

Es ist acht Uhr. Diesmal steht die Haustür nicht offen. Wir klingeln und warten. Nur kurz darauf wird die Tür geöffnet und Lukas sieht uns an.

»Mama!«, ruft er laut, dreht sich um und geht.

»Lukas«, sage ich zu Eva. »Er ist fünfzehn.«

»Das erklärt einiges.«

»Jette?« Uta kommt durch den Flur auf uns zu. »Lukas hat gesagt, da stehen zwei fremde Frauen vor der Tür. Hi ...« Sie hält Eva die Hand hin. »Du bist bestimmt Jettes Freundin aus Oberhausen. Ich bin Uta. Kommt doch rein.« Sie sieht verweint aus.

»Wollt ihr lieber alleine sein?«, fragt Eva.

»Nein, alles gut, kommt ruhig rein. Ich freu mich, dich kennenzulernen.«

Wir gehen hinter Uta her in die Küche. Ich kann sehen, wie sie die Schultern strafft und sich aufrichtet. Uta hat Tante Josefines Benimmregel besonders oft zu hören bekommen. Immer dann, wenn sie geweint und sich wieder beruhigt hatte. »So, Liebes, und jetzt wasch dir die Tränen aus dem Gesicht. Und denk immer daran: Schultern zurück, Kopf aufrichten, den Blick geradeaus.«

»Was möchtet ihr trinken? Einen Wein?«

»Ich eine Saftschorle, wenn das geht«, antwortet Eva.

»Ja, klar.«

»Nehme ich auch.«

Kurze Zeit später sitzen wir zu dritt am Küchentisch. Eva hebt überrascht ihre Augenbrauen, als sie den ersten Schluck der Schorle trinkt. »Hm, was ist das?«

»Hausgemachte Apfel-Holunderblütenschorle«, antwortet Uta.

»Lecker!«

»Wir haben so viele Äpfel, dass wir einen Teil davon immer zu Saft verarbeiten. Und etwas davon aromatisiere ich dann mit getrockneten Holunderblüten, die ich im Mai sammele. Ihr könnt ein paar Flaschen mitnehmen, wenn ihr wollt, Proviant für Sylt.«

Das ist mein Einsatz. Ich entscheide mich dafür, nicht um den heißen Brei herumzureden. »Wir wollten eigentlich hierbleiben und dir beim Wettbewerb helfen«, sage ich. »Gegen einen Sternekoch hilft nur geballte Frauenpower.«

Uta sieht uns an und fängt laut an zu lachen, als hätte ich einen Witz gemacht. Doch schon im nächsten Moment schießen ihr die Tränen in die Augen. Ihr Lachen geht in Schluchzen über. Dabei schüttelt sie den Kopf. Früher mochte Uta es nicht, wenn man ihr bei solch einem Gefühlsausbruch zu nahekam. Umarmen und trösten durfte man sie immer erst, wenn sie sich wieder gefasst hatte. Ich bleibe also sitzen und warte. Als sie sich wieder etwas beruhigt hat, stehe ich auf, befeuchte ein Stück Küchenrolle mit kaltem Wasser und halte es ihr hin.

Sie schnieft. »Danke.«

»Gerne«, sage ich, schiebe meinen Stuhl etwas näher an sie heran und streiche ihr kurz über den Arm. »Magst du erzählen, was los ist?«

Uta strafft wieder die Schultern. »Meine Ehe kriselt, mein Sohn spricht nicht mehr, und eben habe ich erfahren, dass Thomas' Firma vor dem Aus steht. Für die Beerdigungskosten meiner Mutter haben wir beide Konten bis zum Anschlag überzogen. Einen Kredit bekommen wir nicht mehr. Seit sechs Wochen ist Thomas' Mitarbeiter krank, weshalb Thomas mit den Aufträgen im Rückstand ist. Und gestern, kurz nachdem du weg warst, ist mein Vater plötzlich auf der Trauerfeier aufgetaucht. Er hat wie immer zu viel getrunken, rumgestänkert und Thies schlecht gemacht. Jan und ein paar andere Männer haben ihn vor die Tür gesetzt. Aber er ist zurückgekommen und hat ein Fenster eingeschlagen. Ella hat schließlich die Polizei gerufen. Was soll ich noch sagen? Ich kann einfach nicht mehr. Ich habe das Gefühl, alles ist gegen mich. Ich habe weder Lust noch die nötige Energie für so einen blöden Wettstreit. Und ich versteh auch nicht, was das alles soll. Was hat Thies sich bloß dabei gedacht?«

»Ich weiß es nicht, aber ich habe mit meiner Tochter und meiner Mutter gesprochen, Uta. Mein Entschluss stand eigentlich schon vorher fest und die beiden haben mich letztendlich darin bestätigt: Lünzen ist schön, aber ich glaube nicht, dass ich wieder hier leben möchte. Zumindest momentan nicht. Ich werde das Erbe ablehnen und möchte dir vorschlagen, dass wir – Eva und ich – dir helfen, das Wettkochen zu gewinnen und mit der *Heidschnucke* deinen Traum zu verwirklichen. Wir haben eine Woche, um uns vorzubereiten. In der Zeit lassen wir das Testament prüfen. Vielleicht gibt es ja doch eine Möglichkeit, dass ich das Erbe antrete und dir direkt die Chance gebe, das Restaurant zu führen. Dann musst du nicht gegen Jan antreten.«

»Puh!« Uta schnäuzt sich die Nase und steht auf, um das Tuch in den Müll zu werfen. Es ist jetzt so lange her, denke ich, aber bestimmte Angewohnheiten verlassen einen anscheinend nie. Uta muss sich bewegen, wenn sie nachdenkt oder Probleme wälzt. Das hat mich früher manchmal in den Wahnsinn getrieben. Heute beobachte ich mit einem Schmunzeln, wie sie erst zum Kühlschrank geht, um eine neue Flasche Wasser zu holen, anschließend ein paar Plätzchen aus der Vorratsdose auf einen Teller legt und einen Stapel Servietten aus dem Küchenschrank zieht.

»Meint ihr denn, wir hätten ernsthaft eine Chance? Du weißt doch, wie gut Jan ist, Jette«, sagt Uta, als sie sich wieder setzt.

»Auf jeden Fall hätten wir das. Ich kann mir nicht vorstellen, dass nur Gourmetkritiker unter den Gästen sein werden. Thies hatte da eine verrückte Idee, hätte aber diesen Wettbewerb niemals geplant, wenn er geglaubt hätte, dass Jan nicht zu schlagen ist. Er hat an dich geglaubt, Uta. Du bist eine sehr gute Köchin – und eine noch bessere Bäckerin.«

»Du aber auch, Jette.«

»Eben!«

Eva nimmt sich eins von Utas Plätzchen. »Ich nicht, aber ich bin eine gute Testesserin«, sagt sie trocken und todernst mit kritischem Blick auf das Gebäckstück in ihrer Hand.

»Außerdem bist du Kommissarin, für dich haben wir andere Aufgaben«, falle ich in ihren ernsten Tonfall ein.

Eva zieht die Augenbrauen hoch. »Aha, und welche?«

»Du könntest spionieren. Vielleicht findest du heraus, was Jan kochen will.«

»Okay! Ich könnte ihn aber auch einfach verhaften. Hat er irgendwelche Leichen im Keller?«

»Wie ich ihn kenne ganz bestimmt ...«

Uta sitzt still da und hört uns zu. Ihr Blick fliegt zwischen Eva und mir hin und her. »Ihr macht Spaß, oder?«, unterbricht sie uns schließlich.

Eva und ich fangen beide gleichzeitig an zu lachen.

»Gut!« Uta atmet erleichtert auf. »Ich dachte schon ...«

»Das mit dem Nicht-kochen-können meinte ich allerdings ernst«, erklärt Eva. »Ihr könnt mich einkaufen schicken, Sachen klein schnippeln lassen und Getränke anreichen. Aber von Töpfen und Schüsseln halte ich mich fern.«

»Und? Was sagst du dazu, Uta?«, frage ich und sehe meine Freundin dabei erwartungsvoll an.

»Wartet mal kurz«, antwortet sie und springt auf. Ich bin gleich wieder da.

Als sie zurückkommt, hält sie einen cremefarbenen Brief in den Händen. Sie faltet ihn auf und hält ihn uns hin.

Liebe Uta,
wenn dir jemand Hilfe anbietet, nimm sie an.
Wir seh'n uns ...
Thies

Im ersten Moment bin ich unschlüssig, ob ich Uta von meiner Botschaft erzählen soll. Ich möchte nicht, dass sie denkt, ich würde ihr nur helfen, weil ich mich durch Thies dazu genötigt fühle. Andererseits kann sie ruhig wissen, dass der gute Thies anscheinend geahnt hat, dass wir beide einen Stups in die richtige Richtung brauchen.

»Mir hat Thies auch nur einen Satz geschrieben: ›Uta

braucht deine Hilfe‹«, erkläre ich also.

Ich sehe meiner besten Freundin aus Kindertagen an, dass sie mit sich kämpft, aber schließlich sagt sie: »Tja, jetzt wäre es spannend zu wissen, was in Jans Brief steht. Aber ihr habt recht, wir sollten es wenigstens versuchen.« Uta steht auf. »Darauf stoßen wir an, okay?«

»Für mich nur ein Mineralwasser«, sage ich. »Ich muss noch fahren.«

»Lass das Auto doch stehen und ruft euch ein Taxi«, schlägt Uta vor. »Ich habe selbst gemachten Stachelbeerlimes hier. Mit Sekt schmeckt er sehr lecker.« Sie sieht mich mit ihren großen blauen Augen an und klingt traurig, als sie sagt: »Ich hatte schon so lange nichts mehr zu feiern.«

»Na gut, du hast ja recht. Lasst uns anstoßen.«

»Ich würde noch Tina fragen, ob sie eben rumkommt, wenn das okay für euch ist. Sie wohnt nur zwei Häuser weiter.« Natürlich stimmen Eva und ich zu.

Uta füllt große Cocktailgläser mit gecrushtem Eis. Darauf gießt sie einen ordentlichen Schuss Stachelbeerlimes und schließlich die Gläser mit Sekt auf.

»Ich habe nur sehr reife, fast rote Beeren dafür ausgesucht«, erklärt sie. »Dadurch hat der Limes eine hübsche rosa Farbe bekommen.«

»Sieht fantastisch aus!«, flunkert Eva. Ich weiß, dass sie Mixgetränke mit Sekt normalerweise nicht anrührt. Am liebsten genießt sie ihn pur und möglichst trocken.

Als Uta gerade das letzte Glas gefüllt hat, kommt Tina zur Tür herein.

»Na dann!«, sagt Uta, verteilt die Gläser und hebt ihres an. Tina setzt sich neben mich auf die Küchenbank und wir tun es Uta gleich. »Auf Thies!«, rufen wir im Chor.

»Und auf die *Heidschnucke*«, ergänze ich.

Der säuerlich-herbe Stachelbeersekt schmeckt verdammt lecker. Sogar Eva hebt überrascht ihre Brauen und kann sich ein genießerisches »Hm« nicht verkneifen.

»Wo ist eigentlich Tommyboy?«, fragt Tina.

Uta winkt ab. »Hör bloß auf.«

Ich kann nicht anders, auch wenn ich weiß, dass es politisch nicht ganz korrekt ist. »Also hast du am Ende doch noch einen Tommy abbekommen«, feixe ich. »Mir ist gestern plötzlich der Name deines schnuckeligen *Privates* wieder eingefallen, als ich in Camp Reinsehlen angekommen bin: Nathan.«

»Stimmt!« Uta grinst von einem Ohr bis zum anderen. »Mein Gott, der war wirklich süß.«

»Dort, wo jetzt unser Hotel steht, waren früher englische Soldaten stationiert«, erkläre ich Eva und Tina. »Umgangssprachlich haben wir sie alle *die Tommys* genannt. Manchmal haben wir heimlich beobachtet, wenn sie in den Wäldern unterwegs waren. Und Uta hat sich in einen verknallt.«

»Wäre ich mal mit nach England gegangen«, sagt Uta und plötzlich klingt es nicht mehr wie ein Scherz. »Thomas ist noch auf irgendeiner Baustelle.« Sie seufzt. »Er hat Lukas zu Hause abgesetzt und wollte direkt wieder los. Das hat mich wütend gemacht. Immerhin war heute Thies' Beerdigung. Wenn er schon nicht dabei war, habe ich zumindest erwartet, dass er mal fragt, wie es gewesen ist, wie es mir geht und mich tröstet und in den Arm nimmt. Ich habe ihm vorgeworfen, er würde sich nicht mehr für mich interessieren, er hat damit gekontert, meine Hormone würden mal wieder verrücktspielen und Arbeit sei eben Arbeit. Und dann ergab ein Wort das andere. Es endete damit, dass Thomas mir eröffnet hat, dass wir sozusagen pleite sind und er andere Probleme habe als meine

Befindlichkeiten. Daraufhin ist er verschwunden und ich habe ihn seitdem nicht mehr gesehen.« Sie wirft einen Blick auf die Uhr. »Wir haben gleich neun. So lange bleibt er normalerweise nie weg, zumindest nicht auf einer Baustelle.«

»Vielleicht ist er danach zu einem Kumpel gegangen«, sagt Eva. »Oder in eine Kneipe, was trinken.«

Uta schüttelt den Kopf. »Thomas rührt keinen Tropfen an. Sein Vater war noch schlimmer als meiner, auch wenn das kaum vorstellbar ist.«

»Hast du versucht ihn anzurufen oder ihm eine Nachricht geschrieben?«, frage ich.

»Lieber hacke ich mir die Hand ab!«, antwortet Uta wie aus der Pistole geschossen. »Der spinnt doch, einfach abzuhauen und sich nicht mehr zu melden.«

»Und wenn er wirklich auf der Baustelle ist?« Tina nimmt ihr Handy und öffnet ihre WhatsApp Kontaktliste. »Er war um 17 Uhr 45 das letzte Mal online.«

»Ich weiß. Das war, als ich ihm geschrieben habe, er soll bleiben, wo der Pfeffer wächst.« Uta schüttet noch etwas Limes in unsere Gläser, die wir bereits geleert haben. Das Zeug schmeckt wirklich köstlich. »Wir trinken doch noch einen?« Sie schaut zu Eva. »Nicht, dass du einen schlechten Eindruck bekommst und denkst, ich zwitschere mir hier ständig einen. Ich halte es wie Thomas, ich trinke eigentlich nie. Die hausgemachten Schnäpschen und Liköre verschenke ich meistens nur. Die Flasche Sekt hat Thomas von einer Kundin geschenkt bekommen und ich dachte, das wäre die richtige Gelegenheit, um sie mal zu leeren.«

»Alles gut«, sagt Eva. »Manchmal ist ein Gläschen Sekt das Einzige, was hilft. Jette und ich haben am Dienstag nach ihrer Scheidung auch eine Flasche geköpft.«

»Stimmt ja. Auf deine Scheidung, Jette!« Uta hält noch einmal ihr Glas in die Höhe. Sie war früher immer sehr empfindlich und nah am Wasser gebaut. Eine Kleinigkeit konnte sie völlig aus der Fassung bringen, sodass sie tagelang niedergeschlagen war. Aber so gereizt, wie ich sie jetzt erlebe, kenne ich sie nicht. Sie scheint wirklich unzufrieden zu sein, denke ich. Da fragt Tina: »Kriegst du deine Tage, Uta?« Sie sieht zu Eva und mir und grinst. »Ich darf das fragen. Wenn Thomas das macht, flippt sie aus.«

»Haha.« Uta verzieht das Gesicht. »Wenn ich das nur wüsste. Früher konnte ich die Uhr danach stellen. Momentan herrscht nur noch Chaos.« Sie schaut auf ihr Glas und schwenkt es hin und her, sodass die Eiswürfel klirren. »Und das mit Thomas stimmt. Wir hatten hin und wieder mal Probleme miteinander und haben uns auch ab und zu gestritten, das ist ja ganz normal. Aber momentan kann er mir einfach nichts recht machen und ich könnte wegen jeder Kleinigkeit regelmäßig an die Decke gehen. Manchmal wache ich morgens auf, höre wie Thomas neben mir laut die Luft auspustet – er schnarcht nicht, aber er atmet laut – und ich werde aggressiv. Dann gibt es andere Tage, ich wache auf und bin glücklich, dass ich jemanden wie ihn habe und dass er in jenem Moment neben mir liegt. Thomas würde mich ohne zu fragen beschützen, wenn mich jemand angreift. Er ist zwar nicht der Sensibelste, aber ich kann mich auf ihn verlassen.« Ich sehe, dass Utas Augen feucht werden. »Ich schreibe ihm, dass ich ihn liebe. Das mache ich viel zu selten.«

»Mach das«, sagt Tina. »Und wenn der ganze Trubel hier vorbei ist, lässt du deinen Hormonhaushalt mal überprüfen. Ich bin mir sicher, da stimmt was nicht.«

Thomas antwortet innerhalb von Sekunden. Uta zeigt uns

lächelnd ihr Smartphone-Display, auf dem ein rot blinkendes Herz leuchtet. »Er ist noch in der Firma, kommt aber gleich zurück«, sagt sie, überlegt kurz und fügt »Aber manchmal ist er trotzdem ein Arsch«, hinzu.

»Männer eben …«, sagt Eva und gähnt. »Sorry, aber ich habe heute Morgen gearbeitet, dann die Fahrt hierher und jetzt der Alkohol. Ich bin wirklich müde.«

»Soll ich euch ein Taxi rufen?«, fragt Uta und ich nicke. Sie drückt die Kurzwahltaste ihres Handys. »Hallo, Schatz, sag mal, kannst du Enno fragen, ob er Jette und ihre Freundin eben nach Reinsehlen bringen kann? Sie haben beide was getrunken … ja … gut, danke, bis gleich, Schatz.« Sie schaut zu Eva und mir. »Julia kommt gleich. Ihr Freund, Enno, guckt irgendeinen spannenden Film. Sie fährt euch.«

»Familientaxi?«, fragt Eva.

»Wenn einer aus der Familie nicht mehr fahren kann, wird er von einem anderen aus der Familie abgeholt und nach Hause gebracht, sofern das zeitlich möglich ist. Eine Absprache zwischen uns, die blendend funktioniert. Das gilt auch für gute Freunde.«

»Eine schöne Vereinbarung«, sagt Eva.

Uta nickt. »Ein Dorf hat auch so seine Vorteile.«

»Okay, dann lasst uns die kurze Zeit bis Julia da ist noch nutzen«, schlägt Tina vor. »Uta will sich die Heidschnucke holen. Wie ist denn jetzt der Plan?«

»Ich werde Ella morgen sagen, dass ich mich noch nicht hundertprozentig entschieden habe, dass ihr beiden euch aber schon einmal auf das Wettkochen vorbereiten sollt, weil die Tendenz zu: Erbe ablehnen geht. Ich denke, Ella gegenüber kann ich ehrlich mit der Situation umgehen«, überlege ich laut. »Was meint ihr, soll ich auch sagen, dass ich Uta helfe?«

Eva nickt, aber Uta und Tina schütteln den Kopf.
»Warum? Das geht doch keinen etwas an ...«
»Ja, aber ...«
Wir diskutieren noch ein Weilchen, da steht plötzlich Julia in der Küchentür und ruft laut: »Taxi!«

20. Kapitel

»Sehr spannender Film?«, fragt Eva, als wir bei Julia im Auto sitzen.

»Sie ist Hauptkommissarin«, erkläre ich. »Und ermittelt sozusagen ständig.«

Julia dreht sich zu Eva um, die hinten auf der Rückbank sitzt. »Richtig vermutet. Heute läuft nix Vernünftiges. Mein Freund ist bei irgendeiner Quizshow hängen geblieben. Kommissarin? Das war auch mal Ennos Berufswunsch. Er wollte zur Kriminalpolizei. Aber er hat die Aufnahmeprüfung vergeigt und dann alternativ eine Ausbildung im gehobenen Zolldienst absolviert. Er arbeitet in Lüneburg.«

»Wie alt ist er?«, fragt Eva. »Ich bin auch über den Seiteneinstieg zur Polizei gekommen.«

»Fünfundzwanzig. Aber ich finde es ehrlich gesagt ganz gut, dass er jetzt da ist, wo er ist. Ihm macht es Spaß. Und ich möchte nicht, dass der Vater meines Kindes einen gefährlichen Job hat.«

»Kann ich verstehen, wobei man statistisch gesehen eine besondere Gefährlichkeit im Polizeiberuf nicht belegen kann.«

»Enno wäre allerdings immer genau da, wo es besonders gefährlich ist, da bin ich mir sicher.«

»Dann ist es besser so«, bestätigt Eva lachend.

»Jepp.« Julia startet den Wagen. Bevor sie losfährt, dreht sie sich zu mir. »Danke.«

»Nicht dafür«, sage ich.

»Wie habt ihr es geschafft, sie zu überzeugen?« Julia fährt viel zu schnell los und erwischt dabei die Mülltonne, die am Straßenrand steht. »Blödes Ding, passiert mir jedes Mal wieder.« Die Tonne wackelt, kippt aber nicht um. »Seid ihr angeschnallt?«

Ich werfe Eva im Rückspiegel einen Blick zu. Wir denken beide das Gleiche: Das kann ja was werden! Meine Freundin überprüft ihren Gurt und ich mache das auch.

»Also, wie habt ihr Mama überzeugt?«, fragt Julia.

Ich schiele auf den Tachometer, als ich antworte: »Wieso bist du dir so sicher, dass wir das haben?«

»Weil in mir auch eine Kommissarin steckt. Mama trinkt sonst nie. Ich habe vier Gläser, eine Flasche Sekt und Limes auf dem Tisch gesehen. Also?«

»Ich verrate es dir, wenn du deinen Fuß ein bisschen vom Gas nimmst«, schlage ich vor. »Hier ist siebzig erlaubt, du fährst fast hundert.«

Julia verlangsamt sofort ihr Tempo. »Oh, natürlich, tut mir leid. Das ist normalerweise nicht meine Art. Ich fahre sonst nicht so. Das ›Fahr vorsichtig‹ und ›Pass auf dich auf‹ wurde mir ja sozusagen mit in die Wiege gelegt. Mittlerweile verstehe ich das, weil ich jetzt selbst Mama bin. Aber früher empfand ich es teilweise als ungerecht, dass Mama immer so auf mich aufgepasst hat. Sie hat ständig Angst um mich gehabt, nur weil ihre Schwester verunglückt ist. Und jetzt hat sie Angst um Mia. Sie sieht meiner Tante, die ich ja leider nie kennengelernt habe, verdammt ähnlich.«

»Das stimmt, das habe ich auch sofort gesehen. Sie ist sehr hübsch, deine Kleine. Mir ist es übrigens auch schwergefallen, meine Tochter loszulassen«, erzähle ich ganz offen. »Manchmal kommt man einfach nicht aus seiner Haut, auch wenn man weiß, dass es eigentlich besser wäre, es anders zu machen. Der Unfall und frühe Tod deiner Tante war für uns alle damals sehr schlimm.«

»Das weiß ich ja. Ich wünschte nur manchmal, Mama hätte mir einen anderen Namen gegeben – einen eigenen. Na ja ...« Sie grinst schief. »Ich bin ja nicht die einzige Wiedergeburt, deine Tochter heißt Jule, hat Mama mir erzählt.«

Ich muss schlucken. »Ehrlich gesagt habe ich mir nie Gedanken darüber gemacht, was das für euch bedeuten könnte.«

»Ach was, alles halb so schlimm. In der Regel finde ich es ja schön, nur manchmal nervt es eben. Aber zurück zum Thema: Was ist jetzt mit Mama? Sie macht es doch, oder?«

»Ja.« Ich brauche einen Moment, um mich zu sammeln. Was Julia da gerade erzählt hat, wirkt nach.

»Wir haben deiner Mutter gesagt, dass Jette und ich hierbleiben, um ihr zu helfen«, erklärt Eva. »Das hat sie überzeugt.«

»Das ist ja super. Da hat Mama sich bestimmt wie Hulle gefreut. Sie hat seit Thies' Tod viel von dir und früher erzählt, Jette. Wie ihr heimlich Unimog gefahren seid oder Partys in der Scheune gefeiert habt. Und dass ihr euch immer ausgemalt habt, wie es sein würde, wenn ihr irgendwann mal gemeinsam ein Café betreibt. Es bedeutet ihr viel, dass du gekommen bist. Und bestimmt noch mehr, dass ihr ihr helfen wollt. Mama hat es echt nicht leicht gehabt die letzte Zeit, weißt du.«

»Das glaube ich. Erst deine Oma, dann Thies. Es ist immer schwer, wenn man sich von geliebten Menschen verabschieden muss.«

»Ja«, sagt Julia. »Das mit Thies hat Mama schwer getroffen. Sie hing sehr an ihm. Und ich fand ihn auch super.«

»Das war er! Er kannte uns alle sehr gut. Ich glaube, er

wusste, dass ich ablehnen und die beiden ins Rennen schicken würde. Und er wollte, dass ich deiner Mutter helfe. Gemeinsam haben wir bestimmt eine Chance.«

Inzwischen sind wir am Hotel angekommen und Julia braust ein wenig zu schnell auf den Parkplatz.

»Danke fürs sichere Heimbringen, Julia.« Fahr vorsichtig zurück, liegt mir auf der Zunge, aber ich verkneife mir den Kommentar.

»Die Arme«, sagt Eva, als Julia davonfährt.

»Ja, mir war nicht klar, was man alleine durch die Namenswahl in seinen Kindern auslösen kann. Meinst du, es war falsch, dass ich Jule nach Utas Schwester benannt habe?«, frage ich.

»Nein, das war eine schöne Geste. Es kommt nicht auf den Namen an, sondern darauf, wie man mit einem traumatischen Erlebnis umgeht. Du hast Jule zu einer selbstbewussten und vor allen Dingen selbstständigen Persönlichkeit erzogen und nicht versucht, die kleine Schwester deiner Freundin damit am Leben zu erhalten. Ich habe nie miterlebt, dass du überfürsorglich warst, du hast sie immer ziehen und ihre eigenen Erfahrungen machen lassen.«

»Das hat mich allerdings jede Menge Überwindung gekostet. Am liebsten hätte ich sie niemals alleine vor die Tür gelassen«, gebe ich zu, während wir beide über den Parkplatz zum Hotel schlendern.

»Hast du aber.«

»Stimmt, aber anscheinend habe ich meine Ängste doch auf sie projiziert. Mittlerweile macht sie sich ständig Sorgen um mich. Ich muss mich sogar zurückmelden, wenn ich tagsüber eine Radtour mache.«

»Deine Tochter ist jetzt erwachsen. Und sie ist genau richtig so, wie sie ist. Ich glaube auch, dass es ganz normal ist, dass man tief sitzende Ängste in gewisser Weise weitergibt. Trotzdem, oder vielleicht gerade deswegen hast du sie zu einer starken Frau erzogen. Sie liebt dich. Deswegen macht sie sich ab und zu Sorgen um dich. Auch das ist ganz normal. Ich denke, Julias Probleme liegen noch tiefer. Hat der Opa nur getrunken oder hat er seine Frau und seine Tochter auch geschlagen?«, hakt Eva nach.

»Er hat seine Frau verprügelt. Aber wenn ich Uta früher darauf angesprochen habe, hat sie immer abgeblockt. Ihr Vater konnte auch unbeschreiblich nett und zeitweise liebevoll sein. Er hat es immer bereut, wenn er handgreiflich geworden ist und beteuert, dass es nie wieder geschehen würde. Uta und ihre Mutter haben immer alles dafür getan, es ihm recht zu machen. Aber irgendwann hat eine Kleinigkeit gereicht … und es ging wieder von vorne los.«

»Die klassische Gewaltspirale. Scheiße!«

»Ja. Ich musste Uta immer wieder hoch und heilig versprechen, dass ich mit niemandem darüber rede.«

»Und was hast du gemacht?«

»Ich habe es irgendwann Thies erzählt. Am nächsten Tag hatte Utas Vater ein blaues Auge. Utas Mutter ist mit Uta zum Anwalt gegangen. Sie wollte sich scheiden lassen. Und dann hat sie festgestellt, dass sie schwanger ist und ist geblieben. Utas Schwester wurde geboren. Die war vom Wesen her ganz anders, wirklich ein kleiner Sonnenschein, und optisch kam sie nach Utas Vater. Er hat sie vergöttert. Auch Uta hat sich nach der Geburt ihrer Schwester verändert. Sie war viel fröhlicher, die Mutter auch. Dann ist der kleine Sonnenschein gestorben. Utas Vater hat noch mehr getrunken, geschlagen hat er sie anscheinend nicht mehr. Aber er hat üble Psychospiele mit ihnen abgezogen.«

»Und versucht heute immer noch, zumindest seine Tochter zu tyrannisieren.«

»Ja, Uta hat so etwas angedeutet.«

»Und Thomas?« Wir sind inzwischen am Hoteleingang angekommen und ich bleibe stehen. In einer so dörflichen Gegend wie hier hat man besser kein Publikum, wenn man über solch brisante Themen spricht und an der Rezeption hätten wir das ganz sicher.

»Ich glaube, er ist gut zu ihr. Er hat als Kind auch viel mitmachen müssen. Die beiden haben sich von Anfang an gegenseitig Halt gegeben.«

»Bist du sicher?«, fragt Eva.

»Nein, wie könnte ich? Ich war ja all die Jahre weg. Aber so war es zu Beginn ihrer Beziehung und ich hoffe, dass es das auch geblieben ist. Aber ich werde versuchen, sie in einer ruhigen Minute noch einmal darauf anzusprechen.«

»Finde ich gut. Hast du mitbekommen, dass Julia gesagt hat, Thies' Tod habe Uta tief getroffen? Du hattest vorher aber von den beiden Verlusten in Utas Leben gesprochen – dem Tod ihrer Mutter und dann Thies. Aber Julia ist nur auf Thies eingegangen.«

»Vielleicht liegt es daran, dass es zeitlich näher liegt?«, überlege ich.

»Das glaube ich nicht. Ich vermute eher, dass das Verhältnis zwischen Uta und ihrer Mutter nicht das Beste war, sonst hätte sie anders reagiert. Immerhin hat Julia die Oma verloren. Aber auch sie hat nur von Thies gesprochen. Findest du das nicht auch merkwürdig?«

»Puh, keine Ahnung. Wenn du das so sagst, natürlich schon. Ich weiß, dass Uta sich früher oft über ihre Mutter aufgeregt hat, weil sie sich so viel von ihrem Mann hat gefallen lassen. Aber eigentlich waren sie immer ein Team gegen die Unberechenbarkeit des Vaters. Ich hatte allerdings immer auch ein bisschen das Gefühl, dass Uta sich für ihre Mutter verantwortlich gefühlt hat. So etwas kann natürlich auch in eine Last umschlagen. Wie sich das weiterentwickelt hat, kann ich nicht einschätzen.«

»Vielleicht habe ich ja auch unrecht. Du weißt ja, es ist eine Art Berufskrankheit von mir, immer zwischen den Zeilen lesen zu müssen und Probleme aufzuspüren.«

»Meistens hast du allerdings recht mit deinen Vermutungen.«

Ich hake mich bei Eva unter. »So, und jetzt lass uns an der Rezeption vorbeigehen und Bescheid geben, dass du in meinem Zimmer schläfst. Und was hältst du von einem Glas Rotwein auf der Terrasse? Da können wir noch ein bisschen in Ruhe weiterquatschen.«

»Ein Weinchen ist nach dem süßen Zeug von Uta keine schlechte Idee, obwohl ich zugeben muss, dass es sehr viel besser war, als ich erwartet hatte«, gesteht Eva. »Aber nur ein halbes Glas. Darf ich das dir überlassen? Dann kann ich währenddessen noch mal kurz Marc anrufen.« Wir trennen uns also an der Eingangstür.

»Guten Abend«, begrüßt mich die Rezeptionistin von gestern freundlich lächelnd. »Ich habe überraschend Besuch bekommen und würde mein Zimmer gerne in ein Doppelzimmer umbuchen. Geht das?«, frage ich.

»Natürlich, das ist kein Problem.«

»Danke, und besteht die Möglichkeit, einen guten Rotwein und eine Flasche Wasser zu bekommen, die ich mit aufs Zimmer nehmen könnte?« Neben der Rezeption befindet sich eine kleine Bar. Sie ist unbesetzt, aber draußen an einem der Holztische sitzen vier Männer, spielen Karten und trinken Bier aus Gläsern, die sie sicherlich nicht aus ihrem Koffer gezaubert haben.

»Selbstverständlich, das lässt sich regeln. Einen Moment bitte.« Die junge Frau steht auf, geht zur Bürotür hinter sich und klopft. Kurz darauf steckt Jan seinen Kopf zur Tür heraus. »Ja?«

Prompt pocht mein Herz wieder ein kleines bisschen schneller.

»Tut mir leid, dass ich störe, aber ein Gast hat nach einer guten Flasche Rotwein gefragt. Würden Sie vielleicht ausnahmsweise …?«

Jan schaut kurz zu mir und geht ohne ein weiteres Wort zu sagen zur Bar.

»Shiraz?«, fragt er dann.

»Gerne, aber diesmal ohne Blubb.« Ich bleibe unentschlossen an der Rezeption stehen. »Und zwei Gläser bitte.«

»Bitteschön.« Jan stellt die Gläser auf die Bar.

Es wäre unhöflich, einfach an der Rezeption stehen zu bleiben und zu warten, dass er mir die Sachen herüberbringt. Ich gehe also zu ihm und beobachte, wie er einen Korkenzieher holt, eine Flasche öffnet und mir einen kleinen Probierschluck einschenkt.

»Lieben Dank.«

Jan sieht mir tief in die Augen, als ich trinke und sagt mit sanfter Stimme: »Ein Shiraz mit Blaubeer-Zedern-Bukett, sagenhaft fruchtig, ein wenig herb, aber dennoch unfassbar weich und vollmundig. Schon in jungen Jahren ist er zugänglich, im Alter allerdings um noch einiges intensiver. Seine Aromen sind unvergesslich – und einzigartig. Hast du einmal davon getrunken, kannst du ihn nicht mehr vergessen. Er macht süchtig.«

Ich weiß nicht, ob ich lachen oder heulen soll. Mir ist plötzlich nach beidem zumute. Wir haben uns früher oft einen Spaß daraus gemacht, Weine lebendig werden zu lassen, indem wir sie wie Frauen oder Männer beschrieben. Das ging teilweise sehr lustig zu, und in manchen Momenten hocherotisch.

Vielleicht sollte ich unter diesen Umständen lieber die Finger von diesem Wein lassen, schießt es mir im nächsten Moment durch den Kopf, aber das bringe ich nicht über die Lippen. Stattdessen antworte ich: »Ein Wein, den man in Gänze genießen sollte, ohne ihn in seine Bestandteile zu teilen«, und möchte mir im nächsten Moment auf die Zunge beißen.

Jans Augen blitzen kurz auf, aber schon einen Augenblick später wirkt er melancholisch. »Ich wünschte, wir hätten uns später kennengelernt, Jette, als Mann und Frau, nicht als Teenager.« Er schiebt das zweite Glas etwas weiter zu mir herüber. »Dein Stefan ist ein Glückspilz. Ich hoffe, der Wein schmeckt ihm genau so gut wie mir. Genießt ihn.«

»Jan ...« Ich suche nach den richtigen Worten, da schwingt die elektrische Eingangstür auf. Eine Frauenstimme ruft fröhlich. »Wo bleibst du denn, Jette?« Eva kommt näher und sieht, dass ich noch immer das Glas in der Hand halte. »Oh, trinken wir ihn direkt hier?«

Es ist nicht so, dass ich Eva vergessen habe, ich habe nur nicht mehr an sie gedacht. Jan hat mir wieder mal den Kopf verdreht, mit seinem Geplänkel über Wein! Er war schon immer ein Charmeur, denke ich, als ich sehe, wie er Eva plötzlich anstrahlt.

»Jan, das ist meine Freundin Eva aus Oberhausen. Eva, das ist Jan.«

Die beiden geben sich die Hand. Eva mustert Jan dabei mit ihrem Drei-Sekunden-Blick, wie sie es nennt. Mehr Zeit braucht es nicht, um einen ersten Eindruck zu hinterlassen, der sich bei Eva in der Regel als richtig herausstellt.

»Jan also«, sagt sie. Ihre Stimme klingt skeptisch. »Nett, dich kennenzulernen.«

»Ebenfalls.« Er grinst spitzbübisch. »Ich hatte eigentlich mit Jettes Mann gerechnet.«

Eva lässt sich nichts anmerken. Sie weiß noch nicht, dass Jan davon ausgeht, dass ich noch verheiratet bin. »So ist das manchmal im Leben. Es ist voller Überraschungen.«

»Dann ist das hier eine schöne Überraschung, wenn ich das mal so sagen darf.« Er zeigt auf den Wein. »Der geht aufs Haus.« Und mit einem Blick auf mich sagt er: »Er hat vorzügliche Charaktereigenschaften.«

Eva nimmt die Weinflasche entgegen und betrachtet das Etikett. »Ich verstehe. So wie Jette also. Eine sehr gute Wahl. Vielen Dank. Hast du vielleicht auch noch eine Flasche Wasser für uns? Am besten mit männlichen Eigenschaften, also möglichst schlicht bitte.«

»Natürlich.« Jan grinst über das ganze Gesicht. »Ganz schlicht oder darf noch ein Hauch Leben vorhanden sein?«

»Eins, das einfach nur still ist.«

Jan reicht mir eine Flasche Wasser ohne Kohlensäure. »Ich mag sie«, sagt er zu mir. »Du hattest schon immer ein gutes Händchen bei der Wahl deiner Freundinnen.«

Eva mustert Jan ein weiteres Mal von oben bis unten, bevor sie antwortet: »Und ich auch. Jette ist mir sehr wichtig. Also ...« Sie hebt den Wein hoch. »Danke dafür.«

Ohne ein weiteres Wort dreht Eva sich um und rauscht davon. Ich grinse Jan noch einmal an, winke zum Abschied und folge ihr, die Wasserflasche in der Hand.

»Boah!«, entfährt es Eva, als wir wieder an der frischen Luft sind. »Da hing Testosteron im Raum, und zwar jede Menge. Holla die Waldfee!«

»Jan, wie er leibt und lebt.«

»Das mit dem Spionieren können wir jetzt wirklich vergessen. Er kennt mich jetzt. Hast du ihm erzählt, dass du Uta hilfst?«

»Nein, das mache ich morgen. Das mit dem Spionieren war doch eh nur Spaß.«

»Ach, aber ganz verkehrt wäre es nicht. Du könntest mit ihm ins Bett gehen. Ich bin mir sicher, er würde dir alles verraten, so wie er dich angesehen hat.«

»Ja nee, is klar!« Ich stupse Eva in die Seite.

»Komm, gib zu, dass du zumindest schon drüber nachgedacht hast. Nicht übers Spionieren, sondern über eine heiße Liebesnacht. Deine Blicke waren nämlich auch nicht gerade kühler als seine. Man konnte die Spannung zwischen euch beinahe greifen.«

»Er ist verlobt.«

»Ach so, und ich dachte, du hast keine Lust.«

»Haha. Er ist vergeben, so was mache ich nicht. Davon mal ganz abgesehen, wohne ich in Oberhausen und er hier. Und auf eine Geschichte ohne Perspektive lasse ich mich nicht ein.«

»Ich habe nicht vom Heiraten gesprochen, Jette. Wann hattest du das letzte Mal Sex? Ich meine, guten Sex?«

»Das war gemein, du kennst die Antwort.«

»Stimmt, du hast ja recht. Tut mir leid.«

»Ach was, ich weiß ja, wie du das meinst.«

Wir gehen einen Moment schweigend nebeneinander her, bis Eva sagt: »Ich mag ihn übrigens. Ich dachte nur, das muss er nicht unbedingt wissen.«

»Das habe ich gemerkt.« Ich bleibe stehen. »Bevor ich es vergesse. Jan denkt, dass ich noch mit Stefan verheiratet bin.«

Eva pfeift leise durch die Zähne. »Habe ich mir gedacht. So schlimm?«

»Herzrasen, wackelige Knie, Watte im Kopf«, antworte ich wehleidig. »Aber das war früher auch so. Und es hat trotzdem nicht funktioniert.«

Wir gehen weiter und kommen am Hotelzimmer an. »Früher ist nicht heute, Jette. Ihr habt euch beide verändert. Auch Jan ist erwachsen geworden.«

»Das kann sein. Aber momentan gibt es wichtigere Dinge.« Ich schließe das Zimmer auf. »Davon mal ganz abgesehen, bin ich diejenige, die alles ausplappern würde, wenn ich mit Jan im Bett lande. Ich bin wie Wachs in seinen Händen. Und das wollen wir doch nicht, sonst verliert Uta.«

»Dein Kopf will das nicht, der Rest deines Körpers schon.« Eva sieht mir tief in die Augen. »Da sagte Jesus zu Petrus: ›Simon, du schläfst? Konntest du nicht einmal eine Stunde wach bleiben? Wachet und betet, damit ihr nicht in Versuchung geratet. Der Geist ist willig, aber das Fleisch ist schwach‹.« Sie lässt sich aufs Bett fallen. »Oh Mann, ich darf keinen Tussi-Limes mehr trinken. Ich habe nicht mitbekommen, wie viel Wumms das Zeug hat. Außerdem macht es albern.«

»Im Limes steckt ordentlich Wodka drin.« Ich bücke mich und ziehe ihr die Schuhe von den Füßen.

»Wie spät ist es eigentlich?«

»Nach halb elf. Sollen wir den Rotwein für morgen aufheben? Oder willst du mal probieren? Wie hat Jan noch gleich gesagt? Ein Shiraz mit Blaubeer-Zedern-Bukett, unwahrscheinlich fruchtig, herb, aber dennoch unfassbar weich und vollmundig. Schon in jungen Jahren ist er zugänglich. Aber wenn er reift, noch um einiges intensiver – oder so ähnlich.«

Eva setzt sich etwas auf. »Das hat er gesagt? Schade, dass ich das nicht mitbekommen habe. Ich glaub, ich hätte mich weggeschmissen vor Lachen.« Sie stützt sich mit den Ellbogen hinten auf der Matratze auf. »Ein kleines Schlückchen ...« Sie schüttelt den Kopf. »Nein, das kann ich so nicht sagen, das wäre schlüpfrig und zweideutig ... warte ... ein kleines Schlückchen fruchtig-herbe Jette würde ich gerne mal probieren.«

Ich ziehe meine Schuhe und die Socken aus, fülle zweifingerbreit des samtig roten Getränks in unsere Gläser und setze mich im Schneidersitz zu meiner Freundin aufs Bett. »Hier, einmal reife Jette, als Nachthupferl sozusagen.«

»Warte.« Eva setzt sich ganz auf, rutscht nach hinten an die Wand, rückt sich eines der flauschigen Kissen im Rücken zurecht, zieht die Beine an und streckt dann ihre Hand aus. »Dann lass mal schmecken, was dein Sternekoch uns ausgesucht hat.«

Wir stoßen grinsend mit den schönen bauchigen Gläsern an, die Jan uns mitgegeben hat. Sie haben einen vollen wunderschönen Klang, der durch die Flüssigkeit noch weicher klingt und ein wenig nachhallt.

»Richtig guten, ich meine so wirklich richtig guten Sex, hatte ich genau genommen vor fünfundzwanzig Jahren«, gestehe ich jetzt. »Jan hat mich damals überredet, Abschied zu feiern, bevor ich nach Oberhausen gezogen bin. Klingt ziemlich unmoralisch, aber dieses bewusste letzte Mal damals hat gutgetan. Das heißt nicht, dass der Sex mit Stefan mir keinen

Spaß gemacht hat. Trotzdem war es mit Jan einfach intensiver. Vielleicht lag es daran, dass wir jünger waren, ungezwungener und freier.«

Eva zieht eine Augenbraue hoch. »Das meinst du nicht ernst, oder? Natürlich spielt es eine Rolle, wie offen ihr miteinander umgegangen seid. Aber bist du mal auf die Idee gekommen, dass es letztendlich so gut und intensiv war, weil ihr euch geliebt habt?«

»Doch, natürlich. Aber das bringt mich wieder zu dem Punkt, dass Liebe allein nicht ausreicht, um miteinander glücklich zu sein.«

»Da hast du recht. Aber es ist schon mal eine gute Grundlage, oder?« Eva stellt das Weinglas auf den Fußboden. »Ich glaube, ich werde vielleicht doch mit Marc zusammenziehen. Wir haben megaguten Sex, haben uns aber auch ohne Sex was zu sagen, haben ähnliche Interessen, er versteht sich super mit Timo – und wenn ich Marc länger als drei Tage nicht sehe, bekomme ich Sehnsucht nach ihm.«

»Du liebst ihn«, sage ich trocken.

»Scheiße, ja! Doof nur, dass er mein Chef ist.«

»Irgendeinen Haken gibt's doch immer.« Ich lasse mich nach hinten fallen, entknote meine Beine aus dem Schneidersitz, strecke sie zu einer Kerze in Richtung Decke und betrachte meine nackten Füße. »Morgen lackiere ich mir die Zehennägel. Ach, übrigens. Hast du zufällig eine Pinzette dabei?«

21. Kapitel

Ich weiß nicht, wie oft ich schon gemeinsam mit Eva in einem Hotelbett geschlafen habe, sie bei mir, oder ich bei ihr, auf der Couch, im Gästezimmer, in ihrem oder in meinem Bett. Ihr Anblick, wenn sie schläft, ist immer wieder aufs Neue amüsant. Sie liegt wie ein Brett auf dem Rücken, die Decke bis zum Kinn gezogen. In ihren Ohren stecken Wachsstöpsel und auf den Augen sitzt eine Schlafbrille. Und dabei ist es ganz egal, wie hell, dunkel, leise oder laut es ist.

Gestern habe ich die Ruhe hier genossen. Das gelingt mir heute nicht. Denn Eva schnarcht gerade unerträglich laut. Der Tussi-Limes und dazu der Wein haben sie ausgeknockt. Ich liege neben ihr und überlege, ob ich noch mal aufstehe, um in ihrer Kosmetiktasche nach weiteren Stöpseln zu suchen. Meine Freundin verreist in der Regel nie ohne einen kleinen Vorrat. Ohne die Dinger kann sie nicht einschlafen. Auch mich hat der Alkohol müde gemacht. Aber unabhängig von Evas Schnarchkonzert, bin ich zu aufgewühlt, um einschlafen zu können. Sehr viele Gedanken spuken in meinem Kopf herum. Dabei ist es vor allem Uta, die mich beschäftigt. Das Gespräch mit Julia und dann mit Eva hat viele Erinnerungen zutage befördert.

Beruflich habe ich in der Schule häufig mit Kindern zu tun, die schon in frühen Jahren Gewalt erfahren haben, gegen sich selbst oder als Zeuge gegen andere. Ich bekomme mit, wie sie darunter leiden, arbeite eng mit dem Jugendamt und

Psychologen zusammen, und stoße immer wieder an meine Grenzen, weil vieles allzu oft in den Mantel der Verschwiegenheit gehüllt wird. Im Dorf war damals bekannt, dass Utas Vater trinkt. Dass er auch gewalttätig war, wurde nie thematisiert. Er war beliebt, großzügig und engagiert, wenn es um das Dorfgeschehen ging. Heute kann ich mir nicht mehr vorstellen, dass außer mir niemand gewusst hat, dass er Utas Mutter schlägt. Ich habe wochenlang mit mir gekämpft, bevor ich mich Thies anvertraut habe. Immerhin hatte ich meiner Freundin geschworen, niemandem davon etwas zu erzählen. Und trotzdem habe ich damals das Gefühl gehabt, dass ich sie mit meinem Schweigen viel mehr im Stich ließe, als mit dem Bruch meines Versprechens. Ich weiß noch genau, wie erleichtert ich damals war, als Thies so positiv darauf reagiert hat, dass ich mich ihm anvertraut habe. Und auch Uta. Sie hat es zwar nie gesagt, aber ich konnte spüren, dass sie mir dankbar gewesen war, dass ich ihr die Last dieses Geheimnisses abgenommen hatte.

Meiner Tochter habe ich früh den Unterschied zwischen guten und schlechten Geheimnissen erklärt. Wie sich schlechte Geheimnisse anfühlen, und dass man sie mit jemandem teilen muss, dem man vertraut. Es war mir wichtig, Jule wissen zu lassen, dass sie immer auf mich zählen kann. Und dass es auch andere Menschen gibt, denen sie vertrauen kann, wenn ich mal nicht da bin. Damals habe ich mich nicht meinen Eltern, sondern Thies anvertraut. Erst jetzt, wo er nicht mehr da ist, wird mir bewusst, dass ich Thies noch viel mehr zu verdanken habe, als mein Abitur. Und ich bedaure es, dass ich es ihm nicht mehr sagen kann.

Um halb zwölf halte ich es nicht mehr aus. Eva sanft anzustupsen hat keinen Sinn. Das habe ich mehrmals versucht.

Sie schnarcht einfach weiter. Ich stehe auf, um nach den Ohrstöpseln zu suchen. Dabei fällt mir Evas Pinzette in die Hände. Diesmal ist das Problem sekundenschnell erledigt. Frisch gezupft und mit Wachskugeln in den Ohren gehe ich wieder ins Bett. Mein Handy lege ich direkt neben mich auf das Nachtschränkchen, damit ich den Weckton morgen früh nicht überhöre. Dabei bemerke ich, dass ich eine Nachricht bekommen habe. Uta hat mir ein *Dankeschön* und ein küssendes Emoji geschickt.

Ich sende ihr ein Küsschen zurück und öffne den Nachrichtenverlauf mit Jule. Heute habe ich nichts mehr von ihr gehört, und durch all den Trubel auch nicht mehr an sie gedacht. Sie hatte WhatsApp vor einer Viertelstunde das letzte Mal geöffnet, wie ich beruhigt feststelle. Ich bin froh, dass sie den zuletzt online-Zeitstempel wieder eingeschaltet hat. Kurz vor und nachdem sie sich von ihrem Freund getrennt hatte, hatte sie es vorübergehend ausgestellt, damit er sie nicht kontrollieren konnte. Ich konnte es somit auch nicht mehr.

Träum süß, Julchen, schreibe ich, und schicke nur Sekunden später noch eine Nachricht hinterher: *Ach ja, Eva und ich fahren nicht nach Sylt, wir bleiben hier und helfen Uta, den Kochwettbewerb zu gewinnen. Meld mich morgen noch mal. Hab dich lieb!*

Das Sich-Sorgen-machen ist etwas am Mutterdasein, das mir wahrscheinlich mein Leben lang zu schaffen machen wird. Aber vielleicht liegt das auch einfach in der Natur der Dinge, überlege ich, schalte mein Handy aus und schlafe endlich ein.

Eva stupst mit ihrem Fuß sanft gegen meinen. Ich bin es gewohnt, dass sie irgendwann in der Nacht ihre starre Schlafhaltung auf dem Rücken aufgibt und unruhig wird. Ich rutsche im Halbschlaf etwas weiter an den Bettrand, aber nicht weit genug. Diesmal erwischt es mich an der Wade, und kurz darauf an der Schulter.

»He, aufstehen. Jette!«

Die Stimme dringt wie durch Watte zu mir. Und endlich nehme ich auch die Melodie im Hintergrund wahr. Es ist der sphärische Klingelton meines Handys. Seitdem ich Mutter bin, habe ich einen leichten Schlaf. Mein Gehirn ist darauf programmiert, den Schlüssel im Schloss, Jules Schritte und das Zufallen der Haustüre zu jeder Uhrzeit wahrzunehmen. Auf den Wecker meines Smartphones reagiert mein Unterbewusstsein allerdings heute, bedingt durch Stöpsel und Alkohol, nicht. Ich schiebe mir die Schlafbrille von der Nase und denke, dass ich mir für solche Fälle eine schrillere Alternative auswählen sollte, da steht Eva schon vor meinem Nachtschränkchen und greift nach dem Smartphone.

»Du solltest dir einen anderen Klingelton aussuchen. Der hier funktioniert bei dir anscheinend nicht.« Sie legt das Handy neben mich auf das Bett, sagt »Viertel vor acht übrigens, du musst aufstehen. Ich nicht!«, und legt sich zurück ins Bett auf den Rücken, die Decke wieder bis zum Kinn gezogen.

So bleibt sie jetzt liegen, bis ich weg bin, denke ich und muss schmunzeln. Auch falls sie wach bleiben sollte, wird sie kein Wort mit mir sprechen. Ich kenne niemanden, der nach dem Aufwachen so dermaßen mürrisch und missmutig ist wie Eva.

An meiner Freundin finde ich das süß. Stefan hat mich mit seiner Morgenmuffelei hingegen in den Wahnsinn getrieben, und er war bei Weitem nicht so schlimm wie sie. Eigentlich wirklich schade, dass ich nicht auf Frauen stehe, denke ich, und betrachte Eva noch ein Weilchen. Ihr brauner kurzer Lockenschopf steht kreuz und quer in alle Himmelsrichtungen ab. Meine Freundin ist keine klassische Schönheit. Ihre Nase ist etwas zu groß und leicht gebogen. Sie ist etwas kleiner, wesentlich dünner als ich und sehr sportlich. Während ich eine Tafel Schokolade verdrücke, wenn es mir schlecht geht, geht sie zum Karatetraining oder zum Boxen, um sich abzureagieren. Sie ist mehr der burschikose Typ. Dafür sprühen ihre Augen vor Leben und wenn sie lacht, reißt sie andere Menschen mit. Eva betritt einen Raum und füllt ihn sofort aus. Sie hat eine wahnsinnig positive Ausstrahlung. Wahre Schönheit kommt eben doch immer von innen.

Es dauert nicht lange, da dreht sie sich zu mir und schiebt ihre Brille etwas nach oben. »Boah, ich dachte, du wärst wieder eingeratzt. Stehst du jetzt bitte auf, damit ich wieder einschlafen kann?«

Ich mache einen Kussmund und schicke ihr einen Schmatzer durch die Luft. Ohne weiteren Kommentar zieht Eva ihre Maske wieder über die Augen.

Jetzt muss ich mich sputen. Meine Gesichtsgymnastik absolviere ich gleich unter der Dusche. Es geht mir ausgesprochen gut heute Morgen, so gut, dass mir sogar nach Singen zumute ist. Weil ich eine wundervolle Freundin habe, die für mich da ist, wenn ich sie brauche. Und weil ich für Uta da sein kann, jetzt, wo sie wieder meine Hilfe benötigt. Warum eigentlich nicht, denke ich und trällere los.

»Because I'm happy ... Clap along if you feel like a room without a roof ... Because I'm happy ...«

»Zu viel Dopamin im Blut?« Eva steht stirnrunzelnd in der Tür, ihre Hände in den Hüften abgestützt. »Ich habe gedacht, du bist ausgerutscht und liegst jammernd auf dem Boden.«

»Oh, das tut mir leid. Ich dachte, du hörst mich nicht mit den Dingern in den Ohren.«

»Deine Gesangseinlage kam als Wimmern bei mir an. Schön, dass du unverletzt bist.« Eva beobachtet mich eine Weile. »So kenne ich dich gar nicht.« Sie grinst. »Der heiße Koch hat anscheinend ein Licht in dir angezündet. Sehr interessant.«

»Mir geht's einfach gut, das hat nichts mit Jan zu tun.« Ich schäume mir das Haar ein. »Das Shampoo riecht verdammt lecker, frisch und zitronig und etwas nach Olive.«

Eva schlägt sich leicht vor die Stirn. »Stimmt, ich erinnere mich. Wie war das noch mal? Fruchtig-herb, vollmundig? Und irgendwas mit reif ...«

Ich halte meinen Kopf unter das lauwarme Wasser und spüle meine Haare aus. Eva steht immer noch da und sieht mich an. »Na gut, du hast recht«, sage ich und drehe den Hahn zu. »Es tut gut, sich mal wieder als Frau begehrt zu fühlen. Das heißt aber nicht, dass ich dem nachgebe.«

Eva hält mir das Handtuch hin. »Musst du ja auch nicht. Ist trotzdem schön, dich mal so zu erleben.«

»Davon ganz abgesehen, müsstest du mal einen Blick auf seine Verlobte werfen«, sage ich, während ich mich abrubbele. »Sie sieht aus wie eine Mischung aus Penélope Cruz und Andie MacDowell.«

»Wer ist Andie MacDowell?«

»Die kennst du auch. Aus *Greencard, Hudson Hawk* ... und aus *Greystoke – Die Legende von Tarzan*. Da hat sie die Jane gespielt. Und Christopher Lambert die Rolle des Tarzans.« Der Film kam im Dezember 1984 raus. Ich habe ihn damals am 18.12.1984 kurz vor Weihnachten gemeinsam mit Uta im Kino in Schneverdingen gesehen. In der Reihe vor uns saßen ein paar Typen, die die ganze Zeit Späße gemacht haben. Einer davon war Jan. Das war der Abend, an dem wir uns kennengelernt haben.

»Christopher Lambert kenne ich, mochte ich aber noch nie. Der war mir zu schmalzig. Und sie sagt mir trotzdem nix. Ich guck aber gleich mal nach. Wir haben übrigens viertel nach. Ich würde mich an deiner Stelle ein bisschen beeilen.« Eva zeigt auf die Toilette. »Außerdem muss ich mal, meine Blase platzt gleich.«

»Okay.« Ich verziehe mich ins Schlafzimmer und suche in meinem Koffer nach meiner dunkelbraunen Caprijeans und einem roten Shirt. Ich habe nur praktische Sachen eingepackt, denke ich, und außer dem schwarzen Kleid nichts Schickes. Aber immerhin ist der Nagellack mit in dem Koffer gelandet, und der passt zum Shirt. Als Eva aus dem Bad kommt, sitze ich auf der Bettkannte, habe einen Fuß auf den Stuhl gestellt und lackiere mir die Nägel. »Findest du echt, dass Christopher Lambert schmalzig ist?«, frage ich. »Mir hat er immer gefallen.« Ich seufze. »Der Highlander. Es kann nur einen geben.«

Eva schnappt sich ihr Handy. Es dauert nicht lange, da hält sie mir ein Bild des Schauspielers unter die Nase.

Ein blasser weißhaariger Mann starrt mich mit seinem Silberblick an. »Ist er schon so alt?«, frage ich.

»Er ist Jahrgang 1957, er hat also nur elf Jahre mehr auf dem Buckel als du.«

»Gut, dass ich ihn doch nicht geheiratet habe«, flachse ich.

»Da gebe ich dir absolut recht.« Eva zeigt auf meine Füße. »Schöner Rotton.«

»Hat Jule mir geschenkt.« Ich gehe mit gespreizten Zehen zurück zum Bad. »Jetzt muss ich nur noch Haare föhnen.«

Um genau halb neun verlasse ich das Hotel, eine Viertelstunde später halte ich bei Uta vor dem Haus. Sie steht schon an der Straße. Im Arm hält sie einen Korb voller Flaschen. Ihren

Apfel-Holunder-Saft, den sie uns versprochen hat, habe ich schon wieder ganz vergessen.

»Hi!« Uta setzt sich auf den Beifahrersitz. »Wie hast du geschlafen?«

»Tief und fest. Dein leckerer Limes hatte es in sich.«

»Hab ich auch gemerkt. Tina und ich haben noch einen getrunken. Ich war echt knülle danach. Aber es war ein schöner Abend. Danke noch mal.«

»Ich fand ihn auch richtig schön. Und Thomas? Habt ihr euch wieder vertragen?«

»Ja, allerdings erst heute Morgen.« Uta sortiert die Flaschen in ihrem Korb. Sie sieht mich nicht an, als sie sagt: »Gestern Abend habe ich schon schnarchend im Bett gelegen, als er ins Schlafzimmer kam.«

Uta wirkt in diesem Moment sehr zart und fast schon verletzlich. Vielleicht ist jetzt nicht der richtige Moment, aber Evas gestern Abend gestellte Frage hat sich in mir festgebrannt. »Bist du glücklich mit Thomas?«, frage ich deshalb geradeheraus. »Mal abgesehen von den Problemen, die in jeder Beziehung mal vorkommen. Ist er gut zu dir?«

»Ganz ehrlich, das weiß ich gar nicht so genau«, antwortet Uta. »Was heißt glücklich? Thomas hat mich immer beschützt und würde mir und den Kindern niemals etwas antun. Er passt auf uns auf und ich fühle mich bei ihm geborgen. Das reicht mir, meistens zumindest. In letzter Zeit bekomme ich allerdings hin und wieder das Gefühl, dass das noch nicht alles gewesen sein kann.«

»Aber sich geborgen fühlen ist schon mal eine gute Grundlage für das Glück.« In dem Moment, in dem ich den Satz ausspreche, weiß ich, dass ihn Eva gestern genau so zu mir gesagt hat. Allerdings war sie dabei von Liebe als Grundlage ausgegangen.

»Die Basis stimmt, da hast du recht. Deswegen sind wir ja auch noch zusammen. Es funktioniert.«

So wie zwischen Stefan und mir damals, denke ich. »Was fehlt dir denn?«, hake ich nach.

Uta strafft ihre Schultern und richtet sich auf. Ich habe das Gefühl, dass sie mir etwas erzählen möchte, aber sie zeigt auf die Uhr im Auto. »Darüber reden wir ein anderes Mal, lass uns lieber fahren. Ich möchte ungern zu spät kommen.«

»Alles klar.« Ich starte den Wagen und fahre los.

Als wir vor Thies' Haus anhalten, beginnt mein Magen zu grummeln. Meine Entscheidung, Uta zu helfen, steht. Aber es ist mir unangenehm, Jan darüber zu informieren.

22. Kapitel

»Warum, Jette? Habe ich dir damals wirklich so dermaßen weh getan?« Jans Stimme klingt nüchtern, fast kalt.

»Nein, darum geht es hier doch gar nicht«, antworte ich und fühle mich schlecht dabei. Die ganze Zeit habe ich mir darüber Gedanken gemacht, wie schön es ist, Uta helfen zu können. Dass Jan das wahrscheinlich nicht gefallen wird, war mir klar. Aber dass es ihn so sehr verletzt, überrascht mich.

»Es tut mir leid, Jan. Aber das ist letztendlich nicht persönlich gegen dich, sondern einfach nur für Uta. Ich hätte ihr auch geholfen, wenn sie gegen jemand anderen hätte antreten müssen.«

»Ich bin aber nicht jemand anderer, Jette. Und es ist persönlich, auch wenn du dir einredest, dass es nicht so ist. Ihr hattet jahrelang keinen Kontakt, und jetzt tauchst du hier auf und machst einen auf beste Freundin? Ich hätte verstanden, wenn du Ja gesagt hättest.« Er lässt seinen Blick über das Grundstück schweifen, bevor er wieder zu mir sieht. »Und ich gebe ehrlich zu, dass ich sogar gehofft habe, du würdest dich dafür entscheiden und zurückkommen. Dass du dich auf Utas Seite schlägst und dir dann auch noch ein Hintertürchen offenhältst, weil du angeblich noch etwas Zeit brauchst, hätte die Jette, die ich von früher kenne, nicht gemacht. Ich hätte nicht gedacht, dass du so dermaßen berechnend sein kannst.«

Das reicht. Ich kann verstehen, dass Jan verletzt ist, aber ich lasse mich nicht von ihm beleidigen. »Ganz ehrlich, Jan, es tut mir leid, wenn du dich dir irgendwie auf den Schlips getreten fühlst und ich deine Pläne durchkreuze. Aber ich bin mir sicher, dass du und deine Verlobte ein anderes hübsches Plätzchen finden werdet, um euch zu verwirklichen. Ich helfe Uta, weil ich denke, dass sie endlich mal ein bisschen Glück verdient hat.«

Jan taxiert mich und lächelt dabei süffisant. Früher habe ich mir oft gewünscht, mir diesen zugleich vernichtend wie überheblichen Blick auch aneignen zu können. Aber es hat nie funktioniert. Jan beherrscht ihn allerdings perfekt. Obwohl ich mir sicher bin, dass ich nichts Schlimmes verbrochen habe, fühle ich mich schuldig. Damals hat es in der Regel dazu geführt, dass ich klein beigegeben und um Verzeihung gebeten habe. Heute ärgert es mich einfach nur. »Deinen Killerblick kannst du vergessen, der wirkt nicht mehr.«

Jan nickt. »Alles klar. Du willst es also nicht anders.« Er tritt mit dem Fuß gegen die Treppenstufe. »Weiß der Teufel, was Thies sich dabei gedacht hat. Ich muss das erst einmal sacken lassen.« Er schnauft. »Es könnte also passieren, dass du doch Ja sagst? Ein Gedanke, der mir noch vor einer halben Stunde gefallen hätte. Aber jetzt bin ich mir da nicht mehr sicher. Letztendlich willst du doch nur dir selbst helfen, indem du Uta unterstützt. Du bist damals einfach abgehauen, als sie dich dringend brauchte. So wie ich dich kenne, nagt das schlechte Gewissen noch immer an dir. Und das willst du loswerden.«

Das tut weh. Jan war schon immer gut darin, die passenden Worte zu finden, sowohl um mich zu trösten als auch um mich zu verletzen. »Du hast recht.« Ich schaue zu Ella und Uta, die beide noch unter dem Pavillon sitzen und sich unterhalten. »Ich bleibe hier und helfe Uta, weil ich denke, dass es richtig ist. Ich bin durchaus etwas reifer geworden in all den Jahren und habe ein paar Erkenntnisse erlangt, die ich mit Anfang 20 eben noch nicht hatte. Was ist eigentlich dein Problem? Uta ist gut, sie kocht sensationell, du bist immerhin Sternekoch und wirst sicherlich auch tatkräftige Unterstützung erhalten. Ich möchte, dass sie eine realistische Chance gegen dich bekommt.« Ich atme tief durch. Wenn Jan und ich uns damals gestritten haben, ging das immer sehr turbulent zu. Das möchte ich aber jetzt vermeiden. »Sobald das hier beendet ist, bin ich auf jeden Fall wieder weg«, entscheide ich spontan. »Du hast recht, ich brauche keine Bedenkzeit. Ich gehe jetzt zu Ella und sage ihr, dass ich das Erbe ablehne. Hier habe ich nichts mehr verloren.«

Jan schweigt. Ich sehe ihm an, dass er nachdenkt. Er streicht sich über das Kinn und sieht dabei auf den Teich. Eigentlich könnte es mir egal sein, was Jan von mir denkt, aber das ist es nicht. Die Botschaft, die Thies mir geschrieben hat, steckt zusammengefaltet in meiner Hosentasche. Ich ziehe das Blatt heraus, falte es auseinander und halte es Jan hin.

»Lies das bitte.«

Thies hat die Nachrichten für jeden von uns persönlich geschrieben, aber er hat nicht verlangt, dass wir sie geheim halten. Uta habe ich sie auch gezeigt. Da ist es nur fair, dass Jan sie auch zu sehen bekommt.

Jan schaut nicht auf den Brief, er sieht mich an. Ich kann den Schmerz in seinen Augen sehen. Habe ich ihn mit meiner Entscheidung wirklich so getroffen? Irgendwo tief in mir spüre ich den Drang, ihn zu berühren, durch sein Haar zu wuscheln, meine Hand auf seine Wange zu legen, ihn zu umarmen. Aber ich gebe dem Bedürfnis nicht nach. Meine Augen werden feucht und ich blinzele eine Träne weg. Ich weiß nicht, wieso ich plötzlich das Gefühl habe, weinen zu müssen. Eine Haarsträhne hat sich aus meinem Zopf gelöst. Ich puste sie weg und warte, bis Jan stirnrunzelnd einen Blick auf den Brief geworfen hat und wieder zu mir sieht. Im nächsten Moment streicht er mir mit einer liebevollen Geste das Haar hinter mein Ohr. »Thies also. Ich verstehe. Es tut mir leid.« Seine Stimme klingt weich, seine Augen sind eine Spur dunkler geworden. Und mein Herz schlägt einen Takt schneller.

»Was steht in deinem Brief?«, frage ich leise. Zu gerne wüsste ich, was Thies sich bei all dem gedacht hat.

»Das kann ich dir leider nicht sagen«, antwortet Jan. »Ich darf meinen erst öffnen, wenn der ganze Spuk hier vorbei ist.«

»Und du hältst dich daran?«, frage ich.

Jan deutet mit dem Kopf auf den Brief und lächelt. »Du doch auch.«

»Stimmt.« Ich merke, wie die Anspannung der letzten Minuten von mir abfällt. Streit mit Jan konnte ich noch nie gut ertragen. Entweder habe ich dabei gelitten, weil es mir schlecht ging – oder weil es ihm schlecht ging. Und wir haben verdammt oft gestritten, besonders nachdem Jan sich dafür entschieden hatte, den Job im *Lenz* anzunehmen, einem der damals angesagtesten Restaurants Hamburgs. Er hatte nur noch seinen Traum vom Stern im Kopf, aber den hat er ja inzwischen.

Plötzlich sagt Jan: »Na dann, auf in den Kampf.« Er schaut auf seine Uhr. »Es gibt einiges zu organisieren. Ich muss jetzt los. Am Wochenende werde ich im Restaurant gebraucht.«

»Okay. Ich sag also Ella und Uta Bescheid.« Ich strecke Jan die Hand hin und grinse schelmisch. »Viel Glück. Ich denke das kannst du gebrauchen. Uta, Tina, Eva und ich sind ein verdammt gutes Team.«

Tausend kleine Lachfältchen bilden sich um Jans Augen herum. Zum ersten Mal, seit wir uns wiedergesehen haben, sehe ich diesen ungefiltert frohen Gesichtsausdruck an ihm. Er ergreift meine Hand. »Komm her, das muss jetzt mal sein.«

Ich lasse mich willenlos in seine Arme ziehen und spüre für ein paar Sekunden das Klopfen seines Herzens an meiner Brust. »Du fühlst dich noch besser an als früher«, flüstert Jan in mein Ohr, bevor er mich loslässt. Bevor er geht, sieht er zu Ella und Uta. »Jette, deine alte beste Freundin hat ein Haus, einen netten Mann, zwei Kinder und sogar schon ein Enkelkind. Und wenn mich nicht alles täuscht, hat sie eine sehr gute Freundin hier in Lünzen gefunden. Ich weiß, dass sie es in der Vergangenheit oft nicht leicht hatte. Aber ich finde, Uta hat auch schon verdammt viel Glück gehabt im Leben. Sie muss es nur mal wahrnehmen. Aber das nur am Rande.«

Uta schüttelt den Kopf, als ich mich zu den beiden setze. Sie lächelt, wirkt aber angespannt, als sie zu Ella sagt: »Es ist fünfundzwanzig Jahre her, aber das kommt mir interessanterweise gar nicht so vor, wenn ich Jan und Jette zusammen sehe.«

»Wir hatten ein bisschen Stress«, erkläre ich.

»Das haben wir gesehen. Aber anscheinend habt ihr euch ja wieder vertragen. Wie immer.« Sie mustert mich. »Und, was erzählt Mister Charming sonst noch so?«

Ich horche überrascht auf. Blitzt da etwa die alte Uta durch? Der leicht giftige Unterton in ihrer Stimme ist nicht zu überhören. Jans letzte Worte schleichen sich in meinen Kopf. »Er hat gesagt, er würde dich um deine Familie beneiden«, erkläre ich. Das stimmt zwar so nicht ganz, kommt dem aber schon ziemlich nah.

»Ja, ich habe wirklich einen tollen Vater.« Uta klingt betont fröhlich, als sie das sagt.

Obwohl ich weiß, dass sie mich ganz genau verstanden hat, erkläre ich, wie das gemeint war. »Er findet, dass du dich glücklich schätzen kannst, weil du einen netten Mann, tolle Kinder hast und ein zauberhaftes Enkelkind.«

Uta kommt nicht dazu, darauf zu antworten. Ella hat uns die ganze Zeit aufmerksam zugehört, jetzt mischt sie sich in das Gespräch ein. »Du solltest aufhören, in der Vergangenheit zu leben, Uta«, sagt sie sanft. »Die Gegenwart hat so viel Schönes zu bieten. Und ein Großteil deiner Zukunft liegt auch noch vor dir.«

Uta braucht einen Moment, um das zu verarbeiten. Sie schenkt sich ein Glas Wasser ein. Die Strategie kenne ich ja schon von Jule. Sie möchte sich etwas Zeit verschaffen. Aber schließlich nickt sie. »Stimmt, Ella.« Sie wendet sich an mich. »Es ist wirklich verteufelt. Seit ich erfahren habe, dass Thies gestorben ist, fühle ich mich all die Jahrzehnte zurück in meine Kindheit katapultiert. Das war doof von mir eben. Tut mir leid, Jette.«

Gut, dass Ella das auch aufgefallen ist und sie es angesprochen hat. Und schön, dass Uta es sofort eingesehen hat. Früher wäre das nicht der Fall gewesen. Sie hätte zickig reagiert und ein paar Tage gebraucht, um einzusehen, dass Ella recht hat. Wir sind also doch erwachsen geworden.

»Überhaupt kein Problem«, erwidere ich und bin froh, dass die Sache aus der Welt geschafft ist, doch da sagt Ella:

»Das Gleiche gilt auch für dich, Jette.«

Einen Moment bin ich sprachlos. Uta, die gerade aus ihrem Wasserglas trinkt, fängt an zu lachen und verschluckt sich. »Tut mir leid.« Sie wischt sich Lachtränen aus dem Gesicht.

»Du bist die Beste, Ella. Du hättest eben mal dein Gesicht sehen sollen, Jette. Ella hats immer noch drauf, oder?«

Ich schaue die beiden an. Ella sitzt tief in ihrem Sessel eingesunken da. Auch um ihre Augen haben sich tiefe Lachfältchen gebildet. Uta ist knallrot im Gesicht und hustet noch immer ein bisschen.

»Du hast recht, Ella«, sage ich. »Deswegen habe ich mich entschieden, das Erbe auf keinen Fall anzunehmen. Ich werde nicht bis Ende der Woche warten. Mein Leben findet in Oberhausen statt, und so wird es auch bleiben. Dir werde ich natürlich trotzdem helfen, Uta. Ich habe Jan gesagt, er soll sich auf eine starke Gegnerin gefasst machen.«

Ella sieht mich streng an. Sie schnalzt mit der Zunge und schüttelt den Kopf. Dann winkt sie ab. Was sie gerade gedacht hat, behält sie für sich. »Also gut. Das müssten wir allerdings gleich schriftlich festhalten.«

»Natürlich.«

»Schade, dass du auf keinen Fall hierbleiben möchtest«, sagt Uta. »Auch wenn das letztendlich zu meinem Vorteil sein wird.«

»Ja, irgendwie ist es schon schade.« Ein paar Enten kommen aus der Veerse in den Teich geschwommen. »Es ist wirklich schön hier.« Doch das ist es in Oberhausen auch. Enten fühlen sich auch auf dem Rhein-Herne-Kanal wohl. »Aber so kannst du mich auch mal in Oberhausen besuchen kommen, wenn wir das hier alles hinter uns haben.«

»Das mach ich ganz bestimmt«, verspricht Uta.

»So, ihr Lieben, seid mir nicht böse.« Ella drückt sich aus dem Sessel hoch. »Aber ich brauche jetzt etwas Ruhe. Kommst du eben mit, Jette, und unterschreibst? Die Unterlagen habe ich oben.«

»Sehr gerne.«

»Ich räume dann eben die restlichen Sachen weg«, sagt Uta. Ella nickt. »Das ist lieb von dir, Schatz.«

»Ich war ganz selten oben in Thies' Wohnbereich«, sage ich, als ich mit Ella die alte knarzende Holztreppe nach oben steige. »Vielleicht zwei, drei Mal, wenn meine Mutter dabei war. Aber nie alleine oder mit Uta.«

»Thies hat sich immer um alles sehr viele Gedanken gemacht und hing ein wenig an der alten Moral. Es gehörte sich einfach nicht, dass er zwei junge Mädchen mit nach oben in seine Wohnung nahm. Außerdem hat er ja eigentlich in der Gaststube gewohnt. Sie war sein eigentliches Zuhause.« Ella geht weiter. »Nur Utas Vater hat es nicht gepasst, dass seine Tochter so oft hier war.«

Ich trete hinter Ella durch die Tür. Sie führt direkt ins große Wohnzimmer. Einen Flur gibt es nicht.

»Er war eifersüchtig«, fährt Ella fort. »Er hat die Ähnlichkeit zwischen Thies und Uta festgestellt und vermutet, dass seine Frau ihn mit Thies betrogen hatte.«

Eine Antwort bleibt mir im Hals stecken. »Wow!«, entfährt es mir stattdessen, als ich mich umsehe. Hier sieht nichts mehr so aus, wie es mal war.

»Thies hat das Haus vor ein paar Jahren noch kernsaniert. Dabei sind auch einige Wände gefallen«, erklärt Ella. Der Raum ist groß und hell. In der Mitte wird er von zwei dunklen Holzsäulen gestützt. Eine Treppe führt nach oben unter das Dach in eine Galerie. An den Wänden hängen schöne große Gemälde in den verschiedensten Blau- und Grüntönen. Alle haben etwas mit Musik zu tun. Auf einem ist ein Saxofonist abgebildet, auf einem anderen ein Geiger, auf dem nächsten ein Pianist. Der Künstler hat die Musiker abstrakt dargestellt. Man muss zweimal hinschauen, um die Motive zu erkennen. Aber sie sind wunderschön. Ein sehr hohes Regal zieht sich komplett über eine der Wände. Es steht voll mit unzähligen Schallplatten. An einer anderen Wand steht ein etwas schmaleres Regal mit CDs. Auf dem untersten Boden steht eine Musikanlage und davor zwei dunkelbraune Ledersessel und ein schöner Bistrotisch, auf dem ein paar Kopfhörer liegen. Vor der breiten Fensterfront, die zum Garten hinausgeht, ist ein großer Esstisch aus Eichenholz platziert. Ella zeigt darauf. »Komm, wir setzen uns einen Moment.«

Meine Gefühle kann ich nur schwer beschreiben. Überwältig trifft es wohl am besten.

»Auch wenn ich die Wohnung selten und so überhaupt nie gesehen habe, ist das hier genau Thies, so wie ich ihn gekannt habe. Es passt zu ihm«, sage ich, als ich mich zu Ella setze. Ich schaue mich noch einmal um. »Beeindruckend.«

Ella lächelt verschmitzt. »Noch kannst du deine Entscheidung ändern.«

»Es fällt mir wirklich nicht leicht, Ella«, erkläre ich. »Und viele würden mich jetzt wahrscheinlich für verrückt erklären. Vielleicht bereue ich es auch irgendwann. So schön wie ich es finde, denke ich, dass ich nicht mehr hierhergehöre.«

»Das ist schade. Thies hätte sich sicher darüber gefreut. Er hat sich dir immer sehr verbunden gefühlt und konnte sich dich hier sehr gut vorstellen.«

»Ich weiß. Meine Mutter hat mir erzählt, warum. Ich habe mit ihr telefoniert.«

Ella schiebt ein Fotoalbum, das neben einem Ablagefach aus Pappe steht, zu mir. »Schau dir mal das Bild direkt auf der ersten Seite an.«

Ich hebe den Buchdeckel an und blicke auf die Fotografie. Es ist ein Schwarz-Weiß-Foto, auf dem drei Personen zu sehen sind. In der Mitte erkenne ich meine Mutter. Sie hat ein weißes, weit ausgeschnittenes Shirt an. Ihr Haar ist schulterlang und sie trägt es offen. Ihren Kopf hat sie leicht zurückgeneigt. Sie lacht strahlend in die Kamera. Rechts und links von ihr stehen zwei Männer. Um jeden hat sie einen Arm gelegt. Der eine ist mein Vater, wie ich überrascht feststelle. Auch seine Haare sind lang. Um seine Stirn hat er ein breites Band geschlungen. In der Hand hält er eine Zigarette. Es könnte allerdings auch ein Joint sein, denke ich schmunzelnd, als ich genauer hinschaue. Thies hat kurzes struppiges Haar, so wie ich es kenne. Aber den Rauschebart habe ich noch nie an ihm gesehen. Auf seiner Nase sitzt eine John-Lennon-Sonnenbrille mit runden Gläsern. Auch die beiden Männer lachen. »Sie sehen glücklich aus«, stelle ich fest.

»Das waren sie.« Ella zieht das Fotoalbum wieder zu sich herüber. »Ich habe deine Mutter immer bewundert. Sie hat deinen Vater sehr geliebt. Thies hat es das Herz gebrochen, als die beiden weggezogen sind. Aber es war wohl für alle das Beste. Ich hoffe, deine Eltern sind zusammen glücklich geworden.«

»Das glaube ich schon.« Ich zeige auf das Foto. »Aber ganz ehrlich … wenn ich dieses Foto sehe, bin ich mir da nicht ganz sicher. Mein Vater ist immer ausgeglichen und eigentlich meistens gut gelaunt. Aber so ausgelassen und glücklich wie dort auf dem Foto habe ich ihn noch nie gesehen.«

»Tja«, sagt Ella. »Alles hat eben manchmal seinen Preis. Glück ist relativ.« Sie zieht das Ablagefach zu sich. Darin liegen mehrere Briefe in cremefarbenen Umschlägen. Der gleich obenauf ist für mich. *Für Jette, wenn sie ablehnt*, lese ich. Als

Ella mir den Brief reicht, erhasche ich einen Blick auf den darunter. *Für Uta, wenn sie verliert.*

»Thies hat wirklich alles durchgeplant«, stelle ich fest. »Warum wundert mich das jetzt nicht?«

Ella nickt. »Er hatte noch genügend Zeit, sich darüber Gedanken zu machen, nachdem er die Diagnose erhalten hatte. Es hat ihm sehr viel Freude gemacht, glaub mir. Es war wie eine Art Strategiespiel, das er entworfen hat.« Sie lächelt versonnen. »Ich habe es nicht geschafft, ihn davon abzuhalten. Also habe ich mich dazu entschieden, seinen Letzten Willen zu respektieren und ihm bei der Durchführung zu helfen.«

»Wie viele Briefe sind es?«, frage ich.

»Ein paar«, antwortet Ella und schmunzelt. »Mehr darf ich nicht verraten.«

»Schade.« Ich werfe noch einen letzten Blick auf den Ablagekorb, bevor ich meinen Brief öffne. Die erste Seite ist eine schlichte Erklärung darüber, dass ich das Erbe nicht annehmen werde, die ich unterschreiben muss. Die zweite Seite ist noch einmal persönlich an mich gerichtet.

Liebe Jette,
das habe ich mir gedacht. Ich bin wie immer stolz auf dich!
Damit du nicht ganz leer ausgehst und mich nicht vergisst, vermache ich dir meine CD-Sammlung, die Musikanlage, meine beiden sehr bequemen Sessel und meine Kopfhörer. So viele Stunden habe ich in diesen Sesseln verbracht und meine Musik genossen. Stunden, in denen ich auch gerne an dich und Uta gedacht habe, an deinen Vater, deine Mutter und die wunderschönen Zeiten, die wir alle gemeinsam hatten.

*Außerdem sollst du das Bild mit dem Pianisten bekommen. Ich hoffe, es gefällt dir.
Lebe dein Leben, liebste Jette. Tu mir den Gefallen und werde glücklich, falls du es noch nicht bist. Am Ende ist es immer nur die Liebe, die zählt. Das weiß ich jetzt.
Wir seh'n uns!
Thies*

Tränen laufen mir über die Wangen. Ella reicht mir ein Taschentuch. »Gefällt dir das Bild?«
Ich schniefe. »Ja, es ist wunderschön und ich weiß auch schon, wo ich es in meiner Oberhausener Wohnung hinhängen möchte.« Ich atme tief durch, wische mir noch einmal die Tränen aus dem Gesicht und greife zu dem Kugelschreiber, der auf dem Tisch liegt.
»Dann wollen wir mal.«
Ich drücke mit einem klackenden Geräusch die Miene nach unten, da sagt Ella: »Wusstest du, dass Jan sich von seiner Verlobten getrennt hat? Genau einen Tag, nachdem er dich wiedergesehen hat, nach Thies' Beerdigung.«

23. Kapitel

»Was ist los?«, fragt Eva mich, als ich zu ihr stoße. Sie sitzt auf der kleinen Terrasse hinter dem Hotelzimmer, trinkt Kaffee und sieht mir sofort an, dass der Vormittag mich aufgewühlt hat.

»Ich habe doch heute schon unterschrieben, dass ich das Erbe nicht annehme«, gestehe ich.

»War ja klar.« Eva schüttelt lächelnd den Kopf. »Hatte ich schon befürchtet. Du bist einfach zu gut für diese Welt. Und bereust du es?«

»Nein.« Ich setze mich auf den Stuhl neben sie und seufze. »Thies hat mir ein wunderschönes Bild und einen Teil seiner Musiksammlung vererbt, samt zwei schöner Sessel. Damit habe ich nicht gerechnet. Überhaupt habe ich mit all dem nicht gerechnet. Es überwältigt mich, wie wichtig ich Thies gewesen bin, ohne es je wirklich geschätzt zu haben und bin dankbar dafür, dass er überhaupt an mich gedacht hat.«

»Das ist schön, da hast du recht.« Eva streckt sich. »Es ist überhaupt sehr schön hier, irgendwie friedlich. Ich mag die Stille. Eigentlich passt der Ort zu dir. Ich muss ehrlich gestehen, dass ich ein klein wenig Angst hatte, du könntest es dir noch anders überlegen und hier in deiner geliebten Heide bleiben.«

»Es gab heute diesen einen kurzen Augenblick, in dem ich dachte, ich würde genau das tun.«

Eva mustert mich. »Jan?«

Ich nicke. »Ella hat mir, kurz bevor ich unterschreiben wollte, erzählt, dass Jan sich von seiner Verlobten getrennt hat. Und zwar einen Tag nachdem wir uns wiedergesehen haben. Ich schätze, dass es abends nach der Trauerfeier passiert ist. Als ich mittags von dort zurückgefahren bin, bin ich Clarissa noch begegnet.«

»Okay.« Eva nickt anerkennend. »Das nenne ich konsequent. Hätte ich nicht von ihm erwartet.«

»Ach was, wahrscheinlich hat das gar nichts mit mir zu tun. Kurz nachdem ich angekommen bin, hatten die beiden doch einen heftigen Streit. Da wusste Jan noch nicht, dass ich tatsächlich hier auftauche. Ella hat ihm zwar gesagt, dass sie mir geschrieben hat, aber ich habe niemanden über mein Kommen informiert. Vielleicht ist das mit seiner Verlobten nur Zufall.«

»Und das glaubst du wirklich?«

»Ganz ehrlich, ich habe keine Ahnung! Dass ich mich von Stefan habe scheiden lassen, hat ja auch nichts mit Jan zu tun. Warum soll es nicht auch zwischen Jan und seiner Verlobten gekriselt haben?«

Eva trinkt genüsslich ihren Kaffee und taxiert mich über die Tasse hinweg mit ihrem Kommissarinnenblick. Ein leichtes Lächeln umspielt ihre Lippen und die kleinen Lachfältchen in ihren Augenwinkeln kräuseln sich.

»Ich bin froh, wenn wir zurück in Oberhausen sind«, sage ich. »Ganz egal, was der Grund für die Trennung der beiden war.«

»Ja, das glaube ich dir gerne. Hat ja schließlich schon mal funktioniert. Aus den Augen, aus dem Sinn. Sagt man doch so, oder?«

»Ha ha.«

»Ist doch wahr, Jette. Ich bin deine Freundin. Ich kenne dich jetzt fünfzehn Jahre. Aber dass du so ein gewaltiger Schisser bist, hätte ich nicht erwartet, wenn ich es mal so sagen darf. Du bist frisch geschieden, er ist auch wieder Single. Du zerfließt geradezu vor Sehnsucht nach diesem Kerl, hast aber aus irgendeinem mir nicht verständlichen Grund tierische Angst und stehst dir dadurch selbst im Weg. Was hat Jan denn damals eigentlich genau verbrochen? Arschie hat dich betrogen und trotzdem hast du ihn nicht verlassen. Du hast ihm sogar verziehen und bist erst gegangen, als du gemerkt hast, dass er die andere niemals verlassen wird. Was war es bei Jan?«

»Ach, ich weiß auch nicht mehr so genau. Es hat einfach langfristig nicht gepasst. Wir haben uns geliebt, gestritten, wieder vertragen, geliebt ... letztendlich scheiterte es dann daran, dass ihm sein Job ständig wichtiger war. Wir haben uns immer seltener gesehen. Er hat mich versetzt, warten lassen. Er war wahnsinnig unzuverlässig. Ich wollte unbedingt eine Familie, Kinder. Das hätte mit Jan nicht hingehauen.«

»Aha. Und jetzt? Willst du etwa noch ein Geschwisterchen für Jule?«

»Um Himmels willen! Nein, auf keinen Fall!«

»Was hält dich dann davon ab, Jette? Ein Kind hast du schon. Das ist kein Argument mehr. Du hast mir erzählt, dass Jans Verlobte dir gesteckt hat, Jan lege keinen Wert mehr auf seinen Stern. Er würde kürzertreten wollen, von Hamburg weg nach Lünzen ziehen, das klingt nicht nach einem Mann, der seinem nächsten Stern hinterherjagt, sondern eher nach einem, der erwachsen geworden ist und sich wieder mehr auf das Wesentliche besinnen möchte. Der wieder wirklich leben möchte. Davon mal ganz abgesehen sieht er auch noch ziemlich gut aus. Wovor hast du also Angst, Jette?«

»Davor, ihn wieder zu verlieren«, antworte ich abrupt. »Davor, ihn so sehr zu lieben, dass ich mich dabei selbst vergesse. Davor, über den Wolken zu schweben und letztendlich doch wieder hart auf dem Boden zu landen. Davor, nächtelang wach zu liegen, und ihn so sehr zu vermissen, dass mir alles, wirklich alles wehtut.« Ich schweige einen Moment. »Und davor, nach fünfundzwanzig Jahren wieder nackt vor ihm zu stehen. Ich bin keine zwanzig mehr, Eva!«

Meine Freundin fängt schallend laut an zu lachen. »Er ist auch keine zwanzig mehr, soweit ich weiß. Auch er hat graue Schläfen bekommen. Und ich habe da einen kleinen Bauchansatz entdeckt. Nicht tragisch, aber durchaus vorhanden. Und ich bin mir absolut sicher, dass dein heißer Koch nicht einen einzigen Gedanken daran verschwendet. Und zu den anderen Argumenten: Das alles kann ich sehr gut nachvollziehen. Als mein Mann damals von einem Tag auf den anderen nicht mehr da war, bin ich ein Stück weit mit ihm mit gestorben. Du bist nicht die Einzige, die Verlustängste hat, glaub mir. Du weißt, dass ich manchmal kurz vorm Durchdrehen bin, wenn Marc einen Einsatz hat, wenn er zu spät zu einem Treffen kommt oder sich nicht wie verabredet meldet. Ich habe ständig Angst davor, dass ihm etwas passiert. Manchmal denke ich, dass ich das einfach nicht mehr aushalte und mache mir Gedanken darum, die Beziehung zu beenden. Doch wenn ich in seinen Armen liege, und damit meine ich jetzt nicht unseren wirklich guten Sex, ich meine, wenn ich einfach nur in seinen Armen liege und seinen Herzschlag höre, dann geht es mir so verdammt gut, dass ich alles andere vergesse, sogar Ben. Und das bedeutet wirklich etwas. Ich sag dir jetzt was, Jette. Du wirst es irgendwann bereuen, wenn du es nicht wenigstens versuchst.« Eva seufzt. »So, das war jetzt mein Vortrag zum Thema Liebe macht verletzlich. Das ist halt so. Punkt.«

Ich habe Eva vor fünfzehn Jahren kennengelernt, ohne Ben. Meine Freundin war zu diesem Zeitpunkt sechsunddreißig und schon Witwe gewesen. Mit erst zweiunddreißig war Ben damals morgens zum Joggen aufgebrochen und nicht mehr zurückgekommen. Sein Herz hatte versagt, einfach so, ohne Vorwarnung. Und Eva war allein zurückgeblieben. Sie hat mir in der Zeit unseres Kennenlernens und vor Marc oft von Ben und ihrer unglaublich großen Liebe zu ihm erzählt. Ich weiß also, wenn mir jemand etwas über Verlust erzählen kann, dann ist das Eva.

»Ja, du hast ja recht. Bleibt aber immer noch die kleine Tatsache, dass Jan in Hamburg lebt und ich in Oberhausen«, erwidere ich.

Eva rollt mit den Augen. »Wirklich? Das Argument Oberhausen Antarktis würde ich vielleicht gelten lassen, aber die Strecke bis nach Hamburg fährst du mit dem Zug in knapp vier Stunden. Davon mal ganz abgesehen, lebt er ja vielleicht demnächst in Lünzen. Wozu hast du denn Wochenenden?«

»Die er im Restaurant verbringen wird. Und ich mit Jule, wenn sie nach Hause kommt. Sie studiert ja bald in Köln.«

»Puh!« Eva sieht mich streng an. »Dir ist echt nicht zu helfen. Wenn du so viele Ausreden findest, willst du es vielleicht wirklich nicht und musst es sein lassen. Aber heul mir bloß nicht die Ohren voll, wenn wir wieder zuhause sind.«

»Würde ich niemals machen.«

»Is klar.« Eva schüttelt den Kopf. »Um was wetten wir? Spätestens nach einer Woche rufst du mich ganz kleinlaut an und begrüßt mich mit den Worten *Du hast ja sowas von recht gehabt, Eva.*«

»Dann kann ich mich immer noch ins Auto setzen und zu ihm fahren.«

Eva winkt ab. »Quatsch, du weißt genauso gut wie ich, dass das nicht passieren wird. Aber das ist egal, Jette. Ich will dir helfen und dich glücklich sehen und ich kann dich nicht zu deinem Glück zwingen. Aber ich habe es wenigstens versucht und kann dir später aufs Brot schmieren, dass ich alles vorausgesehen habe«, setzt sie schadenfroh hinzu. »So, und jetzt zu den anderen wichtigen Dingen. Was geschieht denn jetzt in Sachen Kochwettbewerb? Wie läuft das alles ab? Gibt es da schon was Konkretes?«

»Tja ...« Ich ziehe beide Augenbrauen hoch. »Das ist ein bisschen doof gelaufen. Da ich ja jetzt offiziell zurückgetreten bin, sieht Ella keine Notwendigkeit mehr darin, noch eine Woche zu warten. Sie meint, ein Tag würde reichen, um zu planen und Vorbereitungen zu treffen. Immerhin könnte es im normalen Restaurantbetrieb auch passieren, dass sich kurzfristig eine Gruppe von zwanzig Personen anmeldet. Die Party steigt also schon am Sonntag.«

»Quatsch!« Eva schüttelt den Kopf. »Das ist aber unfair Uta gegenüber. Sie hat bei Weitem nicht so viel Erfahrung wie Jan.«

»Das sei Utas Problem, meint Ella. Wenn sie es jetzt nicht schaffe, würde das auch später nicht funktionieren. Außerdem habe sie durch mich ja tatkräftige Unterstützung.« In diesem Moment fällt mir etwas ein. »Ach, Eva ...« Ich lächle schief. »Meinst du, deine Schwester hätte was dagegen, wenn wir jetzt doch noch nach Sylt kommen? Das Ganze würde sich ja nur um ein paar Tage verschieben, also am Montag. Irgendwie habe ich nach dem ganzen Trubel hier jetzt doch Sehnsucht nach ein paar Tagen Meer.«

»Keine Ahnung«, antwortet Eva. »Aber ich frag sie jetzt lieber noch nicht. Das mache ich erst, wenn wir im Auto sitzen. Wer weiß, was hier noch alles passiert. Das Haus steht ja leer.«

»Stimmt, da hast du allerdings recht. Sag mal, hast du Lust auf Sauna? Ich hatte Uta bei unserem ersten Treffen vorgeschlagen, dass sie sich mal einen Tag Auszeit nehmen soll und ob wir nicht Freitag zusammen in die Sauna gehen wollen. Heute haben wir beschlossen, dass wir das nach all dem Trubel eigentlich alle ganz gut gebrauchen können. Wir können uns ja währenddessen in aller Ruhe Gedanken ums Essen machen. Eingekauft wird morgen früh und anschließend werfen wir uns in die Vorbereitungen. Und am Sonntag wird es dann ernst.«

»Warum nicht? Hört sich nach einem guten Plan an. Wo kochen wir denn?«

»Tja, das ist der nächste Hammer. Beide Teams müssen sich die Küche teilen. Zwei Öfen sind vorhanden. Das wird kein Problem. Aber es wird recht eng werden.«

»Was für ein Klamauk.« Eva rümpft die Nase.

»Finde ich auch. Aber Thies wollte es so. Ella hat mir erzählt, wie viel Spaß er bei der Planung hatte und vielleicht müssen wir es auch alle etwas weniger verbissen und mehr wie ein Spiel sehen. Ich hoffe auf jeden Fall, er hat Spaß beim Zuschauen, egal von wo.«

»Glaubst du daran? Ich meine an ein Leben nach dem Tod. Oder daran, dass die Seele noch irgendwo herumschwirrt?«

»Ich weiß nicht. Aber ich habe am Mittwoch vor dem Friedhof eine buddhistische Nonne getroffen. Sie hat zu mir gesagt, Abschied und Tod seien nur andere Worte für Neuanfang und Leben. Alles, was man zurücklasse, finde man in einer anderen Form immer wieder. Der Gedanke gefällt mir.«

»Mir auch. Aber es tut trotzdem weh, sich für immer verabschieden zu müssen.«

»Ja, manchmal ist das Leben echt ein Arschloch«, sage ich.

»Und zwar so was von! Andererseits kann das Leben auch ein Schatz sein. Es hat mir dich geschenkt. Hätte ich Ben nicht verloren, wäre ich wahrscheinlich nicht nach Oberhausen gezogen, wäre nicht in deiner Schule aufgetaucht und hätte dich nicht kennengelernt. Und Marc hätte ich auch nicht getroffen. Vielleicht hat ja doch am Ende alles seinen Sinn. Was meinst du?«

»Das wäre schön, auch wenn es mir manchmal schwerfällt, daran zu glauben.«

»Apropos glauben ... ich weiß, der Themenwechsel kommt jetzt etwas abrupt, aber glaubst du, Uta hat tatsächlich eine Chance gegen einen Sternekoch? Ich meine eine realistische Chance.«

»Jan ist verdammt gut«, erkläre ich. »Besonders wenn es ums Kochen geht. Uta hat ihre Stärken eher beim Backen und in Sachen Desserts. Da könnte sie punkten. Wir müssen uns also eine geniale Vorspeise ausdenken, damit wir gewinnen.«

»Nicht wir, ihr. Ich bin hier nur die Testesserin. In die Sauna begleite ich euch aber trotzdem. Wann soll es denn losgehen?«

»Wir haben keine genaue Uhrzeit ausgemacht. Irgendwann gegen Nachmittag. Ich habe vorgeschlagen, hier zu gehen. Im Hotel gibt es einen kleinen Wellnessbereich.« Ich greife nach meinem Handy. »Jetzt ist es zwei Uhr. So in einer Stunde?«

Eva nickt. Sie lässt ihren Blick über die Magerrasenfläche schweifen. »Ich bin immer wieder überrascht, dass es in Deutschland so viele schöne Flecken Erde gibt, die einem bisher noch nie aufgefallen sind und die es sich zu entdecken lohnt. Vielleicht sollten wir einfach hierbleiben und ein anderes Mal nach Sylt fahren. Was meinst du?«

»Hm«, mache ich. Da sagt Eva: »Ach ja, ich vergaß. Du willst möglichst schnell ganz weit weg von Jan. Hier ist es zu gefährlich für dich.«

»He!« Ich gebe meiner Freundin einen kleinen Klaps auf den Arm. »Sei nicht so frech.«

»Ehrlich wäre wohl treffender als frech«, sagt Eva trocken, da klingelt mein Telefon. Es ist Pippi Langstrumpf.

»Liebe Grüße«, sagt Eva. Ich nicke und nehme das Gespräch an.

»Wie, ihr bleibt da und helft deiner Freundin beim Kochen? Wie cool ist das denn?« Jule klingt aufgekratzt und fällt wie immer sofort mit der Tür ins Haus.

»Hallo, Julchen, freut mich auch von dir zu hören«, sage ich lächelnd. »Ja, das haben Eva und ich so entschieden. Sie sitzt gerade hier neben mir. Liebe Grüße von ihr.«

»Zurück. Und jetzt erzähl …«

In kurzen Sätzen bringe ich meine Tochter auf den Stand der Dinge. Als ich fertig berichtet habe, sagt sie: »Sonntag schon. Hm. Warte mal kurz … Kim, kannst du auch schon übermorgen? Oder noch besser morgen … ja, super! Mama? Wir kommen auch! Spätestens morgen am frühen Abend sind wir da, je nachdem, wie wir hier wegkommen.«

»Was? Du wolltest doch mit deinem Vater grillen und mit ihm über dein Studium sprechen.«

»Ja, aber den Termin kann man verlegen, euren nicht. Wir kommen und helfen euch. Kannst du uns ein Zimmer organisieren? Es muss auch nichts Besonderes sein. Hauptsache, wir haben ein Bett.«

»Ich buche euch eins hier im Hotel. Das ist sehr schön und wird euch gefallen.«

»Prima!«

»Dein Vater wird allerdings nicht begeistert sein«, gebe ich zu bedenken. »Er hat sich ganz sicher auf euer Treffen gefreut.«

»Er wird es überleben, Mama. Ich frage ihn, ob ich stattdessen morgens zum Frühstück kommen kann, wenn dich das beruhigt.«

»Das ist eine gute Idee, Schatz, mach das.«

»Okay, ich ruf ihn gleich an. Bis dann, Mama. Hab dich lieb.«

»Ich dich auch, bis dann.«

Eva hat den Kopf leicht zur Seite geneigt und sieht mich mit hochgezogenen Augenbrauen an. »Dein Vater wird allerdings nicht begeistert sein«, säuselt sie. »Was war das denn, Jette?«

»Jule hatte sich mit ihm zum Grillen verabredet«, erkläre ich. »Aber sie möchte lieber nach Lünzen kommen, um uns zu helfen.«

»Das habe ich schon verstanden. Du buchst ihr hier ein Zimmer. Was ich nicht verstanden habe, ist, warum du dir immer noch so viele Gedanken um Arschies Befindlichkeiten machst. Es ist sein Problem, wenn er das mit Jule nicht auf die Reihe bekommt, nicht deins.«

Ich zucke mit den Schultern. »Aber es ist mir wichtig, dass die beiden miteinander klarkommen. Stefan ist immerhin ihr Vater.«

»Versteh ich. Aber vielleicht solltest du die beiden einfach mal machen lassen. Auch Jule ist inzwischen erwachsen.«

»Ja, du hast ja recht.« Ich atme tief ein und pruste laut die Luft wieder aus. »Beim nächsten Mal mische ich mich nicht mehr ein.« Immerhin habe ich mir am Tag unserer Scheidung vorgenommen, dass die nächsten sieben Jahre nicht nur alles anders, sondern auch besser wird.

24. Kapitel

Die Sauna des Hotels ist nicht sehr groß. Aber das hat auch seine Vorteile. Es haben maximal vier Personen darin Platz, wenn man es einigermaßen bequem haben will. Wir sind somit alleine und das allgemeine Gesprächsverbot während des Schwitzens gilt für uns nicht. Eva und Tina liegen auf den beiden Bänken oben, Uta und ich haben uns unten platziert.

»Das tut gut.« Uta streckt sich lang auf ihrem Handtuch aus.

»Ja.«, sagt Eva und seufzt wohlig auf. Ich schaue rüber zu ihr. Sie sitzt im Schneidersitz auf der anderen Seite. Die Arme hat sie hinter ihrem Kopf verschränkt. Auch Tina wirft einen Blick auf meine Freundin.

»Du hast eine tolle Figur, Eva, wenn ich das mal so völlig neidlos sagen darf. Wie hältst du dich so schlank?«

»Kein Fleisch, keine Kohlenhydrate, keine Milchprodukte und ganz viel Sport«, erklärt Eva. »Ach ja, und auf keinen Fall Zucker!«

»Und wie willst du dann als Testesserin fungieren?«, fragt Uta.

Ich liege schmunzelnd auf meinem Handtuch. Schließlich weiß ich ganz genau, dass Eva für ein gut gebratenes Steak alles stehen und liegen lässt. Außerdem liebt sie Pasta und Eis.

»Das hast du nicht ernst gemeint, Eva.« Tina hat sie durchschaut.

»Nein, habe ich nicht. Keine Sorge, ich esse alles und bin sozusagen als Testesserin prädestiniert. Nur bei Leber streike ich. Die habe ich schon als Kind gehasst, wenn meine Mutter mich gezwungen hat, sie zu essen. Und zu deiner Frage, wie ich mich so schlank halte. Keine Ahnung. Ich glaube, das ist in meinem Fall einfach Veranlagung. Dazu kommt, dass ich schon als Kind immer regelmäßig Sport getrieben habe und das auch heute noch gerne tue. Schon allein für meinen Job ist es hilfreich, fit zu bleiben.«

»Eva hat den schwarzen Gürtel in Karate«, erkläre ich nicht ohne Stolz. »Apropos Testesser, meine Tochter und ihre Freundin kommen Samstagabend, um uns zu helfen, Uta.«

»Was? Das freut mich aber, dann lerne ich deine Jule ja auch mal kennen.« Uta rollt sich zur Seite und stützt sich auf dem Ellbogen ab. »Ella hat gesagt, dass wir ein Drei-Gänge-Menü zubereiten sollen. Vielleicht können wir das Servieren den jungen Leuten überlassen. Julia, Jule und ihre Freundin, zu dritt müssten sie das eigentlich hinbekommen, oder?«

»Auf jeden Fall, ich finde, das ist eine gute Idee«, stimme ich zu. »Hast du dir schon Gedanken gemacht, was du kochen möchtest, Uta?«

»Ja, ich glaube nicht, dass es jetzt noch Sinn macht, großartig rumzuexperimentieren. Ich sollte bei den Gerichten bleiben, die ich blind zubereiten kann. Und ich möchte auf jeden Fall regionale Küche anbieten. Als Nachtisch gibt es Buchweizentorte. Ich habe das Originalrezept für die Torte, die der Dalai Lama bei Thies gegessen hat, überlege aber, ob ich es etwas abwandle und stattdessen Minitörtchen backe. Als Hauptspeise wollte ich irgendetwas mit Kürbis machen. Vielleicht Gnocchi. Und dazu etwas mit Heidschnucke, schlichtes Ragout zum Beispiel. Das hat den Vorteil, dass man es gut vorbereiten kann. Es schmort von alleine. Nur bei der Vorspeise bin ich überfragt. Vielleicht eine Pastinakensuppe?«

»Hört sich alles lecker an«, meldet sich Eva von der Etage schräg gegenüber. »Bei mir hättest du damit jetzt schon gewonnen.«

»Ich finde die Auswahl auch gut. Man könnte die Suppe mit Kürbiskernen und Öl verfeinern«, überlege ich. »Vorbereiten könnte man sie auch gut.«

»Okay!« Uta grinst breit. »Das ging ja schnell. Oder meint ihr, dass ich es mir damit zu einfach mache?«

Wir schütteln alle den Kopf.

»Das sind deine Gerichte«, sagt Tina. »Du solltest dich auf keinen Fall verstellen und irgendeinen Schnickschnack anbieten, nur weil du gegen einen Sternekoch antreten musst. Du bietest Herzensküche, keine Sterneküche. Das kommt bestimmt gut an.«

»Jan hat zumindest früher auch immer mit dem Herzen gekocht«, erkläre ich. »Und ich kann mir kaum vorstellen, dass er am Sonntag ›Schnickschnack‹ servieren wird. Dazu ist er zu intelligent. So wie ich ihn einschätze, wird er auf jeden Fall auch regional kochen – mit dem gewissen Etwas. Leicht wird das nicht, Uta.«

»Weiß ich doch.« Uta dreht sich wieder auf den Rücken. »Aber wir schaffen das.«

»Das ist die richtige Einstellung!« Eva hat sich mittlerweile auf den Bauch gelegt. »Aber sag mal, habe ich da gerade richtig gehört? Der Dalai Lama hat bei Thies Torte gegessen?«

»Ja, die Geschichte wollte ich Jette sowieso noch erzählen. Hier war ganz schön was los, sag ich dir. Das ganze Dorf war in Aufruhr. Der Dalai Lama hat 1998 das Buddhistische Zentrum in Lünzen gesegnet«, erzählt Uta. »Bei seiner Ankunft haben die Mönche ein Sand-Mandala gestaltet. Es ist Brauch, den Sand des Mandalas in einem fließenden Gewässer zu verteilen. Da hier kein Meer oder größerer Fluss ist, haben sie sich für Thies' Teich entschieden. Es sollte alles ganz geheim und unter Ausschluss der Öffentlichkeit stattfinden. Aber ihr könnt euch ja vorstellen, was passiert, wenn ein Polizeihubschrauber über dem Teich kreist und etliche Sicherheitsleute im Ort aufkreuzen. Wir haben uns in Boote gesetzt und sind von der Veerse aus zum Teich gepaddelt. Ich habe den Dalai Lama auch gesehen. Er hat mir sogar gewunken. Nach der Aktion mit dem Sand hat er bei Thies ein Stück Buchweizentorte gegessen. Ella hat mir das Rezept geschenkt.«

»Thies und der Dalai Lama.« Ich lächle in mich hinein. »Das passt. Mir hat Ella das Rezept für den Butterkuchen überlassen«, erzähle ich. »Es steckte in ihrem Brief. Ich habe ihn zuhause direkt nachgebacken. Er schmeckt immer noch genauso köstlich!«

»Oh, sollen wir tauschen, Jette?«, fragt Uta.

»Unbedingt.« Ich strecke mich noch einmal lang aus. Da sagt Tina: »Das Menü steht also. Find ich gut. Ich glaube aber, ich habe für den ersten Saunagang genug. Ich muss raus. Kommt ihr mit?« Schon wieder sind wir alle einer Meinung und stürmen gemeinsam die Duschen, rubbeln uns trocken und machen uns auf den Weg in Richtung Ruheraum.

»Wie romantisch. Ein Ruheraum mit Blick auf den Parkplatz«, stellt Eva fest. »Wie kann man denn so etwas planen?«

Es sieht lustig aus, wie wir da vor den Liegestühlen stehen. Jede von uns trägt einen flauschigen weißen Bademantel, einen weißen Kopfturban und Frotteeschlappen.

»Wir könnten die Liegen raustragen, hinter unser Zimmer«, schlage ich vor. »Da ist der Blick einmalig.«

»Und wenn noch andere Saunagäste kommen und die Liegestühle verschwunden sind?«, fragt Uta, aber da greift Tina schon beherzt nach einem der Stühle.

»Das merken wir ja dann spätestens beim nächsten Schwitzen«, sagt sie. »Kommt Mädels, raus an die frische Luft.«

Wir laufen nacheinander im Gänsemarsch um das Hotel herum, jede von uns trägt eine Liege. Die Hotelgäste, denen wir begegnen, lächeln uns alle an. Wir scheinen ein hübsches Bild abzugeben. Ein paar Minuten später liegen wir nebeneinander in der Spätsommersonne auf meiner Terrasse. Tina streckt ihr linkes Bein aus und betrachtet eingehend ihre rot lackierten Fußnägel. Dabei fragt sie: »Was meinst du, Jette, würdest du noch mal heiraten?«

»Boah ey, keine Ahnung!«

»Wie süß!«, ruft Uta und lacht. »Sag das noch mal bitte, genau in diesem Tonfall.«

Ich habe keine Ahnung, wovon sie spricht, wiederhole aber brav: »Keine Ahnung!«

»Nein, das davor, dein Ruhrpottdeutsch.«

»Sie meint dein Boah ey, Jette«, erklärt Eva mir.

»Blagen, die watt wollen, kriegen watt auffe Bollen«, sage ich stattdessen.

Uta bekringelt sich vor Lachen, dann sagt sie ernst. »Du hast tatsächlich im Ruhrgebiet dein Zuhause gefunden, oder?«

»Ja«, antworte ich schlicht. Ich liebe den Gasometer in Oberhausen, den Rhein-Herne-Kanal, Mettwürstchen, Möhren durcheinander, das Büdchen umme Ecke und schwarz gegrillten Bauch.

»Was ist mit dir, Eva?«, fragt Tina. »Bist du verheiratet, Kinder?«

»Ich war einmal verheiratet, bin jetzt wieder glücklich liiert und habe einen siebenundzwanzigjährigen Sohn. Noch einmal heiraten würde ich nicht. Aber so wie es aussieht, werde ich demnächst den Versuch wagen, mit meinem Lebenspartner Marc zusammenzuziehen. Und du, Tina?«

»Ich bin schon zum zweiten Mal verheiratet.« Tina streckt auch ihr zweites Bein aus. Dann senkt sie beide wieder langsam ab. Sie klingt herrlich bissig, als sie sagt: »Mit einem Mann, der aussieht wie ein aufgeblasener Frosch, wenn er auf dem Rücken liegt.«

Wir prusten alle drei auf einmal los.

»Das war fies«, sagt Uta.

»Versteht mich nicht falsch«, rechtfertigt sich Tina da. »Ich bin ja auch nicht gerade schlank, aber Robert wiegt mittlerweile bestimmt an die hundertzwanzig Kilo. Und das bei seiner Größe. Aber das Beste ist: Es scheint ihn überhaupt nicht zu stören. Er trägt seine Wampe ganz selbstverständlich mit sich rum, so als wäre er damit schon auf die Welt gekommen. Er ist verdammt bequem geworden – und zwar in jeder Beziehung. Die Ehe ist ein Beziehungskiller. Anfangs haben wir uns fast jeden Abend ausgiebig geliebt und danach eine Kleinigkeit gegessen. Mittlerweile kochen und essen wir reichlich, und ab und zu haben wir ein kleines bisschen Sex. Meistens samstags. Unter der Woche läuft gar nichts mehr. Und das Schlimme ist, dass ich froh darüber bin.«

Ich wische mir die Lachtränen aus den Augen. Der aufgeblasene Frosch hat das Kopfkino in mir angeknipst. »Oh, Mann, Tina, du nimmst mir jede Hoffnung auf ein spätes Glück.«

»Quatsch, du darfst nur nicht heiraten, das hat sie doch eben plausibel erklärt«, berichtigt mich Eva. »Was meint ihr, vielleicht sollte ich doch nicht mit Marc zusammenziehen? Das wäre dann ja sozusagen eine eheähnliche Gemeinschaft.

Wenn dadurch unser Sexleben flöten geht, bestehe ich lieber auf zwei Wohnungen.«

Ich werfe einen Blick auf Uta, die während der letzten Minuten merkwürdig still geworden ist. Sie liegt da, die Arme vor der Brust verschränkt und schaut in die Ferne.

»Was ist mit dir, Uta?«, fragt Eva da. »Wie läuft es bei dir so?«

»Ich habe einen gut gebauten Ehemann und etwa zweimal die Woche Sex«, sagt sie und legt eine bedeutungsvolle Pause ein. »Aber ich habe nichts davon.«

Damit hat keine von uns gerechnet. Tina hat sich als Erste wieder gefasst. »Was meinst du damit? Bedeutet das, dass du keinen Orgasmus bekommst?«

»Genau!« Uta atmet tief durch. »Anfangs hat mich das nicht gestört. Und irgendwann war der Punkt erreicht, da hatte es sich so eingespielt. Ich kann Thomas ja jetzt schlecht stecken, dass ich ihm jahrelang etwas vorgespielt habe.«

Tina räuspert sich. »Jahrelang? Über wie viele Jahre sprechen wir denn hier ganz genau? Du meinst doch nicht etwa die gesamte Zeit deiner Ehe?«

»Doch, genau das meine ich.«

»Ach du Scheiße«, entfährt es Eva. »Spielst du was vor oder ist es ihm egal?«

»Ich bin Expertin im Stöhnen«, sagt Uta. »Und das nervt mich ehrlich gesagt gewaltig.«

Meine Gedanken fahren Achterbahn. »Und vor der Ehe?« Ich kann mich noch sehr gut daran erinnern, wie Uta damals von Thomas' Bettqualitäten geschwärmt hat, wenn wir uns über unsere Freunde unterhalten haben.

»Da wars auch nicht viel besser«, antwortet Uta.

Ich verkneife mir die Frage, warum sie damals mit mir darüber gesprochen hat. Ich sehe ihr an, dass es ihr so schon schwerfällt, sich uns zu öffnen. Doch sie spricht das Thema von sich aus an. »Du hast immer so dermaßen von deinem Sexgott geschwärmt, da wollte ich nicht schlecht dastehen. Ich weiß heute, dass das falsch war. Aber es war ja auch wie verhext. Bei dir lief immer alles ein wenig besser. Deine Eltern waren netter, du warst besser in der Schule, und dein Freund war auch besser – zumindest im Bett.«

»Dafür bin ich jetzt geschieden«, sage ich.

»Und ich vielleicht auch bald, wenn ich so weitermache.« Uta setzt sich etwas in der Liege auf. »Nachdem meine Mutter gestorben ist, hatte ich plötzlich keine Lust mehr darauf, ihm etwas vorzuspielen. In mir hat sich die Angst breitgemacht, irgendwann mal so zu enden wie sie. Unzufrieden, verhärmt und unglücklich. Ihr ganzes Leben hat sich immer nur um ihren Mann, also meinen Vater, gedreht. Er hat meine Mutter verprügelt und sie schließlich wegen einer jüngeren Frau verlassen. Und was macht meine Mutter? Sie heult ihm auch noch nach. Versteht mich nicht falsch, Thomas ist ein herzensguter Mensch, er würde mich niemals schlagen. Aber letztendlich versuche ich, seit ich ihn kenne, ihm immer alles recht zu machen. Und darauf habe ich keine Lust mehr.« Sie schnauft kurz durch. »Keine Ahnung, woran das liegt. Vielleicht ist der Tod meiner Mutter schuld, vielleicht sind es doch die Hormone. Es heißt ja nicht umsonst Wechseljahre, oder? Auf jeden Fall habe ich aufgehört, ihm was vorzuspielen. Er weiß nicht, dass ich bisher immer geschauspielert habe. Ihm das zu sagen, so weit konnte ich nicht gehen. Deshalb habe ich ihn wieder angelogen und es auf die Hormone geschoben und darauf, dass sich dadurch untenrum wohl irgendwas geändert hat. Seitdem kriselt es zwischen uns gewaltig. Thomas fühlt sich in seiner männlichen Ehre verletzt. Er meint, ich soll mal mit meiner Frauenärztin sprechen, kommt aber nicht auf die Idee, dass es vielleicht auch an ihm liegen könnte und dass er was verändern sollte. So!« Noch einmal atmet Uta tief ein und wieder aus. »Das wars zu meinem Liebesleben, ich denke, das kann keine von euch toppen, oder?« Sie sieht uns an und wir schütteln den Kopf.

»Die Sache mit deiner Mutter kann ich nicht einschätzen, Uta«, sagt Tina jetzt. »Vielleicht ist es eine Kombination aus beidem. Du hast einen Schubs gebraucht. Und die Hormone haben auch ihren Teil dazu beigetragen. Ich bin überzeugt davon, dass der liebe Gott den Frauen die Wechseljahre geschenkt hat, um ihnen die Chance zu geben, sich noch mal völlig neu zu entdecken. Du bist auf dem besten Weg. Den Anfang hast du geschafft. Jetzt musst du deinem Mann nur noch beibringen, was er machen muss, damit es dir gefällt. Thomas liebt dich. Ich bin mir sicher, ihr bekommt das hin.«

»Aber wie?«, fragt Uta. »Ich habe ehrlich gesagt noch nie großartig was gefühlt, wenn er in mir ist.«

»Ach!«, sagt Eva. »Zumindest damit stehst du nicht alleine da. Das ist bei mir auch oft so. Aber es gibt ja noch andere Möglichkeiten, miteinander Spaß zu haben. Du könntest zum Beispiel ...«

Ich höre zu, wie Eva und Tina Uta Tipps geben. Ich selbst halte mich zurück. Uta hat nicht nur ihrem Mann, sie hat auch mir vorgespielt, eine ganz andere zu sein. Ich habe uns früher immer als gleichberechtigte Freundinnen gesehen. Zwar habe ich immer vermutet, dass sie eifersüchtig auf Jan ist, aber ich hatte keine Ahnung, dass ich das eigentliche Problem war. Ich habe mich nie als etwas Besseres gefühlt. Aber Uta hat das anscheinend so gesehen. Ich schaue rüber zu meiner Freundin aus Kindertagen und denke, dass ich sie eigentlich nie richtig kennengelernt habe. Vielleicht ist das so bei Jugendfreundinnen? Vielleicht kommen erst mit dem Erwachsenwerden das wahre Kennenlernen und die vollkommene Ehrlichkeit, die eine wirklich beständige Freundschaft ausmachen. Ich will damit nicht sagen, dass unsere Freundschaft nicht echt war. Aber sie hat es damals einfach nicht über das Stadium der Jugendfreundschaft hinausgeschafft.

Außerdem meine ich mich auch zu erinnern, dass Uta mir auf dem Friedhof erzählt hat, ihre Mutter habe ihren Vater rausgeschmissen. Und jetzt sagt sie, der Vater sei gegangen. Das heißt, sie hat auch da zumindest einmal die Wahrheit verdreht. Mein Blick wandert durch die Runde und bleibt bei Eva hängen. Sie lächelt mich an. Ich bin mir sicher, dass sie ganz genau weiß, was jetzt in mir vorgeht. Unsere Beziehung ist anders als es die zwischen Uta und mir je war. So viel tiefer und ... erwachsener eben.

»So!«, sagt Eva jetzt. »Für meinen Geschmack haben wir genug über Kerle gequatscht, oder? Lasst uns noch eine Runde schwitzen. Aber diesmal nicht den Bio-Schongang, sondern so richtig schön heiß!«

»Bist du sauer auf mich?«, fragt Uta, als wir nebeneinander zur Sauna gehen.

»Nein, überhaupt nicht. Mir war nur nicht klar, wie du dich damals gefühlt hast und wie wenig ich dich wahrscheinlich wirklich kenne.«

»Weil ich das mit Thomas für mich behalten habe – und viele andere nicht so schöne Dinge auch.«

Der Nachsatz klingt nicht gut, schießt es mir durch den Kopf. Ich greife nach Utas Arm, bleibe stehen und lasse die anderen beiden ein Stück weitergehen. »Was meinst du damit?«

»Na ja, alles eben, der Alkoholismus, die Gewalt, der Psychoterror meines Vaters, auch gegen mich.«

Ein kleiner Stich fährt mir durchs Herz. »Also hat er dich doch nicht verschont und nur immer deine Mutter geschlagen?«, frage ich.

»Aber nur ganz selten.«

»Einmal ist einmal zu viel, Uta. Ich meine das nicht böse, aber du musst mir etwas versprechen«, sage ich. »Hol dir bitte Hilfe von einem Profi, wenn das alles hier vorbei ist. Such dir einen guten Therapeuten oder eine Therapeutin. Du musst das alles aufarbeiten. Über die Dinge reden hilft, auch wenn du das all die Jahre vermieden hast. Ich glaube, dass du momentan auf dem absolut richtigen Weg bist.« Ich lächle sie an. »Lass dir bitte helfen, du musst das nicht alleine meistern.«

»Darüber habe ich auch schon nachgedacht«, sagt Uta. »Was meinst du, sollte ich mal Ella fragen? Die kennt sich in Lüneburg doch aus. Wenn, dann möchte ich das nicht hier in der Nähe machen.«

»Wäre eine Idee, aber aus dem Bauch raus würde ich das lieber lassen. Frag mich nicht warum, ist nur so ein Gefühl. Ich an deiner Stelle würde mich mit Tina zusammensetzen und das Internet durchforsten. Vielleicht ist eine gute Wahl fürs Erste auch mal eine Frauenberatungsstelle. Die kennen in der Regel fähige Therapeuten. Tina ist deine engste Freundin und Vertraute. Enthalte ihr nicht deine Probleme und Gefühle vor. Ihr müsst das miteinander teilen. Es hilft so unglaublich viel.«

»Das ist eine gute Idee, danke. Ich muss es eben erst lernen, über mich selbst zu sprechen, auch wenn ich vielleicht ein wenig spät damit anfange.«

»Es ist nie zu spät!«, sage ich noch, bevor wir weitergehen.

Eva und Tina warten vor der Tür zur Sauna auf uns.

»Und was mache ich jetzt mit meinem aufgeblasenen Frosch?«, fragt Tina und heitert dadurch unsere Stimmung wieder etwas auf.

Es ist acht Uhr abends, als Uta und Tina sich von uns verabschieden. Wir schauen den beiden nach, wie sie zum Auto gehen.
»Ich habe Tina nahegelegt, Uta von einer Therapie zu überzeugen«, sagt Eva.
»Ich habe Uta nahegelegt, sich einen Therapeuten zu suchen und sich dabei von Tina unterstützen zu lassen«, erwidere ich und muss lachen. Wir sehen uns grinsend an und klatschen uns mit der Hand ab. »Zwei Doofe, ein Gedanke. Was meinst du? Uta hat mir letztens erzählt, ihre Mutter hat ihren Vater rausgeschmissen, jetzt hat sie behauptet, der Vater habe sie verlassen. Was davon stimmt?«
»Er hat sie verlassen und Uta ist das peinlich, weil sie sich gewünscht hätte, dass ihre Mutter stark genug ist, ihn rauszuschmeißen. Ich gehe davon aus, dass Uta sich danach um ihre Mutter gekümmert hat. Da spielen Abhängigkeiten eine Rolle, aus denen man nicht so leicht rauskommt. Aber ich denke, sie ist nun auf dem richtigen Weg.«
»Das glaube ich auch. Aber sag mal ehrlich ... strahle ich etwas Überhebliches aus? Gebe ich den Leuten das Gefühl, etwas Besseres zu sein? Stefan hat mir das in unserer Trennungsphase auch mal vorgeworfen. Die Worte bekomme ich nicht mehr so genau zusammen, aber es lief darauf hinaus, ich habe zu hohe Ansprüche und solle mal von meinem hohen Ross runterkommen. Und Uta hat heute auch durchblicken lassen, dass sie mich immer als etwas Besseres gesehen hat. Kommt das von mir? Muss ich mir Gedanken machen?«

»Nein, du bist alles andere als überheblich. Du hast Prinzipien und lebst nach deinen eigenen Moralvorstellungen. Dabei stellst du sehr hohe Ansprüche an dich selbst. Da kommt es schon das ein oder andere Mal vor, dass du anderen Menschen unweigerlich ihre eigenen Unzulänglichkeiten aufzeigst. Es wird schwer, wenn man anfängt, sich mit dir zu messen, weil du eine verdammt starke und liebenswerte Persönlichkeit bist. Neid, Eifersucht und Missgunst liegen dir völlig fern. Du willst immer nur das Beste für andere. Du bist der gelebte Altruismus.« Eva grinst mich an. »Mich wundert es, dass du noch nicht den Weg zum Buddhismus gefunden hast. Gibt es nicht ein Kloster in Lünzen?«

Ich stupse Eva in die Seite. »Pass auf, sonst bringst du mich tatsächlich auf den Geschmack und ich bleibe doch hier.«

»Nein, bitte nicht. Ich brauch dich in Oberhausen. Und keine Sorge, ich kann ganz gut gegen dich anstinken, auch wenn ich nicht so selbstlos wie du bin. Ich habe andere Qualitäten.«

»Das stimmt.« Ich hake mich bei ihr unter und wir gehen zurück zu unserem Zimmer. Dabei lasse ich mir durch den Kopf gehen, was Eva gerade gesagt hat und muss noch einmal nachhaken. »Na toll, dann bin also so etwas wie eine Heilige Johanna? Klingt ja nicht gerade sehr aufregend.«

»Nicht, wenn Jan in deiner Nähe auftaucht. Er schafft es, dich aus der Reserve zu locken«, erwidert Eva. »Habe ich schon erwähnt, dass ich ihn mag?«

25. Kapitel

»So!« Uta reibt sich die Hände. »Bevor wir anfangen, wollte ich mich noch mal aus ganzem Herzen bei euch bedanken. Ohne euch würde ich jetzt nicht hier in dieser Küche stehen. Ganz egal, wie das morgen ausgeht ... immerhin kann ich mir nicht vorwerfen, dass ich es nicht wenigstens versucht habe. Es ist schön, solche Freundinnen wie euch zu haben.« Sie zeigt auf unsere Einkäufe. »Ich hoffe, dass wir nichts vergessen haben. Und falls doch, rast Thomas los und besorgt es.« Sie lächelt. »Er hat sozusagen Bereitschaftsdienst.«

In der ganzen Aufregung habe ich nicht daran gedacht, Uta zu fragen, was ihr Mann davon hält, wenn sie jetzt eventuell Inhaberin eines Gartencafés werden sollte. Aber anscheinend hat er nichts dagegen, sonst hätte Uta gerade nicht gelächelt, als sie seinen Namen genannt hat.

»Unsere Tipps scheinen also gewirkt zu haben«, flüstert Eva.

»Meinst du?« Ich betrachte Uta etwas genauer. Sie scheint tatsächlich gelöster zu sein als sonst und wirkt entspannt, obwohl wir jede Menge Stress vor uns haben. Woran das liegt, kann ich nicht einschätzen. Ob Eva ein besseres Gespür für Uta hat als ich? Sie ist unvorbelastet und lernt Uta so kennen, wie sie jetzt ist. Ich habe noch die alten Zeiten im Kopf, und seit gestern das Gefühl, meine Freundin nie richtig kennengelernt zu haben.

»Im Prinzip können wir fast alles schon für morgen vorbereiten«, erklärt Uta. »Die Törtchen backen wir allerdings frisch. Ich habe kleine Gläschen besorgt, in die wir die einzelnen Schichten füllen können. Das wird hübsch.« Sie zeigt auf die linke Hälfte der Arbeitsplatte, wo die Zutaten für die herzhaften Gerichte liegen. »Die Zwiebeln müssen klein geschnitten werden, das Heidschnuckenfleisch auch. Der Kürbis muss entkernt und in kleinen Stücken mit etwas Öl im Ofen weichgebacken werden. Wer hilft mir mit den Zwiebeln? Freiwillige vor.«

Tina und Eva gehen beide einen Schritt zurück und grinsen sich dabei an.

»Ihr beiden versteht euch, nicht wahr?«, frage ich. Sie nicken einträchtig und begeben sich zu den Kürbissen.

»Wie früher«, sagt Uta, als wir nebeneinanderstehen und eine Zwiebel nach der anderen pellen. »Weißt du noch? Thies hasste diese Aufgabe. Er hat sie immer uns überlassen, wenn er die Chance dazu hatte.« Uta seufzt. »Er fehlt mir.«

»Mir auch. Ich bereue es, dass ich mein Versprechen nicht gehalten und ihn besucht habe.«

»Thies war davon überzeugt, dass alle irgendwann in einem anderen Leben wieder aufeinandertreffen. Das hat er ernst gemeint. Er hat viel Zeit mit einer buddhistischen Nonne verbracht, die hier im Zentrum lebt. Die beiden haben oft stundenlang diskutiert. Thies hat das genossen.«

»Das kann ich mir vorstellen.«

»Ella hat recht«, sagt Uta. »Wir müssen beide aufhören, in der Vergangenheit zu leben und uns stattdessen auf die Gegenwart konzentrieren. Du bist jetzt hier. Und das ist schön.«

Und traurig, weil ich hier in der Küche Zwiebeln pelle – ohne Thies. Ob er den ganzen Trubel nur veranstaltet, damit wir keine Zeit zum Trauern haben und nach vorne blicken?

Zutrauen würde ich es ihm. »Apropos Gegenwart. Was ist mit Thomas? Du hast gerade so versonnen gelächelt, als du über ihn gesprochen hast. Eva meint, du hättest ihre Tipps beherzigt.«

»Ach was.« Uta schüttelt vehement den Kopf. »Danach steht mir momentan überhaupt nicht der Sinn. Das möchte ich auch jetzt nicht über das Knie brechen. Ich schätze mal, das wird eher ein Langzeitprojekt.« Sie kichert ein bisschen. »Aber ich bleibe konsequent. Gestöhnt wird nur noch, wenn es echt ist. Tina hat recht. Thomas liebt mich. Wir kriegen das auf Dauer hin.«

Ich bin absolut auf Utas Seite. Trotzdem denke ich dabei auch an Thomas. Er weiß nicht, was er all die Jahre falsch gemacht hat. Uta hat ihm nie die Chance gegeben, es besser oder vielleicht einfach nur anders zu machen. »Das hoffe ich für euch. Ich mag Thomas.«

»Ja, er ist ein guter Kerl. Gestern Abend habe ich noch lang mit ihm gesprochen. Er wird morgen wie verrückt mitfiebern, wenn wir hier werkeln. Er hat sogar angeboten zu helfen, aber ich habe ihm klargemacht, dass er mich nur nervös machen würde. Schließlich hat er sogar vorgeschlagen, dass wir unser Haus verkaufen, wenn ich gewinnen sollte. Sein Büro kann er auch hier einrichten. Er möchte kürzertreten und niemanden mehr einstellen, sodass er mir helfen könnte, wenn es hier gut läuft. Und wenn ich nicht gewinne, suche ich mir einen Ganztagsjob, damit wir finanziell wieder ein bisschen auf die Beine kommen. Ach ja …« Uta strahlt über das ganze Gesicht. »Wir bekommen übrigens noch eine Hilfe. Lukas wird sich mit um die Getränke kümmern. Das hat er von sich aus angeboten.« Sie strahlt mich an. »Ich bin so froh, dass du gekommen bist, Jette. Du bist echt ein Engel.«

Na super. Jetzt bin ich also von der Heiligen Johanna zum geflügelten Wesen mit Heiligenschein aufgestiegen. Ich weiß nicht warum, aber das gefällt mir nicht. Alle scheinen gute Laune zu haben. Sogar Tina strahlt wie ein Honigkuchenpferd, obwohl sie bekanntermaßen mit einem aufgeblasenen Frosch verheiratet ist. Und genau das ist der Unterschied zwischen uns, denke ich. Sie alle haben jemanden, über den sie sich aufregen können, nur ich nicht.

Wie auf Kommando ertönt Lachen und Gepolter aus der Gaststube. Kurz darauf steht Jan in der Tür, in Begleitung von drei jungen Kerlen. Sie alle tragen Kochjacken.

»Hallo, die Damen!« Auch mein Jugend-Ex strahlt über das ganze Gesicht.

»Hallo, Jan!«, flötet Uta zurück und trägt eine Fuhre Zwiebeln zum Herd gegenüber.

Jan stellt eine Kiste auf der Arbeitsplatte ab, geht zu Uta und Tina, um sie zu begrüßen. Evas Augen funkeln, als sie ihn begrüßt und nur kurz danach zu mir sieht. Ich schneide weiter meine Zwiebeln und versuche Jan zu ignorieren. Doch das gelingt mir nicht, denn er steht nur kurz darauf neben mir, beugt sich zu mir und sagt dicht an meinem Ohr: »Guten Tag, Frau Florin.«

»Tag.« Ich konzentriere mich weiter auf das Gemüse vor mir und ärgere mich über mich selbst. Die schlechte Laune kam einfach angeflogen.

»Oh, schlechte Laune?«, fragt Jan prompt.

»Kann vorkommen.« Ich schenke ihm ein unechtes Lächeln. »Ich bin schließlich auch nur ein Mensch.«

Um Jans Augen bilden sich viele kleine Lachfältchen. »Aus Fleisch und Blut, das weiß ich noch sehr genau, Jette.«

Und schon klopft mein Herz wieder etwas schneller. Ich

schüttele unwillkürlich den Kopf. Was ist das nur mit uns beiden?

»Ich lass dich lieber mal arbeiten, nicht, dass du dich noch verletzt«, sagt Jan und deutet auf das scharfe Messer in meiner Hand. Ich schneide emsig weiter. Als Jan und seine drei Helfer beginnen, ihre Körbe auszupacken, siegt die Neugierde. Ich schiele rüber. Das Erste, was ich sehe, ist ein großer Weidenkorb voll mit Holunderbeeren. Daneben liegen eine große Tüte mit Pistazien, Eier und eine Packung Grieß. Ich richte mich auf, um auch den Rest sehen zu können: Kartoffeln, grüne Gurken, Kürbiskernöl, Paniermehl …

So ein Mistkerl, denke ich. Jan hat sein Menü aus meinen Lieblingsgerichten zusammengestellt. Er weiß, dass ich früher für seine Fliederbeersuppe gestorben bin. Wir haben jeden Spätsommer körbeweise Holunderbeeren gesammelt, aus denen wir den Saft dafür gepresst haben. Seine Schnitzel habe ich immer als die Allerbesten der Welt bezeichnet. Für seinen Kartoffelsalat habe ich geschwärmt und seine Pistazienwölkchen geliebt. Ich hatte also recht. Jan ist zu intelligent, um hier mit Sterneküche punkten zu wollen. Und ich muss gestehen, dass ich zu gerne zu seinen Gästen gehören würde, wenn er das Menü morgen serviert. Mein Blick wandert weiter zu seinen drei Helfern, die eher aussehen wie harte Jungs als wie Köche. Einer von ihnen hat einen großen Tunnel im Ohr. Am Nacken entdecke ich ein Tattoo, das sich wahrscheinlich über seinen ganzen Rücken zieht.

»Und Chef? Was jetzt zuerst?«, ruft er.

Jan deutet auf den Korb mit den Holunderbeeren und der Tätowierte nickt.

»Zwiebeln haben wir jetzt genug.« Uta steht wieder neben mir. »Hast du gesehen, Jan hat sich für relativ einfache

Gerichte entschieden. Und er kocht nicht selbst. Er lässt seine Lehrlinge ran.«

»Die harten Jungs«, rutscht es mir heraus, doch Uta nickt nur.

»Schön, dass Jan ihnen noch eine Chance gibt und sich für sie einsetzt. Ich glaube, du hast ihn damals mit deiner sozialen Ader infiziert.«

»Was meinst du damit?«, hake ich nach.

»Er stellt Lehrlinge ein, die auf dem normalen Arbeitsmarkt keine Chance hätten. Jungs, die aus irgendeinem Grund abgerutscht sind. Jan gibt ihnen eine Perspektive.«

»Das war früher mal unser gemeinsamer Plan«, sage ich. »Dass wir es irgendwie schaffen, unsere beiden Berufe zu vereinen.«

»Sag ich doch, er hat das von dir angenommen und zumindest zum Teil umgesetzt. Schön, oder?«

»Ja.« Jan sieht mir direkt in die Augen, als ich zu ihm rübersehe. Er legt seinen Kopf leicht schief, lächelt und zeigt auf die Kaffeemaschine.

Ich schenke ihm ein Lächeln zurück. Ein starker Kaffee ist genau das, was ich jetzt brauche.

Ein paar Minuten später stehe ich mit Jan am Teich. Die Enten sind wieder da und schnattern ein fröhliches Konzert. Wir halten unsere Kaffeetassen in den Händen, nippen ab und an daran und schauen auf das Wasser. Ich fühle mich wohl in Jans Nähe, das habe ich schon immer. Einen Moment genieße ich die Stille. In der Küche sind genug Helfer für Uta, denke ich. Sie kommt auch sehr gut ohne mich klar.

»Ich bin weder die Heilige Johanna noch ein Engel«, sage ich. Eine Spur Trotz schwingt in meiner Stimme mit, das merke ich selbst. Und auch, dass meine Augen feucht werden.

»Ach, Scheiße!« In mir herrscht das reine Chaos. Und ich merke, wie mein Widerstand, der mich so viel Kraft kostet, schwindet.

Jan nimmt mir die Tasse aus der Hand und stellt sie gemeinsam mit seiner auf einen großen Stein am Ufer. Sein Blick ist weich und so unheimlich liebevoll, als er mit dem Daumen eine meiner Tränen wegwischt.

»Nicht traurig sein«, sagt Jan mit rauer Stimme. »Du weißt, dass ich das nicht gut ertragen kann.«

»Ich bin einfach nur ausgepowert«, erkläre ich.

»Komm her.« Jan öffnet seine Arme. Ich lasse mich hineinsinken. Sein Kopf lehnt an meinem. So bleiben wir etliche Sekunden einfach nur stehen. Ich atme tief ein und aus, genieße den Moment und das warme Gefühl, das sich in meinem Körper ausbreitet. Da spüre ich, dass mein Herz plötzlich schneller anfängt zu schlagen. Ich nehme all meinen Mut zusammen und schaue in Jans Augen, die eine Spur dunkler geworden sind, so wie früher, wenn er mich begehrt hat.

»Jette …«, sagt Jan mit brüchiger Stimme. Ich schlinge meine Arme um seinen Körper, drücke mich fest an ihn und seufze wohlig auf.

»Wie kann etwas falsch sein, wenn es sich so verdammt richtig anfühlt?«, sagt Jan. Er schiebt mich ein Stückchen von sich weg. Sein Blick ist nun schmerzerfüllt. »Es tut mir leid, ich habe das die ganze Zeit provoziert.«

»Was meinst du?«, frage ich, doch Jan kommt nicht mehr dazu zu antworten.

»Mama!« Ich drehe mich zum Haus. Jule steht in der Küchentür. Sie winkt, hopst die Treppenstufen nach unten und kommt auf uns zu.

»Das ist Jule«, sage ich.

Jan rückt ein Stück von mir weg.

»Wahnsinn, ist das schön hier!«, ruft sie. »Gut, dass ich das vorher nicht gesehen habe, sonst hätte ich dich bestimmt überredet, das Erbe anzunehmen.« Meine Tochter strahlt über das ganze Gesicht. Sie streckt Jan die Hand hin. »Hi, ich bin Jule.«

Jan greift zu. Mein Herz geht auf, als ich seinen weichen Blick bemerke. »Schön, dich kennenzulernen, Jule. Ich bin Jan.«

Jules Blick wandert zu mir. Ich versuche zu lächeln, aber das gelingt mir nicht ganz. Die Umarmung und das abrupte Ende haben mich verwirrt. Zu allem Übel merke ich, dass meine Augen wieder einen feuchten Schleier bekommen.

»Was ist los, Mama?« Jule sieht zu Jan. »Wehe, du tust ihr weh.«

Das klingt so süß, dass ich nicht nur wieder lächeln kann, sondern sogar kurz laut auflache.

Jan klappt den Mund auf und wieder zu. Er ist so überrascht, dass ihm die Worte fehlen.

»Lässt du uns noch einen Moment alleine, Julchen? Ich komme gleich zurück zu euch in die Küche, aber ich möchte noch kurz mit Jan sprechen.«

Jule wirft Jan noch einen skeptischen Blick zu. »Okay, bis gleich.«

»Sie ist unbeschreiblich hübsch«, sagt Jan. Er lächelt. »Und sie passt auf dich auf.«

»Ja, ich weiß. Irgendwie passen alle auf mich auf. Wirke ich so hilflos?«

»Was? Nein, wie kommst du denn darauf? Aber wir haben eben ziemlich nah beieinandergestanden. Unsere Umarmung könnte falsch bei ihr angekommen sein.«

Endlich dämmert es mir. Ich schaue Jan direkt in die Augen. »Warum hast du mich nicht geküsst?«

»Weil du verheiratet bist«, antwortet Jan und ich atme erleichtert auf. Einen Moment habe ich befürchtet, dass seine Verlobte der Grund sein könnte. Bisher weiß ich nur von Ella, dass die beiden sich getrennt haben.

»Ich bin geschieden, seit Dienstag«, sage ich.

Jan schweigt. Er sieht mich einfach nur an. Aber in seinem Gesicht kann ich keine Spur von Freude entdecken.

»Das habe ich für mich behalten, weil ich Angst davor hatte, mich wieder in dir zu verlieren. Na ja, und weil deine verdammt attraktive Verlobte bei mir aufgekreuzt ist.«

Es dauert noch einen Moment, bis ein Lächeln Jans Gesicht erhellt. »Du bist frei?«

Ich atme erleichtert auf und nicke.

Jan zieht mich wieder an sich. »Ich auch, seit Donnerstag. Zwischen Clarissa und mir hat es schon längere Zeit gekriselt. Dann hast du plötzlich vor mir gestanden und mir ist klargeworden, dass ich nicht wieder den Fehler machen sollte, mich an eine Frau zu binden, die ich nicht aus vollem Herzen liebe.«

»Dann bin ich ja gerade noch rechtzeitig hier aufgetaucht.«

Wir stehen noch immer eng umschlungen. Diesmal klopft mein Herz jedoch ganz ruhig. Wir sind beide ungebunden. Es ist nicht falsch, wie Jan eben noch vermutet hat. Er hat recht. Es fühlt sich richtig an.

Jan küsst sanft meine Schläfe. »Unter normalen Umständen würde ich dich jetzt bitten, mit mir zu kommen, Jette, damit ich dich den ganzen Abend lieben kann. Aber in Anbetracht der Tatsache, dass wir momentan Gegner sind, würde ich vorschlagen, wir verschieben das auf morgen. Wenn wir beide jetzt verschwinden, tauche ich morgen ganz sicher nicht hier auf, weil du mich mit deinen großen Bitte-Bitte-noch-ein-bisschen-mehr-Augen dazu bringen würdest, lieber noch ein paar Stunden mit dir im Bett zu verbringen.« Er rückt etwas von mir ab, legt den Kopf wieder leicht schief und sieht mich skeptisch an. »Oder war das deine Absicht? Du konntest schon immer ein kleiner Teufel sein.«

»Nein, aber du hast recht, das wäre ein guter Plan gewesen«, antworte ich und muss lachen. Ich löse mich von ihm und halte ihm meine Hand hin, damit er einschlagen kann. »Abgemacht. Wir verschieben das auf morgen, ganz egal, wie das hier ausgeht. Morgen haben wir ein Date!«

»Es wird dir allerdings schwerfallen, dich aufs Kochen zu konzentrieren«, sagt Jan. »Weil du die ganze Zeit daran denken wirst, wie es sich anfühlen wird, wenn ich dich mit all meinen Sinnen verwöhne.«

»Dito!«, kontere ich und lasse seine Hand wieder los.

Wir gehen nebeneinander zum Haus zurück und halten dabei genügend Abstand voneinander.

Kurz bevor wir wieder in die Küche gehen, sagt Jan: »Ich wette mit dir, dass du es nicht schaffst, mich bis morgen Abend nicht zu berühren.«

Früher haben wir oft gewettet. Der Einsatz war immer eine mindestens fünfundvierzigminütige Ganzköpermassage – mit Happy End.

»Abgemacht.« Ich grinse Jan an. »Was heißt Abend? Wir sollten das genauer festlegen.«

»Bis der Gewinner feststeht.«

»Okay.«

Jan legt seine Hand auf meinen Rücken und streichelt provokativ bis runter zu meinem Po.

»He!«, sage ich und bleibe stehen. Jan lächelt schelmisch. »Du darfst mich nicht berühren, ich dich schon.«

»Boah! Das ist unfair.«

»Ja. Und es wird mir höllisch Spaß machen.« Er zögert einen Moment. »Offiziell sind wir also jetzt wieder Gegner und können uns nicht ausstehen?«

Ich muss mich jetzt wirklich auf Uta und das Kochen konzentrieren und kann mich nicht so sehr von der Spannung zwischen mir und Jan ablenken lassen.

»Gegner!«, entscheide ich. »Aber ich freue mich auf morgen Abend.«

Wir setzen beide einen ernsten Gesichtsausdruck auf, als wir wieder in die Küche gehen, in der es schon unbeschreiblich gut duftet. Uta brät das Heidschnuckenfleisch an, der Kürbis schmort schon im Ofen. Alle Blicke sind auf uns gerichtet.

»Hier riecht es lecker!«, sage ich. Da entdecke ich Kim. Und Julia ist mittlerweile auch eingetroffen. Ich begrüße die beiden und auch noch mal in Ruhe meine Tochter.

»Ist wirklich alles gut, Mama?«, fragt Jule leise. »Was war denn los eben?«

»Ein Missverständnis«, flüstere ich. »Aber das haben wir geklärt. Offiziell sind Jan und ich jetzt wieder Gegner. Aber nur bis der Wettbewerb vorbei ist.«

»Und danach?«

»Keine Ahnung«, antworte ich. »Das wird sich dann zeigen.« Ich lächle dabei und werde ein kleines bisschen rot. Ich kann meiner Tochter ja schlecht erzählen, dass ich eine Verabredung für eine Liebesnacht habe.

Jule grinst. »Aha.« Sie sieht an mir vorbei zu Jan. »Er sieht verdammt gut aus, viel besser als Papa.« Im nächsten Moment wird sie ernst und runzelt die Stirn.

»Was ist?«, frage ich.

»Ach, nichts, ist nicht so wichtig.«

»Jule! Rück raus mit der Sprache, ich sehe dir doch an der Nasenspitze an, dass dich etwas beschäftigt. Hast du ein Problem mit Jan? Keine Angst, ich bleibe nicht hier.«

»Quatsch, Mama. Er sieht echt nett aus. Mit ihm habe ich kein Problem, auch wenn du nach Lünzen, Hamburg oder woanders hinziehen würdest. Unter der Woche bin ich doch sowieso in Köln. Uns bleiben die Wochenenden und die Semesterferien. Mir ist egal, wo du wohnst. Ich komme dich auf jeden Fall besuchen.«

Ich muss lachen. Genau so habe ich argumentiert, als ich Jule vom Umzug nach Köln überzeugen wollte. »Das ist gut zu wissen.« Ich zwinkere ihr zu. »Aber jetzt geht es gerade nicht um mich, oder?«

»Stimmt.« Sie seufzt theatralisch. »Ich war heute Morgen bei Papa. Ich dachte, er will mit mir über mein Studium sprechen. Aber da habe ich mich wohl getäuscht. Er hat mir gesagt, dass er Monika heiraten will. Und die blöde Trulla saß auch noch daneben und hat mich die ganze Zeit angestrahlt.«

»Ach herrje!«

»Tut mir echt leid, Mama. Aber ich kann die einfach nicht ausstehen. Und jetzt komm bloß nicht wieder mit dem Spruch, ich soll es wenigstens mal versuchen.«

Ich zucke mit den Schultern. »Mach ich nicht. Ich kann sie auch nicht ausstehen.« Ich werfe einen heimlichen Blick auf Jan. Er hat mich eben nicht geküsst, weil er gedacht hat, dass ich verheiratet bin. So gehört sich das.

»Das beruhigt mich«, erwidert Jule. Eine kleine Zornesfalte bildet sich zwischen ihren Augenbrauen. »Ich soll dich nämlich ganz lieb von Monika grüßen und dir ausrichten, letztens hätte eine ältere Dame bei ihr angerufen und sich nach dir erkundigt. Stell dir vor, die Doofe hat tatsächlich einer ihr völlig Unbekannten erzählt, dass du nicht mehr dort wohnst und hat ihr unsere neue Adresse gegeben.« Jule zeigt mit dem Finger einen Vogel. »Ehrlich, Mama. Die hat sie doch nicht mehr alle. Erstens hätte sie unsere Anschrift nicht einfach rausgeben dürfen und zweitens hätte sie dich sofort darüber informieren müssen, wenn jemand nach dir fragt.«

»Das war bestimmt Ella.« Und das bedeutet, dass sie die ganze Zeit gewusst hat, dass ich mich von Stefan getrennt habe, schießt es mir durch den Kopf. »Das ist ja ein Ding!«

»Ja, das finde ich auch.« Jules Wangen sind leicht gerötet. Sie wirkt sehr aufgebracht. »Also, wundere dich bitte nicht, wenn Papa anruft, um sich bei dir über mich zu beschweren. Ich habe ihm gesagt, wenn er sie unbedingt heiraten will, soll er das machen. Aber falls sie seinen Namen annimmt, will ich ihn nicht mehr tragen. Ich möchte nicht so heißen wie die. Das geht doch, oder? Kann ich dann auch Jacoby heißen?«

Ich lege meine Hand auf die Wange meiner Tochter. »Leider geht das nicht, Schatz. Kinder behalten den Familiennamen. Das würde nur funktionieren, wenn ich selbst wieder heiraten und den Namen meines neuen Mannes annehmen würde. Und das wird ganz sicher nicht passieren. Aber ...«, entscheide ich spontan, »... wir könnten uns solidarisieren und ich behalte doch den Namen Florin, damit man weiß, dass wir zusammengehören.« Ich grinse frech. »Wir wären dann sozusagen die guten Florins, dein Papa und seine Trulla die bösen Florins.«

»Guter Plan«, sagt Jule. »Papa war übrigens richtig sauer. Deswegen sind wir nicht mehr dazu gekommen, über meinen Studienwechsel zu sprechen. Meinst du, ich sollte vielleicht noch ein Semester warten? Ich kann ja jetzt schlecht kommen und um Geld bitten.«

»Darum mach dir mal keine Gedanken. Ich glaube nicht, dass dein Vater sich querstellt. Und wenn doch, finden wir trotzdem eine Lösung. Bisher haben wir noch alles geschafft.«

Ich küsse meine Tochter zart auf die Wange. Sie ist für ihre einundzwanzig Jahre oft schon sehr erwachsen, aber jetzt im Moment sehe ich in ihr doch wieder das kleine Kind, das meine Unterstützung benötigt.

26. Kapitel

»Sag mal, Eva, hast du zufällig deinen Nassrasierer und vielleicht sogar eine Ersatzklinge für mich dabei?«, rufe ich laut aus dem Bad.

Es dauert nicht lange, da steht Eva vor der Duschkabine, öffnet die Tür einen Spalt breit und reicht mir einen Einwegrasierer. »Schenk ich dir, die habe ich immer im Urlaub dabei. Brauchst du auch Rasierschaum?«

»Nein, das Duschgel tuts auch, danke.«

Eva dreht sich um und ruft im Hinausgehen theatralisch: »Kümmere du dich hübsch um deine Schönheitspflege. Ich mache mir derweil mal alleine Gedanken ums Älterwerden.«

»Warum das denn jetzt auf einmal?«, hake ich nach und Eva bleibt noch einmal stehen.

»Ach, ich habe mich nur gerade gefreut, dass wir so vertraut miteinander sind. Aber wir kennen uns ja auch schon fünfzehn Jahre, was eine ziemlich lange Zeit ist. Und das wiederum heißt, dass wir beide allmählich alt werden!«

»Stimmt«, erwidere ich. »Aber ich finde, das fühlt sich gut an.«

Eva überlegt einen Moment. »Stimmt, ich will keine zwanzig mehr sein. Sag mal, wo wird euer Date heute Abend eigentlich stattfinden? Fährst du mit ihm nach Hamburg oder muss ich heute Nacht bei Jule und Kim im Zimmer nächtigen?«

»Keine Ahnung«, antworte ich. »Aber ich bin mir sicher, dass Jan sich was einfallen lassen hat. Ich lass mich überraschen.«

»Da geht sie hin, die Heilige Johanna … Meine Freundin hat ausnahmsweise mal keinen Plan«, sagt Eva. »Der Mann gefällt mir! Und jetzt mach mal etwas schneller, ich muss auch noch unter die Dusche.«

»Mach ich«, rufe ich ihr hinterher, als sie ins Zimmer zurückgeht.

»Die Zimmer sind der Hammer, danke«, sagt Kim zu mir, als wir zu viert im Wagen sitzen.

»Gerne, aber ich bin es, die zu danken hat. Ihr seid immerhin hier, um uns zu helfen.«

Eva startet den Motor. Heute fährt sie. Sie hat darauf bestanden, da sie mich kurzerhand für nicht fahrtauglich erklärt hat, nachdem ich versucht habe, sie nach dem Duschen zu einem gemeinsamen Tänzchen am Morgen durchs Zimmer zu überreden.

Es ist Sonntagmorgen, zehn Uhr. Die Gäste werden für halb eins erwartet. Als wir vor dem Lokal ankommen, begrüßen uns Uta, Tina, Julia und Lukas. Alle tragen schwarze T-Shirts, von denen uns eine aufgedruckte Heidschnucke anstarrt.

»Bitte nicht«, flüstert Eva, aber da sagt Uta auch schon: »Die Shirts hat Thomas für uns bedrucken lassen. Wir sind das schwarze Team.«

»Dafür kommst du irgendwann in den Himmel«, sage ich leise, als wir unsere »Uniform« übergestreift haben und geschlossen als Gruppe in die Küche gehen.

Jan und sein Team sind schon vor Ort.

Und dann geht es auch sofort los. Uta hat alles im Griff. Sie ist wirklich gut organisiert, verteilt Aufgaben, schmeckt ab, würzt nach.

»Sexy Outfit«, flüstert Jan mir ins Ohr, als ich die Sahne für die Buchweizentorte steifschlage. »Es wird mir Spaß machen, es dir später auszuziehen.«

Ich konzentriere mich weiter auf meine Arbeit und versuche Jan zu ignorieren, aber das gelingt mir nicht wirklich. Er taucht ständig in meiner Nähe auf. Unsere Abmachung scheint er vergessen zu haben. Ich bin mir sicher, dass fast jeder hier in der Küche mitbekommt, dass zwischen uns beiden die Luft brennt. Schon einige Male konnte ich mich gerade noch so im letzten Moment zurückhalten und habe ihm nicht auf die Finger gehauen. Schließlich möchte ich unsere kleine Wette nicht verlieren. Nur Uta scheint von all dem nichts mitzubekommen. Sie ist konzentriert bei der Sache. Immerhin geht es hier um ihre Zukunft.

Um Punkt zwölf treffen die Gäste ein. Ella hat in Thies' Garten fünf große Tische aufstellen lassen, an denen jeweils vier Personen sitzen. Die meisten davon kenne ich nicht, aber ich entdecke auch ein paar bekannte Gesichter: zwei der Rocker aus der Kapelle, der Saxofonist und die buddhistische Nonne. Ella und der Pianist haben es sich als Zuschauer unter dem Pavillon gemütlich gemacht.

Die Pastinakensuppe und das Heidschnuckenragout sind schon zubereitet. In einem großen Topf mit heißem Wasser sieden die Gnocchi vor sich hin. Sie werden kurz vor dem Servieren noch einmal in etwas Butter geschwenkt. Einen Feldsalat mit Birnenstreifen hat Uta auch schon vorbereitet. Und sogar die Buchweizentörtchen warten nur darauf, serviert zu werden. Die junge Generation serviert die Getränke. Ich stehe an der Tür, beobachte das Treiben und genieße den leichten Schauer, der mir über den Rücken läuft, als Jan mich wieder einmal wie zufällig berührt und mir »Ich bin gespannt, wie sich die erwachsene Jette anfühlt«, ins Ohr flüstert.

Da kommt plötzlich Jule angerauscht. »Ihr seid unmöglich, Mama. Alle arbeiten und ihr flirtet«, sagt sie, aber sie lächelt dabei. »Kann ich dich mal kurz sprechen?« Sie sieht zu Jan. »Unter vier Augen.«

»Wolltest du dich nicht sowieso gerade um deine Schnitzel kümmern, Jan?«, frage ich und er trollt sich.

Jule deutet mit dem Kopf auf die Gäste. »Da sitzt eine buddhistische Nonne.«

»Ich weiß, sie war mit Thies befreundet.«

»Schön und gut. Die Frage ist nur, ob Uta darauf vorbereitet ist. Sie isst ganz bestimmt kein Fleisch.«

»Mist! Du hast recht. Ich kläre das eben mit Uta.«

»Mach das.«

»Uta?«

Sie reagiert wie ich. »Mist! Du hast recht ...« Nur wenige Sekunden später greift sie zum Telefon. »Thomas, du musst mir die Minitomaten aus dem Korb oben im Regal aus der Vorratskammer bringen, und zwar sofort. Wir haben nur noch ein paar Minuten. Beeil dich. Bis gleich. Jette, heizt du schon mal den Ofen vor, schneidest Knoblauch und Petersilie? Wir servieren die Gnocchi mit geschmolzenen Tomaten ... Gut, dass wir noch die Pastinakensuppe davor servieren. Das kriegen wir hin.«

»Okay.« Ich schaue rüber zu Jan, der gerade die Schnitzel überprüft und mit seinen Lehrlingen spricht. Ob er daran gedacht hat, dass sich eine Vegetarierin unter den Gästen befinden könnte? Er sieht gelöst aus, locker. Man merkt, dass er ein Profi ist. Dafür, dass Uta diesen Trubel nicht gewohnt ist, schlägt sie sich bisher allerdings sehr gut. Meine Unterstützung beim Kochen hätte sie eigentlich nicht nötig, aber ich bin doch froh, dass ich ihr zumindest freundschaftlich den Rücken stärken kann.

Pünktlich um halb eins servieren Tina, Eva, Jule, Julia und Kim die Vorsuppe. Lukas geht von Tisch zu Tisch und füllt die Getränke auf. Zur gleichen Zeit bringt auch Jans Trupp die Fliederbeersuppe zu den Gästen. Meine Aufgabe ist es, mich um Ella und den Pianisten zu kümmern. Das Fliederbeersüppchen steht schon vor ihnen, als ich mit der Pastinakensuppe komme.

Ella zeigt auf die weinrote Flüssigkeit, in der Grießnocken schwimmen. »Eine süße Suppe als Vorspeise«, sagt sie zu mir. »Schnitzel zum Hauptgang und als Nachtisch Pistazienwölkchen?«

»Es sind meine Leibspeisen«, erkläre ich.

»Dann hat Jan also für dich gekocht«, stellt Ella fest. Sie zeigt auf die Fliederbeersuppe. »Hast du schon probiert?«

»Nein, aber ich weiß, wie sie schmeckt«, erwidere ich und ich merke selbst, dass mein Lächeln viel zu verträumt ist.

Ella nimmt einen kleinen Löffel vom Kaffeegedeck, tunkt ihn ein und hält ihn mir hin. Ich greife zu und genieße im nächsten Moment die fruchtig-herbe Suppe, die schon früher immer mein Herz erwärmt hat. »Jan hat das Rezept verändert«, stelle ich verwundert fest. »Darf ich noch mal?« Ella zeigt auf einen freien Stuhl. »Natürlich, setz dich einen Moment. Die anderen kommen auch ganz gut ohne dich aus. Ich möchte dir jemanden vorstellen. Das ist Louis, Thies' Freund.«

»Hallo.« Er reicht mir seine Hand. Sie erinnert mich ein wenig an Stefans, er hat auch so schlanke Finger. »Du bist also Jette. Schön, dich kennenzulernen.« Er zeigt auf die Suppe. »Holunderbeeren, Äpfel, Zimt und Sternanis habe ich rausgeschmeckt.«

Ich tunke meinen Löffel ein weiteres Mal ein und probiere.

»Brombeeren? ... Nein, Wein!« Jan hat die Suppe mit Shiraz abgeschmeckt. »Und ein Hauch Kardamom.«

Louis überlegt einen Moment. »Du hast recht – und ausgeprägt sensible Geschmacksnerven.« Sein Blick schweift über die Gäste. »Thies hätte seinen Spaß an der Sache gehabt.«

»Ja, das glaube ich auch.« Ich lege den Löffel wieder zurück. »Wie lange kanntet ihr euch, wenn ich das fragen darf?«

»Fast ein halbes Jahrhundert«, erklärt Louis lächelnd. »Mehr als dreißig Jahre davon als Paar.«

»Dann wart ihr schon zusammen, als ich noch in Lünzen gelebt habe?«

Er nickt. »Ich habe deinen Vater sozusagen abgelöst. Wie geht es ihm? Ich mochte ihn und deine Mutter immer sehr gern und fand es sehr schade, dass die beiden damals weggezogen sind, wenn es letztendlich auch für mich von Vorteil war.«

Warum wundert es mich nicht, dass sie auch Louis kannten? Die beiden haben mir viel zu erzählen, denke ich, wenn ich wieder in Oberhausen bin. »Meine Eltern feiern heute ihre Goldene Hochzeit«, erkläre ich. »Es geht ihnen gut.«

»Schön, das freut mich. Richte den beiden bitte einen lieben Gruß von mir aus.«

»Das mache ich gerne.« Ich bin mir nicht sicher, ob die Entscheidung meiner Mutter richtig war, meinen Vater nicht sofort über Thies' Tod zu informieren und damit zu warten, bis die Kreuzfahrt vorbei ist. Aber ich kann sie andererseits auch verstehen. Sie hatte sich so sehr auf die Reise gefreut.

»Ella hat mir erzählt, du interessierst dich für meine Rezepte?« Louis lächelt schelmisch. »Es sind nicht meine. Sie sind aus einem Kochbuch. Es steht oben in Thies' Bücherregal. Er hätte ganz sicher nichts dagegen, wenn du es bekommst.«

Ich schaue zu Ella, die lächelnd nickt. Da sehe ich plötzlich ein Ruderboot aus der Veerse in den Teich einfahren. Kurz darauf noch eins und noch eins … Insgesamt zähle ich sechs Boote.

»Das gibt es doch nicht!«, sage ich und stehe auf. Ich erkenne Lisa, Dörthe, Peter mit den Hamsterbacken und allen voran Thomas und die kleine Mia. Sie alle halten große Plakate in die Höhe. Auf jedem steht das gleiche Wort, Uta! Nur auf Mias steht ein anderes. »Oma«, lese ich.

»Tut mir leid«, sage ich zu Louis. »Ich würde die Unterhaltung sehr gerne ein anderes Mal fortführen. Da gibt es noch so viel, das ich gerne erfahren würde.« Ich zeige auf die Boote. »Aber Utas Gesichtsausdruck, wenn sie das entdeckt, würde ich mir ungern entgehen lassen.«

Als ich gehe, höre ich Ella sagen: »So eine Dorfgemeinschaft hat eben auch viele schöne Seiten.«

Recht hat sie, denke ich, und komme noch gerade rechtzeitig, um zu sehen, wie Uta die Hand vor den Mund schlägt und kurz darauf die Tränen über ihre Wange laufen.

Das war genau das kleine bisschen Motivation, das Uta noch gefehlt hat, um so richtig Gas zu geben. Im Eiltempo schnappt sie sich die Tomaten, die Thomas ihr aus dem Boot herausreicht und spurtet damit in die Küche. Ich folge ihr, um bei den letzten Vorbereitungen für das Hauptgericht mitzuhelfen. Das Ragout, das wir gestern bereits fertig zubereitet haben, wird noch einmal aufgekocht, damit es richtig heiß ist. Uta macht sich über die Tomaten her, löst sie von den Stängeln und schneidet sie am oberen Ende kreuzweise ein. Zusammen mit etwas Öl, zwei ganzen Knoblauchzehen und ein paar Gewürzen kommen sie für 5 Minuten in den Ofen. Mit wenigen Handgriffen ist das Spezialessen für die Nonne so weit fertig, dass Uta sich wieder den Gnocchi zuwenden kann.

Den Teig haben wir ebenfalls bereits gestern bis zur richtigen Konsistenz geknetet und zu Rollen geformt im Kühlschrank aufbewahrt. Diese schneiden wir jetzt in etwa fingerdicke Stücke und geben sie in einen Topf mit kochendem Wasser. Dann müssen wir nur noch warten, bis sie an die Wasseroberfläche steigen und schon kann Uta sie abschöpfen und zusammen mit dem Ragout und einigen Schnitzen Kürbis auf den Tellern anrichten.

Wie schon bei der Vorspeise folgen wir unseren Kindern, die die geschmückten Teller auftragen bis zur Tür und spähen ihnen gespannt hinterher. Wir sind viel zu neugierig, um uns die Reaktionen der Testesser entgehen zu lassen. Zu unserer Enttäuschung kann man in dem Moment noch keinerlei Tendenz erkennen, ob Uta oder Jan die Nase vorn hat.

Alles läuft wie am Schnürchen. Wir arbeiten Hand in Hand. Natürlich ist Uta noch immer wahnsinnig aufgeregt, scheucht uns von einer Ecke in die andere und gibt immer wieder lautstark Anweisungen, obwohl wir gestern alles genau durchgesprochen haben. Aber ich kenne das. Mir fällt es in meiner Küche auch immer schwer, Aufgaben abzugeben und ich muss möglichst alles selbst kontrollieren. Auf der anderen Seite der Kücheninsel geht es etwas ruhiger zu. Man hört nur hin und wieder ein lautes Fluchen oder eine ruhige Anweisung von Jan. Ansonsten bekommen wir vom gegnerischen Team nicht viel mit.

Wir setzen zum Endspurt an, stechen aus den Tortenböden kleine runde Stücke aus, die genau in die Gläschen passen, die Uta mitgebracht hat, schichten sie mit den Preiselbeeren und der Sahnecreme hinein und garnieren sie mit etwas Sahne und einer Beere.

Kaum ist auch der Nachtisch serviert, stehen wir etwas unschlüssig herum. Tagelang haben wir auf diesen Event hin gefiebert und jetzt ist alles so schnell vorbei? Plötzlich fällt die Anspannung von uns ab und wir fallen uns alle gegenseitig in die Arme, bevor sich einer nach dem anderen aus der Küche in den Garten trollt.

Jan und ich sind die Letzten, die noch zurückbleiben. »Du hast das Rezept für die Suppe verfeinert«, sage ich. Ich genieße, dass wir einen Moment Zeit füreinander finden und schiele auf das Backblech, auf dem noch einige der Pistazienwölkchen liegen. »Die sind übrig, oder?« Natürlich ist das eine rein rhetorische Frage. Ich warte Jans Antwort gar nicht erst ab und lange zu.

Jan beobachtet mich lächelnd.

»Hmmm!«

»Deren Rezept ist das gleiche. Allerdings macht die Qualität der Pistazien hier den Unterschied zu damals aus«, erklärt er. »Du kommst gerade in den Genuss des grünen Goldes direkt aus Sizilien.« Er bricht eines der Wölkchen auseinander. Sie sind außen knusprig und innen schön flauschig, so wie sie sein sollen.

Jan hat die Wölkchen lauwarm und mit einer Kugel Vanilleeis serviert. Wenn ich hier hätte entscheiden müssen, hätte die Buchweizentorte keine Chance dagegen gehabt, auch wenn sie der Dalai Lama höchstpersönlich gesegnet hätte. Ich bin eigentlich davon ausgegangen, dass Uta beim Nachtisch punkten kann. Das wird knapp für sie, denke ich.

27. Kapitel

Eine halbe Stunde später stehen wir alle draußen versammelt. Die letzten Teller sind abgeräumt. Ella geht von Tisch zu Tisch und sammelt Mühlesteine in ein schwarzes Säckchen ein, die Entscheidung soll anonym stattfinden. Die Gäste hatten die Gesamtleistung zu bewerten und müssen sich nun entscheiden: Schwarz für Uta, Weiß für Jan.

Es ist mucksmäuschenstill im Garten. Sogar die Dorfbewohner auf dem Teich schweigen. Acht Boote sind es mittlerweile. Fehlt nur noch der Hubschrauber, denke ich, da räuspert sich Ella. »Schwarz.« Sie zieht einen Spielstein aus dem Säckchen und legt ihn auf den Tisch. »Und noch einmal Schwarz ... Weiß ...« So geht es weiter, bis das Säckchen leer ist und zwanzig Steine auf dem Tisch liegen.

Unentschieden! Schießt es mir durch den Kopf, als Ella fertig ist. »Das gibt es doch nicht«, entfährt es mir.

Und da verkündet Ella auch schon: »Gleichstand!«

Eva steht neben mir. »Ich wette mit dir, dass das Absicht ist«, flüstert sie. »Normalerweise hätte die Zahl der Gäste ungerade sein müssen, um eine sichere Entscheidung zu gewährleisten.«

»Das stimmt, aber meinst du wirklich, Thies hat so weit vorausgeplant?«, frage ich.

In dem Moment fängt irgendjemand an zu klatschen. Und alle anderen stimmen mit ein. Jan geht auf Uta zu und die beiden umarmen sich.

»Und jetzt, Ella?«, frage ich laut, als alle sich wieder beruhigt haben.

Neben Ellas Sessel steht das Ablagekörbchen, das ich schon oben bei Thies gesehen habe. Ella zieht einen der Briefe heraus. »Wenn es unentschieden ausgeht«, liest sie vor. »Uta, Jan, kommt ihr bitte zu mir?« Sie öffnet ihn, liest und sagt: »Und du auch, Jette.«

»Ich?«, hake ich nach und bleibe stehen.

Eva gibt mir einen sanften Schubs. Jan und Uta warten schon auf mich. Sie sehen beide zu mir, als ich mich zu ihnen geselle.

Ella hält uns Thies' Nachricht unter die Nase.

Einigt euch, ihr drei!
Wir seh'n uns!
Thies

»Na super!«, sagt Uta. Sie klingt enttäuscht. »Damit stehen wir wieder ganz am Anfang.«

»Ich würde vorschlagen, wir treffen uns morgen zum Frühstück«, sagt Ella. »Schlaft eine Nacht darüber und dann reden wir in Ruhe, wenn sich die ganze Aufregung von heute gelegt hat und das Adrenalin ein wenig verflogen ist.«

Jan streckt seine Hand nach mir aus. Ich zögere einen Moment, bevor ich zugreife, denn alle Blicke sind auf uns gerichtet.

»Ich werde Jette nun entführen.« Er sieht zu Jule. »Morgen bringe ich sie wieder heil zurück.«

»In Ordnung«, sagt Jule. Sie grinst von einem Ohr zum anderen, genauso wie Kim, die neben ihr steht.

Mein Bauch grummelt. »Wo fahren wir hin?«, frage ich, als wir die *Heidschnucke* verlassen.

»Zu mir«, antwortet er.

Warum auch nicht, denke ich. So weit ist Hamburg ja nicht von Lünzen entfernt.

Da sagt Jan: »Ich habe mir vor ein paar Jahren eine hübsche Wohnung in Undeloh gekauft.«

Ich strecke meine Hand aus und fahre durch Jans Haar. Jetzt darf ich ihn berühren, der Wettstreit ist vorbei.

»Schön.« Jan ist in Undeloh aufgewachsen, nur etwa fünfunddreißig Kilometer von Lünzen entfernt. Ich weiß nicht, wie oft ich die Strecke früher zurückgelegt habe. Als ich noch keinen Führerschein hatte, war es meistens mein Vater, der mich gefahren hat. Und manchmal auch Thies. Ich schaue aus dem Fenster und lasse meinen Blick über die Landschaft schweifen, die an uns vorbeizieht. Plötzlich herrscht Stille zwischen uns und die alte Angst kriecht wieder in meine Gedanken. Positiv denken, Jette, nehme ich mir vor und drehe mich wieder zu Jan.

Da sagt er: »Ich war noch nie so aufgeregt wie jetzt in diesem Moment, Jette. Ich hoffe, das alles ist nicht nur ein Traum.«

Jans unverblümte Offenheit habe ich schon immer geliebt und meine Angst ist von einer Sekunde auf die andere wie weggeblasen, als ich begreife, dass es ihm ganz genauso geht wie mir. Ich kneife Jan spielerisch in den Arm. »Spürst du das?«

»Ja.«

»Dann passiert das wohl gerade wirklich. Ich habe übrigens letztens von dir geträumt.« Ich räuspere mich. »Also genau genommen direkt in der Nacht, nachdem wir uns wiedergesehen haben. Ich bin morgens aufgewacht, weil du mich sanft mit deiner Zunge verwöhnt hast.«

»Und wie hat es sich angefühlt?«, fragt Jan.

»Das habe ich sofort wieder vergessen. Ich hatte darauf gehofft, du zeigst mir das gleich.«

Jan schaut einen kurzen Moment zu mir rüber, bevor er sich wieder auf die Straße konzentriert. »Dein Wunsch ist mir ein Befehl«, antwortet er dann grinsend, und löst damit ein noch stärkeres Kribbeln in meinem Bauch aus.

»Das war noch besser als früher«, nuschele ich glücklich. Jan liegt in Löffelchenstellung hinter mir. Seinen Arm hat er um meinen Körper geschlungen.

»Das finde ich auch.« Er küsst meinen Nacken. »Bleib bei mir, Jette, für immer. Komm zurück in die Heide.«

Mein Herz bleibt für einen Moment stehen. Vor Jahren habe ich meine Heimat für einen Mann verlassen und jetzt soll ich alles stehen und liegen lassen und wieder für einen Mann zurückkehren?

Ich drehe mich zu Jan. Und ich erkenne an seinem Blick, was er nun sagen wird.

»Ich liebe dich, Jette.« Ein warmes Gefühl zieht durch meinen Körper.

Der Kampf in mir dauert nur wenige Sekunden. »Und ich liebe dich.«

Wir lächeln uns an. Jan streicht sanft mit seiner Hand über meinen Rücken. »Sag Ja.«

Ich schließe für einen Moment die Augen. Bin ich wirklich so ein Schisser, wie Eva mich genannt hat, dass ich das Glück mit Füßen trete, wenn es an die Tür klopft? Was spricht dagegen, auch ein wenig vernünftig zu sein?

»Das kann und möchte ich nicht, Jan, zumindest im Moment noch nicht. Aber ich möchte dich auf keinen Fall wieder verlieren. Vielleicht können wir die beiden Orte verbinden? Ich könnte jobmäßig kürzertreten und mir den Montag freinehmen. Vielleicht könntest du dir den Sonntagabend freischaufeln? So weit ist ja nicht ...«

»Das reicht mir nicht, Jette.« Jan sieht mich ernst an. Mein Bauch zieht sich zusammen. Das wars also schon wieder, denke ich.

Doch da sagt Jan: »Momentan werde ich hauptsächlich Freitag und Samstag in meinem Restaurant gebraucht. Es läuft ansonsten sehr gut ohne mich. Wenn du nicht hierbleibst, komme ich zu dir. Dann hätten wir zumindest den Montag bis zum Donnerstag für uns. Langfristig gesehen möchte ich sowieso den Laden nicht mehr weiterführen. Wir könnten uns im Ruhrgebiet umschauen und dort etwas gemeinsam auf die Beine stellen, so wie wir uns das früher immer vorgestellt haben. Ein Restaurant, in dem wir Jugendliche ohne Perspektive ausbilden. Ich habe damit vor ein paar Jahren angefangen und gute Erfahrungen gemacht. Wir könnten das Konzept ausbauen ...«

Ich liege neben Jan und höre ihm zu. Begeisterung klingt aus seiner Stimme, so wie früher schon, wenn er sich unsere gemeinsame Zukunft ausgemalt hat. Als er seine Ausführungen beendet hat, frage ich: »Und was geschieht dann mit der *Heidschnucke*?«

»Uta«, antwortet Jan schlicht.

»Du würdest verzichten?«

»Du doch auch.«

Ich streichele Jans verschwitzten Rücken, und denke, dass Ella vielleicht doch recht hatte mit ihrer Vermutung, Jan könnte mein Seelenverwandter sein. Denn ich kann mich spüren, wenn ich ihn berühre.

Bei dem Gedanken an Ella fällt mir Thies wieder ein.

»Was steht eigentlich in dem Brief, den du von Jan bekommen hast?«, frage ich. »Der Wettstreit ist vorbei, du darfst ihn jetzt öffnen.«

»Du hast recht. Warte, ich hole ihn ...« Jan steht auf. Ich schaue lächelnd dem nackten Mann nach, der aus dem Zimmer geht und kurz darauf mit einem cremefarbenen Briefumschlag in der Hand zurück ins Bett kommt. Er reißt ihn auf, zieht das Blatt heraus, faltet es auseinander und hält es schmunzelnd ein Stückchen von uns weg, damit wir Thies' Nachricht auch ohne Brille lesen können.

Am Ende ist es nur die Liebe, die zählt.
Versaut es nicht wieder.
Wir seh'n uns!
Thies

Ich lasse meinen Kopf gegen Jans Schulter sinken. Er faltet die Nachricht behutsam wieder zusammen und legt sie auf das Nachtschränkchen.

Tausende Gedanken geistern durch meinen Kopf. *Du bist eine Schissbuxe, Jette ... Ich komme dich immer besuchen, egal wo du wohnst, Mama ...* Noch am Dienstag habe ich mir vorgenommen, dass die nächsten sieben Jahre nicht nur anders, sondern auch besser werden sollen. Wie aus dem Nichts fällt mir ein Zitat von John Wayne ein, das ich irgendwann mal irgendwo gehört oder gelesen habe: Mut ist, wenn man Angst hat, sich aber trotzdem in den Sattel schwingt.

»Ich bleibe hier, bei dir«, beschließe ich spontan.

Jan sieht mich einen Moment verdutzt an, und dann geht ein Strahlen über sein Gesicht. Er lächelt so glücklich, dass ich weiß, es war die richtige Entscheidung. »Du kannst dir nicht vorstellen, wie sehr ich darauf gehofft habe.« Er streicht durch mein verwuscheltes Haar. »Vielleicht war die lange Pause, die wir eingelegt haben, letztendlich gar nicht so schlecht.« Die süßen kleinen Lachfältchen, die ich schon immer an ihm geliebt habe, umspielen seine Augen. »Jetzt können wir gemeinsam alt werden.«

»Sind wir das noch nicht?«, frage ich schmunzelnd.

Jan überlegt einen Moment. »Alter ist relativ.« Er küsst mich und sagt mit rauer Stimme: »Im Moment fühle ich mich wie ein Teenager, der gerade sein Abi bestanden und noch das ganze Leben vor sich hat.«

Eva, Jule und Kim sitzen hinter dem Hotelzimmer auf der Terrasse. Alle drei sehen mich schweigend an, als ich durch das Zimmer auf sie zugehe. »Ich weiß nicht, wie ich euch das sagen soll, aber ...«, beginne ich den Satz, und dann fehlen mir die Worte. Es bricht mir ein bisschen das Herz, demnächst so weit weg von meiner Freundin und meiner Tochter zu leben.

»Tja!« Eva sieht zu Jule. »Ich hab's dir doch gesagt. Sie bleibt hier.«

Ich nicke und blinzele eine Träne weg.

Jule springt auf und umarmt mich sehr fest. »Find ich gut, Mama.«

Aus den Augenwinkeln sehe ich Eva. Sie nickt mir lächelnd zu.

»Und was passiert jetzt mit Thies' Haus?«, fragt Jule.

»Jan ist gerade vorne im Hotel. Wir fahren jetzt gemeinsam zum Frühstück. Er wird Uta anbieten, sie auszuzahlen. Sie hat ja schon ein schönes Haus, in dem sie sich wohlfühlt.«

Und außerdem steht es finanziell momentan nicht sehr gut. So wird letztendlich allen geholfen, denke ich.

Doch ich habe mich getäuscht, wie ich nur wenig später feststelle, als ich mit Jan, Uta und Ella unter dem Pavillon in Thies' Garten sitze.

Uta schüttelt den Kopf. »Mir ging es nie um das Haus«, erklärt sie. »Mein Traum war das Gartenlokal.« Sie sieht zu Jan und mir. »Mir war klar, dass das passiert. Es wundert mich nur, dass ihr so lange gebraucht habt.« Sie atmet einmal tief durch. »Ich freue mich wahnsinnig darüber, dass du hierbleibst, Jette. Ich finde, du solltest das Haus bekommen, denn du warst Thies' erste Wahl. Jan, ich habe darüber nachgedacht, ob wir das Lokal nicht gemeinsam führen könnten. Ich kümmere mich morgens bis zum späten Nachmittag um Frühstück, kleine, leichte Mittagsgerichte sowie Kaffee und Kuchen. Jan übernimmt den Abend mit warmer vollwertiger Küche. Es wäre mir ohnehin lieb, wenn ich dann nicht mehr arbeiten müsste und die Abende mit Thomas und meiner Familie verbringen könnte. Was meint ihr?«

Ich lasse meinen Blick durch den Garten schweifen. Auf dem Teich ist laut schnatternd wieder die Entenfamilie unterwegs.

»Das klingt nach einem sehr guten Plan, Uta«, antworte ich.

»Wir müssten uns dann nur überlegen, wie wir das bewerkstelligen«, überlegt meine Freundin. »Zwei getrennte Restaurants – wenn wir den Gastraum teilen und einen zweiten Eingang schaffen, würde das gehen – oder eins gemeinsam. Was meinst du, Jan?«

»Eins!«, sagt Jan sofort ohne zu überlegen.

Uta atmet erleichtert auf. »Gut, das ist mir auch lieber. Dann kann ich damit angeben, die Partnerin eines Sternekochs zu sein«, fügt sie verschmitzt an.

»Ich auch«, flachse ich und strecke meine Hand nach Jan aus, der neben mir sitzt. Er greift zu und hält mich fest, als wäre es nie anders gewesen.

Jettes Tipps für alle Spätsommerfrauen:

Morgendliche Gesichtsgymnastik vor dem Spiegel verbessert die Laune. Also immer schön die Mundwinkel nach oben schieben und sich selbst anlächeln!

Jeden Tag bei lauter Musik einmal durch die Wohnung tanzen – klingt verrückt, macht aber Spaß.

Singen unter der Dusche befreit, auch – oder gerade wenn – man total unmusikalisch ist.

Ein paar Pancakes können den Tag retten.

Vor dem Schlafengehen ein Mantra aufsagen, hilft dir, die Dinge so zu sehen, wie sie sind: Du bist schön und kannst alles schaffen!

Am Ende ist es immer die Liebe, die zählt.

Rezepte

<u>Pancakes</u>

250 g Mehl
1 TL Backpulver
1 TL Natron
1 Prise Salz
75 g Zucker
75 g flüssige Butter
2 Eier
300 ml Buttermilch

Die Zutaten verrühren. Ein paar Minuten stehen lassen, damit der Teig etwas aufquellen kann. Portionsweise in Butter oder Butterschmalz ausbacken. Mit Ahornsirup oder Honig übergießen oder einfach mit Puderzucker bestäuben und heiß genießen.
Für eine fruchtige Variante ein paar Heidelbeeren, Apfelstückchen oder Bananenscheiben in den Teig geben.

Jettes absoluter Lieblingsbutterkuchen

Teig:
500 g Dinkelmehl
200 ml lauwarme Milch
1 Würfel Hefe
1 Ei
1 gute Prise Salz
75 g Zucker
100 g weiche Butter
1 EL neutrales Öl

Belag:
150 g Butter
100 g Zucker
150 g Mandeln
100 ml Sahne

Das Mehl in eine große Schüssel geben.
Die Milch gut mit der Hefe, dem Ei, dem Salz und dem Zucker verrühren und zum Mehl dazugeben.
Die weiche Butter und das Öl hinzugeben und gut verkneten, bis der Teig schön elastisch ist, nicht mehr klebt, aber noch weich ist. Notfalls etwas mehr Mehl einstreuen.
Einen Deckel oder ein feuchtes Tuch auf die Schüssel legen und den Teig an einem warmen Ort gehen lassen, bis er sich verdoppelt hat. Das kann eine gute Stunde dauern.
Noch einmal kurz durchkneten, auf der bemehlten Arbeitsfläche ausrollen und auf ein mit Backpapier ausgelegtes Backblech legen.
Mit dem Daumen oder einem Kochlöffelstab mehrere Ver-

tiefungen in den Teig drücken und diese mit kleinen Butterstückchen füllen.

Den Zucker und die Mandeln gleichmäßig auf den Teig streuen.

Noch einmal für 20 Minuten gehen lassen.

Für etwa 20 bis maximal 25 min bei 180 °C Umluft oder 200 °C Ober- und Unterhitze backen.

Wenn der Kuchen leicht goldbraun ist (er darf nicht zu dunkel und damit trocken werden), aus dem Ofen nehmen und sofort die flüssige Sahne darüber träufeln.

Am besten noch lauwarm genießen.

Kürbisgnocchi mit geschmolzenen Tomaten

500 g Hokkaidokürbis
2 EL Olivenöl
2 Knoblauchzehen
600 g Mehl (etwa)
500 g Cocktailtomaten
1 TL Brauner Zucker
1 Handvoll Basilikum
Pfeffer, Salz

Den Kürbis von den Kernen befreien und in etwa daumenbreite Stücke/Streifen schneiden.
Mit 1 EL Öl vermischen und mit 1 Knoblauchzehe (ganz) im Ofen bei 180 Grad etwa 20 Minuten weichbacken.
Abkühlen lassen und in eine Schüssel geben.
Den Kürbis und den Knoblauch mit einer Gabel zerdrücken.
1 TL Salz dazugeben. Nach und nach das Mehl einkneten.
Jetzt ist etwas Fingerspitzengefühl gefragt. Der Teig sollte nicht mehr kleben, aber noch weich sein.
Nun werden die Gnocchi gezaubert. Das geht gut, wenn man den Teig zuerst zu Rollen formt, die man dann auf einem leicht bemehlten Brett in Stücke schneidet.
Die Gnocchi in einen großen Topf mit leicht kochendem Wasser geben und sieden lassen, bis sie an der Oberfläche schwimmen.
Während die Gnocchi im Topf garen, die Tomaten mit dem restlichen Olivenöl vermischen. Alles zusammen auf ein Backblech geben und im Ofen unter den heißen Grill schieben, bis sie aufplatzen. Mit einem Teelöffel braunem Zucker bestreuen und den restlichen Knoblauch (gehackt) darüberstreuen und

noch mal unter den Grill schieben, bis der Zucker auf den Tomaten leicht gebräunt karamellisiert ist (Vorsicht, sie verbrennen schnell!).
Die Gnocchi mit den geschmolzenen Tomaten und dem Basilikum mischen. Etwas Salz und frisch gemahlenen Pfeffer darüber geben und genießen.
Das Rezept reicht für vier Personen. Ich bereite immer die doppelte Menge aus 1 Kilo Kürbis zu und friere eine Hälfte der Gnocchi (ungekocht) ein.

Pistazienwölkchen

4 Eiweiße (Gr. L, etwa 140 Gramm)
300 g gemahlene Mandeln (ohne Haut)
150 g Pistazien, gemahlen
150 g Pistazien, gehackt
250 g Zucker
1 gute Prise Salz
50 g Puderzucker

Eiweiß in einer Schüssel mit einem Schneebesen kurz durchmixen. (Nicht schaumig rühren, nur etwas Luft hineinschlagen.)
Die Mandeln mit den Pistazien, dem Zucker und dem Salz mischen und mit dem Eiweiß verrühren.
Die Masse muss fest und klebrig sein.
Den Puderzucker in eine Schüssel sieben.
Die Wölkchenmasse esslöffelweise in den Puderzucker geben und darin wälzen. Auf ein Blech mit Backpapier setzen.
Bei 160 °C Umluft etwa 18 Minuten backen.
Die Wölkchen sind außen knusprig, innen weich – und sehr lecker.

Dalai Lamas Buchweizentorte

7 Eier
225 g Zucker
130 g Buchweizenmehl
3 gestr. TL Backpulver
2 Gläser Wildpreiselbeeren
600 ml Schlagsahne
2 Päckchen Bourbon Vanillezucker
2 Päckchen Sahnesteif

Eier mit dem Zucker weißschaumig rühren. Das Buchweizenmehl mit dem Backpulver mischen und unter die Eimasse heben.
In einer Backform mit 28 cm Durchmesser bei 165 °C (Ober/Unterhitze) 1 Stunde backen.
Den Boden auskühlen lassen und zweimal waagerecht durchteilen.
Die Preiselbeeren gut abtropfen lassen.
Die Sahne mit dem Sahnesteif und dem Vanillezucker steif schlagen.
Einen Boden mit der einen Hälfte der Preiselbeeren belegen, dann eine Schicht Sahne darüber verteilen. Den nächsten Boden daraufsetzen und wieder Beeren und Sahne schichten.
Den letzten Boden als Deckel daraufsetzen und alles rundherum mit Sahne bestreichen, sodass die einzelnen Schichten von außen nicht mehr sichtbar sind.
Eventuell mit Schokoraspeln bestreuen.
Natürlich kann man die Schichten auch in Gläser füllen.
Dem Dalai Lama hat die Torte geschmeckt!

Fliederbeersuppe

200 g abgestreifte Holunderbeeren
500 ml Wasser
1 Sternanis, 1 Zimtstange, etwas zerstoßener Kardamom
150 g Zucker
1 Prise Salz
250 g Äpfel (geschält, entkernt)
500 ml Wasser
Saft einer Zitrone
100 ml Rotwein
30 g Speisestärke

500 ml Milch
2 EL Zucker
150 g Grieß
1 Ei

Die Beeren in 500 ml Wasser mit den Gewürzen, Zucker und Salz aufkochen, 5 Minuten ziehen lassen, Anis und Zimtstange entfernen und danach pürieren.
Äpfel in dünne Scheiben schneiden mit 500 ml Wasser und dem Zitronensaft aufkochen, 10 Minuten ziehen lassen.
Speisestärke mit Wein verrühren und die Apfelbrühe damit abbinden.
Holunderbeermasse hinzugeben.
Für die Grießklößchen die Milch mit dem Zucker aufkochen, Grieß einrühren und zum Schluss das Ei aufschlagen und ebenfalls unterrühren. In einer Schüssel fest werden lassen und kleine Nocken mit einem Löffel abstechen.
Die Klößchen in die Suppe geben.

Die Suppe schmeckt heiß und auch kalt.
Wenn man keine frischen Holunderbeeren hat, kann man stattdessen auch Holundersaft nehmen, die Äpfel direkt darin weich kochen und mit Speisestärke abbinden.

Danksagung

Mein Dank gilt:
Den netten Lünzenern, die mir viel über ihr Dorf erzählt und die leckeren Tortenrezepte verraten haben: Familie Heino, Marianne Bremer, Gisela Lohmann und Elfriede Witte.
Meiner Freundin Bozena. Das Buch ist für dich!
Meiner wundervollen Tochter. Schlieb!
Meinem Ehemann, weil am Ende immer nur die Liebe zählt.
Meinem Literaturagenten Bastian Schlück.
Meiner Kollegin Patricia Küll, die mich durch ihr Buch »Ab heute singe ich unter der Dusche« inspiriert hat.
Jana Wurdel von HarperCollins Germany. Danke für deine Begleitung.
Meiner Lektorin Christiane Branscheid von HarperCollins Germany. Danke für deine Geduld.
Claudia Wuttke von HarperCollins Germany. Was sind wir doch für tolle Spätsommerfrauen!

Informationen zu unserem Verlagsprogramm, Anmeldung zum Newsletter und vieles mehr finden Sie unter:

www.harpercollins.de

Anne Barns
Apfelkuchen am Meer

Durch Zufall findet Hobby-Tortendekorateurin Merle im Blog einer Unbekannten ein Rezept für Töwerland-Torte. Genau dieses Rezept für die leckere Apfelbuttertorte wird seit jeher vertrauensvoll in ihrer Familie weitergegeben, von Generation zu Generation. Merle macht sich im Auftrag ihrer Mutter auf den Weg nach Juist, um die Bäckerin der Torte zu suchen. Auf der zauberhaften Insel findet sie heraus, dass es noch mehr Gehemnisse gibt, die in der Familie gehütet werden.

ISBN: 978-3-95649-710-0

9,99 € (D)

Originalausgabe

Anne Barns
Drei Schwestern am Meer

Deutsche Erstveröffentlichung

Eine Insel, drei Frauen, ein altes Familiengeheimnis

Das Weiß der Kreidefelsen und das Grün der Bäume spiegeln sich türkis im Meer – Rügen! Viel zu selten fährt Rina ihre Oma auf der Insel besuchen. Jetzt endlich liegen wieder einmal zwei ruhige Wochen voller Sonne, Strand und Karamellbonbons vor ihr. Doch dann bricht Oma bewusstlos zusammen und Rina muss sie ins Krankenhaus begleiten. Plötzlich scheint nichts mehr, wie es war, und Rinas ganzes Leben steht auf dem Kopf.

ISBN: 978-3-95649-792-6
9,99 € (D)

Tanja Janz
Strandrosensommer

Pfahlbauten, kilometerweiter weißer Sandstrand, blühende Strandrosen und das Rauschen vom Meer - nach über zehn Jahren hat Inga fast vergessen, wie schön es in St. Peter-Ording ist. Nachdem ihr Freund sich zur Selbstfindung nach Indien aus dem Staub gemacht hat, ist Inga ebenfalls reif für eine Auszeit. Sie besucht Tante Ditte, die auf einem wunderschönen alten Pferdehof an der nordfriesischen Küste lebt. Doch aus der geplanten Erholung wird nichts, denn der Hof steht kurz vor der Pleite. Der einzige Ausweg scheint eine zündende Geschäftsidee oder ein mittelgroßes finanzielles Wunder zu sein. Inga krempelt die Ärmel hoch - und das Glück ist mit den Fleißigen ...

ISBN: 978-3-95649-830-5
9,99 € (D)

Karin Spieker
Schlagerfeen lügen nicht

Tinka Kuhn hat ein Geheimnis: Als Schlagerfee bringt sie regelmäßig die Säle in Seniorenheimen zum Beben. Doch das dürfen die Mitglieder ihrer Band niemals erfahren, denn die halten gar nichts von der seichten Schunkelmucke. Tinkas Leben wird noch verwirrender, als sie sich bei der Datingbörse »Together Forever« anmeldet und plötzlich gleich mehrere Traumprinzen zur Auswahl hat. Gut, dass Oma Edith ihr mit Rat und Tat zur Seite steht. Eine pfiffige Großmutter als Amor und Karrieremaskottchen hat schließlich noch niemandem geschadet ... oder etwa doch?

ISBN: 978-3-95649-796-4
9,99 € (D)